# 우리가 꼭 알아야 할 공부

## 선비 공부 100선

최석기 지음

유수종·윤효석 서화

보고사

우리나라 사람 중에 '공부(工夫)'라는 말을 모르는 사람은 아마 거의 없을 것이다. 그러나 그 뜻을 정확히 아는 사람도 흔치 않을 것이다. 그래서 새삼 '우리는 우리말 어휘에 대해 얼마나 분명히 알고 있는가?'라는 질문을 던지게 된다. 예전 어느 학자는 '자신이 확실히 아는 글자는 수십 자밖에 안 된다'고 실토한 적이 있다. 나는 그 말을 처음 접한 순간 얼른 이해가 되지 않았다. 그런데 수십 년 공부를 해 보니, 비로소 그 진의를 알 것 같다. 앎이란 이처럼 늦게 철이 드는 것인가?

내가 선인들의 공부에 대해 관심을 갖게 된 지는 10년쯤 된다. 그래서 공부에 관한 책이 나오면 닥치는 대로 구입해 보았는데, 번번이 내가 생각하는 공부와는 너무도 거리가 먼 내용들이었다. 대부분의 책에서는 공부의 기술, 공부 잘하는 방법 등을 말하고 있었다. 그래서 '이건 아닌데', '이건 테크닉인데'라는 생각이 자꾸 들었다.

나는 우연히 조선 선비들의 공부에 관한 자료를 정리하게 되었는데, '○○ 공부'라는 단어가 100가지도 넘게 나타나 깜짝 놀랐다. 그런데 그 많은 '공부'라는 단어를 분류하고 정리해 보니, 결국 마음을 붙잡고 성품을 기르는 것이 늘 중심에 자리하고 있었다. 예전 분들은 이처럼 마음을 다스리는 공부에 치중했었다. 그런데 우리는 지금 점수를 잘 받는 방법에만 온통 관심을 기울이고 있다. 그래서 '우리 시대에 꼭 필요한 공부는 무엇인가?'를 다시 반문하게 된다.

좋은 대학에 들어가 고시에 합격하기 위해 하는 공부는, 옛날 과거공부와 다를 바 없다. 선인들은 그런 공부를 자신을 드러내기 위한 말단적인 공부로 여겨 위인지학(爲人之學)이라 하였다. 그리고 마음을 닦고 이치를 궁구하며 인격을 드높이기 위한 실질적인 공부를 위기지학(爲己之學)이라 하여 중시하였다. 즉 성인이나 현인이 되기를 바라는 것이 선비 공부의 최고 목표였다. 그런데 오늘 우리는 그런 본질은 잊은 채 말단만 추구하고 있다. 슬픈 일이다.

　그래서 이 책은 '진정한 공부란 무엇인가?'에 대한 답을, 조선시대 선조들로부터 배우기 위해 기획되었다. 우리 선현들은 어떻게 공부하고, 어떤 공부에 중점을 두고, 어떤 자세로 공부를 했는지 하는 것 등, 오늘날 우리가 꼭 배워야 할 공부가 무엇인지를 살펴보자는 것이다. 우리 사회가 고품격 문명사회로 가기 위해서는, 공부에 대한 인식부터 바꿀 필요가 있다.

　이 책은 조선시대 선현들이 공부에 대해 담론한 것 가운데 오늘날 우리들에게 경구가 될 만한 문구 100가지를 가려 뽑아 번역하고, 그와 관련된 해석을 곁들여 만든 것이다. 그리고 사군자를 잘 그리는 유강(柔剛) 유수종(劉秀鍾) 화가와 중견 서예가 신구(新丘) 윤효석(尹孝錫) 작가가 그와 관련된 내용을 작품으로 형상화하여 각각 34작품씩 모두 68작품을 창작해 주었다. 그래서 이 책은 문(文)·서(書)·화(畵)가 한데 어우러진 독특한 장르로 구성되었다. 선인들의 공부라는 무거운 주제에 아름다운 그림과 글씨가 곁들여져 읽는 이의 눈을 조금은 즐겁게 할 것이다.

오늘 우리 사회에서 가장 시급한 일이 무엇일까? 당나라 때 '고문운동'
이 부화한 사회풍상을 바꾸어 건전하고 진실된 사회를 추구했듯이, 우리
사회도 그런 차원의 문화운동이 일어나, 수준 높은 문화가 살아 숨 쉬는 세
상에서 행복하게 살기를 기획해야 한다. 그러기 위해 지금 우리에게 가장
시급한 것은 극단적 편향주의를 극복하고 균형 감각을 찾는 일이다. 곧 마
음의 중심을 잡아 흔들리지 않는 사회를 만들어가는 것이다. 그리하여 국
민 모두가 지성을 갖고 예의염치를 알며, 인정이 넘치고 서로를 위해주는 사
회를 만드는 것이 우리가 지금 시대에 해야 할 의무다. 이 책은 이런 점에
서 우리에게 정신적 비타민을 제공해 줄 것이다.

  어려운 여건 속에서도 흔쾌히 이 책을 출판해 주신 보고사 김흥국 사장
님께 감사드린다. 그리고 이 책을 깔끔하고 보기 좋게 편집하고 교정해 주
신 보고사 직원 여러분들께도 감사의 마음을 전한다.

2009년 9월 10일

남명학관 산해실(山海室)에서 최석기가 쓰다.

# 차
# 례

성학공부(聖學工夫) <유수종 작>

# 01.
# 공부(工夫)

工是女工之工　夫是農夫之夫
言人之爲學　當如女工之勤織作　農夫之力稼穡

공(工)은 여공(女工)의 공(工)이고,
부(夫)는 농부(農夫)의 부(夫)로,
사람이 학문을 할 적에
여공이 부지런히 길쌈을 하듯,
농부가 힘써 씨 뿌리고 거두듯,
그렇게 노력하는 행위를 뜻한다.

공부(工夫)란 무슨 뜻일까?

공부라는 말을 모르는 사람은 거의 없을 것이다. 그러나 그 뜻이 무엇이냐고 물었을 때, 선뜻 대답을 할 사람도 흔치 않다. 현대인만 그런 것이 아니라, 예전 사람들도 그랬다. 조선 명종(明宗) 때, 임금이 신하들에게 '공부의 뜻이 무엇이냐?'고 물었는데, 아무도 답변을 하지 못했다. 임금에게 성인의 학문을 가르치는 최고의 학자들도 그랬다.

그때 마침 참찬관(參贊官)으로 입시(入侍)했던 조원수(趙元秀)가 다음과 같이 아뢰었다.

공부(工夫)의 공(工)은 여공(女工)의 공(工)자와 같고, 부(夫)는 농부(農夫)의 부(夫)자와 같습니다. 말하자면 사람이 학문을 하는 것은 여공이 부지런히 길쌈을 하고, 농부가 힘써 농사를 짓는 것과 같이 해야 한다는 뜻입니다.[工夫之義 我明宗朝臨筵問此義 參贊趙元秀對曰 工是女工之工 夫是農夫之夫 言人之爲學 當如女工之勤織作 農夫之力稼穡](安鼎福,『順菴集』권7, 書,「答安正進問目」)

이후로 조원수가 임금에게 아뢴 말이 공부의 개념을 말한 훌륭한 답변으로 인정되어 사람들의 입에 오르내렸다. 그런데 이런 뜻의 '공부'라는 말은 문화(文化)를 의미하는 서양의 Culture와 유사하다. Culture는 경작(耕作)을 뜻하는 말로, 농사를 지어 곡물을 생산하는 것처럼 정신활동을 통해 어떤 가치를 생산하는 것이다. Culture와 공부가 모두 농사짓는 활동에서 연유된 말임을 생각해 보면, 단어의 의미가 자못 흥미롭다.

공부라는 말이 언제 어떻게 만들어졌는지는 불분명하다. 공부(工夫)는 공부(功夫)와 통용되었는데, 조선시대에는 공부(工夫)라는 어휘가 더 많이 쓰였다. 조선시대에 쓰인 공부라는 단어는, 지금 우리들이 말하는 공부와 별반 다르지 않다.

우리는 어려서부터 '공부해라'라는 말을 귀가 따갑도록 듣고 자란다. 그 말을 하도 많이 들어 귀에 못이 박혀서인지, 공부라는 단어에 대해 새로운 의문을 제기하는 사람은 거의 없다. 그러기에 우리는 그 말뜻에 대해서도 무감각하다. 공부가 중요한 것인 줄 알지만, 공부라는 단어의 의미가 무엇인지를 골똘히 생각한 사람은 매우 적다.

기실 공부라는 어휘에 대해서만 우리가 모르고 있는 것이 아니다. 한 자어에 대해 우리는 정확한 뜻을 모른 채 쓰고 있는 것이 얼마나 많은 가. 매우 피상적으로 어휘를 알고 있으니, 인문학적 깊이가 더해질 수 없는 것이다. 일례로 '엽기(獵奇)'라는 말을 모르는 현대인은 거의 없다. 그러나 이 단어의 뜻을 정확하게 설명하는 사람은 전 국민의 1%도 안 된다. 이 어휘는 '사냥할 렵[獵]'과 '기이할 기[奇]'가 합해 만들어진 것으로, '정상적이고 평범한 것이 아니라, 기이한 것만을 찾다'라는 뜻이다. 이런 식으로 어휘의 개념을 파악해야 제대로 된 의미를 알 수 있는데, 지금의 교육은 전혀 그렇지 못하다.

'열심(熱心)히'라는 말도 그렇다. '뜨거울 열[熱], 마음 심[心]'이라는 글자가 조합된 이 단어에 대해, '마음을 뜨겁게 하다'라는 의미로 생각하는 사람은 거의 없다. 말로는 '열심히 하겠습니다'라고 하고서, 마음을 뜨겁게 달구며 그 일에 임하지 않는다면 그것은 빈말이다. '열심'이라는 말은 '한심(寒心)'이라는 말과 대조가 된다. 한심은 마음을 차갑게 하는 것이니, 상대에게 냉담한 반응을 보이는 것이다. 이와는 상대적으로 '마음을 뜨겁게 하다'는 의미의 '열심'은 자신이 하는 일에 적극적이며 의욕적으로 임하는 자세를 말한다.

공부도 마찬가지다. 여공이 부지런히 길쌈을 하듯이, 농부가 부지런히

· 공부(工夫) 〈유수종 작〉

농사일을 하듯이, 그렇게 자신의 일에 열중하는 것이 공부다. 공부는 노력한 것만큼의 효과가 나타난다. 공부라는 단어는 바로 이런 뜻을 우리에게 넌지시 말해주고 있는 것이다. 공부란 땀 한 방울을 흘린 것이 쌓여서 곡식이 여물듯, 베를 한 올씩 짜서 천을 만들듯, 그렇게 노력을 기울인다는 의미이다. 그래서 공부에는 대박이 없다. 노력한 것만큼 정직하게 소득이 있는 것이 공부이다.

## 02.
# 학문(學問)

學之爲言 效也
後覺者 必效先覺之所爲

배움이란 말은 본받는다는 뜻이다.
나중에 깨닫는 자는 반드시
먼저 깨달은 자가 하는 것을 본받아야 한다.

博學之 審問之

<학문이란> 폭넓게 배우고
자세히 캐묻는 것이다.

'학문(學問)'이란 무슨 의미일까?

왜 '학문(學文)'이라고 쓰지 않고, '학문(學問)'으로 쓰는 것일까?

학문이란 글자 그대로 풀이하면, '배우고 묻다'라는 뜻이다. 배우는 것은 본받고 따라 하는 것이고, 묻는 것은 끝없이 의문을 제기하는 것이다. 본받고 따라 하며 '왜 그럴까'를 생각하는 것, 그것이 바로 학문이다.

배움이 왜 본받는 것일까?

어미 새가 나는 것을 보고 새끼 새가 그대로 따라 하는 것, 그것이 본받는 것이다. 그래서 주자(朱子)는 배움을 '본받는 것(效)'으로 정의하고, '뒤에 깨닫는 자가 선각자를 따라 하는 것'이라고 해석하였다.

'아름다운 비행'이라는 영화를 보면, 새끼 오리가 창공으로 날아오르기 위해 눈물 나는 연습을 하는 아름다운 장면이 나온다. 어미 없이 태어난 오리 새끼들은 보고 따라할 것이 없어 날아오르는 것을 배우지 못한다. 그때 착한 계모(?) 에이미는 어린 오리 새끼들을 날게 하기 위해 아버지를 졸라 비행기가 이륙하는 장면을 수없이 되풀이하며 새끼 오리들로 하여금 따라 하게 한다. 이런 피나는 노력으로 새끼 오리들은 드디어 하늘로 날아오른다. 아! 그 장면이 얼마나 감동적이던가. 이것이 바로 배움(學)이다. 능숙할 때까지 수없이 반복하며 피나는 노력을 기울이는 것, 그것이 학문이다.

주자는 『논어』 제1편 제1장에서 "학(學)이라는 말은 본받는다(效)는 뜻이다. 사람의 본성은 모두 선하지만 깨달음에는 선후가 있다. 뒤에 깨닫는 자는 반드시 먼저 깨달은 사람이 하는 것을 본받고 따라 해야 선을 밝혀 그 타고난 본성을 회복할 수 있다."(學之爲言 效也 人性皆善 而覺有先後 後覺者 必效先覺之所爲 乃可以明善而復其初也)(『論語』 「學而」 제1장. 集註)고 하였다. 참으로 의미심장한 말이다.

그래서 옛날에는 선각자를 찾아 수만 리 구도 여행을 하는 이가 많이 있었다. 그런데 오늘날에는 선각자를 본받고 따라 하는 사람이 매우 적다. 지금 세상에는 선각자가 없어서일까? 아니면 선각자는 있는데 모두 눈이 멀어서일까? 초학자가 선각자를 따라 하지 않고 제멋대로 하면, 아무것도 성취할 수 없다.

『중용』에 보면, '박학지(博學之)'·'심문지(審問之)'·'신사지(慎思之)'·'명변지(明辨之)'·'독행지(篤行之)'라는 말이 있다.[博學之 審問之 慎思之 明辨之 篤行之]'(『中庸章句』 제20장) 학문을 하는 순서를 차례로 나열한 것인데, 앞의 네 가지는 지(知)를 탐구하는 것이고, 뒤의 독행은 실천의 행(行)을 의미한다. 실천을 하기 이전, 지식을 추구하는 과정을 네 단계로 상세히 제시한 것을 가만히 음미해 보면, 공부하는 요점이 치밀함을 알 수 있다.

첫째, 학문하는 사람은 '지식을 넓게 배우라[博學之]'고 한다. 넓게 배우라는 말은 좁게 배우지 말라는 것이다. 좁게 배우면 단편적인 사상으로 정신적 무장을 하게 되고, 그것으로 모든 현상을 판단하려 한다. 이는 매우 위험하다. 단편적 지식은 편견과 독선을 낳는다. 그래서 처음 공부하는 사람에게 단선적 지식을 세뇌시켜서는 안 된다. 폭넓은 지식을 섭렵해 스스로 자신의 사상체계를 갖추게 해야 한다. 그래야 창의적인 사고를 하게 된다. 그렇지 않으면 이념을 주

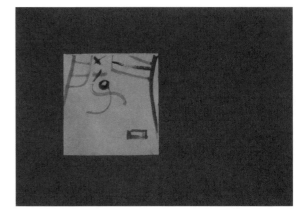

· 학문(學問) 〈유수종 작〉

입시키는 교육이 된다.

둘째, 넓게 지식을 섭취하는 것이 중요하다고 해서 거기에 안주해선 안 된다. 박학다식만을 추구하고 그것을 자기 것으로 요약해 합리적·객관적 사상을 이룩하지 못하면 그것은 잡동사니에 지나지 않는다. 그야말로 많이 아는 것을 장기로 여기는 잡학에 불과하다. 넓게 배우라는 것은 박학다식을 말하는 것이 아니다. 편견을 갖지 않기 위해 다양한 사고를 기르라는 것이다.

또한 박학을 추구하되 독서를 하다가 의문이 들면 그냥 넘어가지 말고 자세하게 캐물어야 한다. 그냥 '그런가 보다'라고 이해하면, 그 지식은 자기의 것이 되지 않는다. 지식을 자기의 것으로 만들려면 '왜 그럴까?'를 자꾸 생각해야 한다. 의문은 의문을 낳고, 그 의문으로 자신의 마음을 꽉 채우고 나면, 그 다음에는 깨달음이 서서히 다가온다. 의문은 자득(自得)을 위한 밑거름이다. 의문을 하지 않는 사람은 자득이 있을 수 없다. 그래서 박학지(博學之) 다음에 심문지(審問之)를 둔 것이다.

여기서 이 두 문구를 자세히 들여다보자. 이 두 문구의 키워드를 뽑으면 '학(學)'과 '문(問)'이 된다. 그리고 이 두 자를 조합해 보면, '학문(學問)'이 된다. 그렇다면 학문이란 '폭넓게 배우고 자세히 캐묻다'라는 뜻이 된다. 이 역시 학문하는 사람은 한 번쯤 깊이 되새겨 볼만한 말이다.

나는 이 세상의 진리를 폭넓게 배우려 하는가? 아니면 한 가지 생각만을 굳게 지키며 다른 것을 받아들일 마음이 없는가?

나는 어떤 문제에 대해 자세히 캐묻는가? 아니면 그냥 '그런가 보다'라고 생각하며 무심히 넘어가는가?

이런 식으로 매일같이 자신에게 돌이켜 질문을 던져야 한다.

# 03.
# 공부는 자르고 떼어내고 다듬고
# 곱게 가는 것


功夫 切琢復磋磨 要識道存吾脚下

공부는
자르고 떼어낸 뒤에 다시 곱게 다듬고 가는 것이다.
그래서 도가 내 발 밑에 있음을 알고자 하는 것이다.

공부는 끊임없이 갈고 다듬어 가는 것이다. 우리는 흔히 벗과 함께 공부하는 것을 절차탁마(切磋琢磨)라고 한다. 그러나 절(切)은 뿔이나 뼈를 크게 떼어내는 것이고, 차(磋)는 그 다음에 곱게 다듬는 것을 말하며, 탁(琢)은 옥이나 돌을 크게 떼어내는 것이고, 마(磨)는 그 다음에 곱게 다듬는 것을 말한다. 크게 떼어내는 것은 큰 규모를 정한다는 말이다. 마치 석공이 석상을 조각할 적에 돌을 크게 잘라내는 것과 같다. 그렇게 규모를 세워야 원하는 조각상을 만들어낼 수 있다. 그 다음 갈고 다듬는 것은 크게 형체를 깎은 뒤에 곱게 세공을 해 나가는 것을 말한다.

이를 공부에 비유해 흔히 '정익구정(精益求精)'이라 한다. 정밀하게 하면 할수록 더욱 정밀하게 다듬어 나가라는 말이다. 공부의 관건은 '얼마나 정밀하게 하느냐'에 달려 있다. 정밀하지 못하면 거칠고 엉성하게 된다. 그러면 결국 공자(孔子)가 그토록 경계한 사이비(似而非)로 전락하게 된다. 그래서 거칠게 함부로 글을 쓰는 사람은 오히려 그 사회에 득(得)이 되지 않고 독(毒)이 된다. 왜냐하면 변죽만 울리며 핵심에 접근하지 못해 알맹이를 모르기 때문이다.

우리는 주변에서 이런 사람을 얼마나 많이 보는가. 그래서 진정한 학자라면 늘 자신이 사이비가 아닌가를 하루에도 수십 번씩 돌아보아야 한다. 그래야 사이비가 되지 않을 수 있다. 그렇지 않고 조금이라도 방심하고 잘난 체하면 바로 사이비가 되고 만다. 이것이 학문의 진정성(眞正性)이다.

정민 교수의 저술 '비슷한 것은 가짜다'라는 책제목이 바로 그것을 말해 준다. 1%라도 진정성이 없으면 그것은 곧 가짜가 되고 만다. 이 얼마나 무서운 말인가. 공부하는 사람은 100% 순금을 만들어야 한다. 그렇지 않고 한 발짝이라도 허튼 쪽으로 가면 곧바로 가짜가 되고 만다. 공부는 99.9%가 아니라, 100% 순정품을 만드는 일이다.

그런데 정밀하게 하는 공부는 처음부터 습관을 들여야 한다. 그렇지 못하고 거칠게 하는 것이 몸에 배이면 죽을 때까지 고치지 못한다. 습성을 기르는 것은 평소 꾸준히 해 나가야 할 공부인데, 특히 수시로 반성을 하며 고쳐나가야 한다.

또한 정밀한 공부를 하려면 좋은 스승을 만나야 한다. 엄밀히 말하자면 좋은 스승이 아니라, 엄한 스승을 만나야 한다. 점 하나를 두고서 한 시간을 나무라는 스승 밑에서 정밀한 학자가 나오게 마련이다. 쉼표를 찍는 것이 좋은가, 찍지 말아야 하는가를 두고 따지고, 주격 조사를 '이'로 할 것인가, '가'로 할 것인가, '은'으로 할 것인가를 심각하게 문제시할 줄 알아야 한다. 그리고 그런 태도가 몸에 완전히 익어야 한다.

정밀한 공부를 하면 도가 늘 자신 가까이 있음을 보게 된다. 조선후기 안동에서 살던 병곡(屛谷) 권구(權榘 1672-1749)는 다음과 같이 말했다.

> 공부는 자르고 떼어낸 뒤에 다시 다듬고 곱게 가는 것이다. 그래서 도가 내 발 밑에 있음을 알고자 하는 것이다.[功夫切琢復磋磨 要識道存吾脚下] (權榘, 『屛谷集』續集, 권4, 附錄, 「魯東書堂上樑文」)

'도가 내 발 밑에 있다'는 말은 '진리가 늘 자신과 함께 한다'는 뜻이다. 진리와 내가 하나가 되는 것이 공부의 최종 목표이다. 그래서 자신의 주변에 늘 도가 함께 하는 것이다. 『논어』에서 "수레를 탔을 때는 충신(忠信)·독경(篤敬)이 눈앞에 있는 가로 막대에 의지해 있음을 본다[在輿則見其倚於衡也]"고 하였는데, 이는 공부가 완숙해져서 도가 늘 자신의 주변에 함께하고 있음을 보는 경지를 말한다.

어떤 일에 열중하고 전념하면 대상과 자신이 하나가 된다. 불가(佛家)에서 화두(話頭)를 들 적에, '밥 먹고 똥 싸고 잠 잘 때에도 화두를 들라'고 하는 것이 바로 나와 대상을 일치시키는 것이다. 이처럼 어떤 지식을 완전히 자기화하면 도가 바로 내 발 밑에 있게 되어, 언제 어디서나 눈에 보일 것이다. 아무것도 보이는 것 없이 깜깜하다가 비로소 무엇이 보이기 시작하고, 그것이 익숙해지면 언제 어디서나 그것이 보이게 된다.

· 절탁부차마(切琢復磋磨) 〈유수종 작〉

## 04.
# 공부는 천리(天理)에 순응하는 것

古今功夫　莫不以順天理爲主

예나 지금이나 공부는
천리(天理)에 순응하는 것을
위주로 하지 않음이 없다.

공부는 자연(自然)을 극복하는 것이 아니라, 자연의 이치에 순응하는 것이다. 자연의 이치를 거역하게 되면 필연적으로 재난이 닥친다. 자연은 저절로 그러한 것이다. 즉 인위를 가하지 않은 것이다. 중국 사천성(四川省)에 지진이 일어났을 때, 인재(人災)를 경고하는 보도가 잇따랐다. 댐을 막아서 생긴 재앙이라는 것이다. 인간이 자연을 개조하려 하면, '저절로 그러한 것'이 교란되어 자연의 질서가 어지럽게 된다. 인간도 자연의 일원이기 때문에 '저절로 그러한 이치'에 순응하는 것이 오래 사는 길이다.

천리(天理)는 인위(人爲)와 상대적인 개념이다. 동양에서는 하늘[天]과 인간[人]을 별개의 것으로 보지 않는다. 인간의 본성은 하늘이 명한 것으로, 인간 성품의 근원을 하늘에 두고 있다. 그래서 인간은 끝없이 하늘을 숭배하고 하늘과 하나가 되기를 원한다. 그러므로 가장 이상적인 경우는 인간이 하늘과 합하는 천인합일(天人合一)이다. 그래서 인간은 늘 하늘을 우러러 하늘과 하나가 되기를 꿈꾸며 살았다. 사람이 죽으면 '하늘나라로 돌아간다[歸天]'고 하는 것이 어찌 우연이겠는가.

오늘날에는 천리를 따르지 않고 인위만을 능사로 여겨, 자연을 파괴하는 개발이 지구촌을 병들게 하고 있다. 이런 인위가 계속되어 천리를 거역하게 되면 결국 인류에겐 피할 수 없는 재난이 닥칠 것이다. 우리는 이제 이런 삶의 방식을 되돌아볼 필요가 있다.

조선 말의 혜강(惠崗) 최한기(崔漢綺 1803-1879)는 다음과 같이 말했다.

대개 고금의 공부는 천리(天理)에 순응하는 것을 위주로 하지 않음이 없었다. 그러니 자기가 천리에 합하지 않는 점에 대해, 어찌 천리가 나를 따르기를 바랄 수 있겠는가? 참으로 나로부터 변통해 천리에 합하도록 할 따름이다.[蓋古今功夫 莫不以順天理爲主 則其於不合處 豈可望天理之從我 固宜自我變通以合天理耳](崔漢綺,『推測錄』권1,「推測提綱−推形有無」)

'나로부터 변통해 천리에 합하도록 할 따름이다'라는 말은 참으로 의미심장하다. 우리는 지금 자신이 천리를 따를 생각은 하지 않고, 천리가 나를 따르기를 바라고만 있다. 인위 위주의 사고가 낳은 문제점이다. 인위 위주의 사고는 자아 중심의 사고밖에는 하지 못한다. 그래서 천리를 보고 자기에게 합하라고 하고 있다. 자신이 천리에 합하려고 부단히 노력하던 것이 옛날 사람들의 삶의 방식이었는데, 오늘날은 정 반대로 가고 있다.

우리는 한반도 대운하, 사대강 유역개발, 남해안 개발 등 다양한 개발 위주 정책을 펴고 있다. 기본적인 생각은 국토를 잘 이용하자는 것이다. 그러나 전통 민속마을을 개발한다고 도로나 내고 주차장이나 만들고, 심지어 시냇가에 자연석이 아닌 인공석을 쌓아 둑을 만들기까지 한다. 그렇게 하면 편리하긴 하다. 그러나 그 속에 들어 있던 자연의 이치와 인간의 정신은 어디서 찾는단 말인가?

자연의 이치에 순응하지 않는 것은 그 어떤 형태로도 미화될 수 없다.

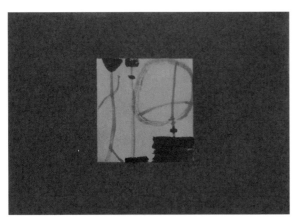

· 천리(天理) 〈유수종 작〉

나중에 재앙이 닥치면 그것을 누가 감당할 것인가? 인간이 하늘을 두려워하지 않은 지 오래되었다. 그래서 기술과 경제는 발전해도 인간의 정신은 더 퇴화하고 있다. 인간은 지금까지 하늘을 두려워하며 살았다. 그래서 아름다운 정신문명을 발전시켰다. 마음을 아름답게 갈고 닦아 선을 가득 채우려고 했다. 이런 점을 이제는 되돌아봐야 한다. 최한기처럼 내 마음부터 아집을 버리고 하늘과 소통하여 천리에 합하려고 노력해야 한다. 그래야 진정한 자신을 찾을 수 있다.

## 05.

# 초학공부(初學工夫)

初學之士
必以知行二字爲踐履工夫
誠敬二字爲存養工夫

초학자들은
반드시 지(知)·행(行) 두 자로 실천공부를 삼고,
성(誠)·경(敬) 두 자로 존양공부를 삼아야 한다.

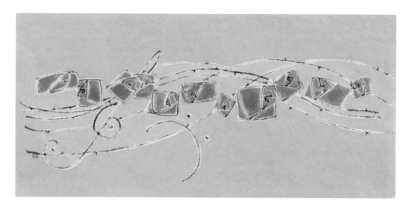

· 초학(初學) 〈유수종 작〉

지(知)와 행(行)을 실천공부로 삼으라는 말은, 지적탐구에만 몰두하지 말라는 말이다. 진리를 탐구하면 자기 몸에 돌이켜 실천할 수 있도록 하라는 뜻이다. 존양공부(存養工夫)는 경(敬)을 통해 한 점 망령된 생각도 일어나지 않는 진실한 마음을 유지하는 것이다. 존양(存養)이란 존심양성(存心養性)을 줄인 말로, 마음을 달아나지 않게 보존하여 하늘이 부여해 준 본성을 기르라는 말이다.

여헌(旅軒) 장현광(張顯光 1554-1637)은 이런 공부가 바로 덕으로 들어가는 길임을 다음과 같이 말하고 있다.

　　또 말씀하기를 "초학의 선비들은 반드시 '지(知)·행(行)' 두 자로써 실천공부를 삼아야 하고, '성(誠)·경(敬)' 두 자로써 존양공부를 삼아야 한다. 그러면 저절로 중도에 학문을 폐지할 걱정이 없을 것이며, 또한 덕으로 들어가는 요로(要路)가 될 것이다.[又曰 初學之士 必以知行二字爲踐履工夫 誠敬二字爲存養工夫 則自然無中道廢弛之患 亦爲入德之要道也](張顯光, 『旅軒集』 續集 권10, 附錄 「景遠錄」)

진리탐구(眞理探究)와 실천궁행(實踐躬行), 그리고 마음을 보존하고 길러가는 공부의 핵심인 '성(誠)'과 '경(敬)', 이것이 덕으로 들어가는 지름길이다.

길은 소통을 의미한다. 담장 앞에 서면 길이 보이지 않는다. 또 산 속에 들어가거나 사막 한 가운데 있으면 길을 찾을 수 없다. 공부도 마찬가지이다. 처음에는 깜깜하여 아무것도 보이지 않고, 무엇을 어떻게 할 것인지도 보이지 않는다. 그러나 한 걸음씩 차근차근 이정표를 따라가면, 언젠가는 목적지에 도달하게 된다.

위에서 장현광이 제시한 것은 바로 그런 이정표를 일러준 것이다. 산에 가서 이정표가 없으면 길을 잃어버리듯이, 공부를 할 적에는 반드시 이정표를 따라가야 한다. 그래서 예전에는 입덕문(入德門)이라는 말을 많이 하였다. 덕으로 들어가는 문. 그 문은 길에 있고, 그 길은 자아와 세계를 소통시켜주는 통로이다.

# 06.
# 초학입덕지문(初學入德之門)

大學 初學入德之門也

『대학』은 초학자들이
덕으로 들어가는 문이다.

『대학』은 명명덕(明明德)·신민(新民)·지어지선(止於至善)의 삼강령(三綱領)과 그 하위 항목인 격물(格物)·치지(致知)·성의(誠意)·정심(正心)·수신(修身)·제가(齊家)·치국(治國)·평천하(平天下)의 팔조목(八條目)으로 되어 있다. 『대학』은 흔히 학자의 일로 규정한다. 즉 진리를 탐구하는 격물·치지, 그것을 자기 몸으로 실천해 나가는 성의·정심·수신, 그리고 자신의 완성된 덕을 주변 사람들에 널리 펴 나가는 제가·치국·평천하, 이렇게 학자들이 해야 할 일이 모두 갖추어졌기 때문에 학자의 일이라고 하는 것이다.

그런데 이런 『대학』의 요지 가운데 어디에 더 중점을 둘 것인지는 학자들에 따라 다르다. 서울 출신으로 중년 이후 경상도 상주로 내려와 산식산(息山) 이만부(李萬敷 1664-1732)는 다음과 같이 말하고 있다.

『대학』의 편제(篇題)에 대해, 정자(程子)는 말씀하기를 "『대학』은 초학자들이 덕으로 들어가는 문이다."라고 하였습니다. 팔조목으로 말하면 격물(格物)·치지(致知)는 혼몽과 자각이 나뉘는 관문인 몽각관(夢覺關)이고, 성의(誠意)는 인간과 귀신이 나누어지는 인귀관(人鬼關)입니다. 이 관문을 지나면 다시는 들어갈 만한 문이 없습니다. 그런데 정자가 『대학』이라는 책을 통틀어 '덕으로 들어가는 문'이라고 한 것은 어째서일까요? 성현의 글 가운데 학자공부의 시종의 조리를 말한 것으로 『대학』처럼 잘 갖추어 말한 것은 없습니다. 그러므로 정자가 그렇게 말한 것입니다. 주자(朱子)도 말씀하기를 "『대학』은 문호(門戶)와 같고, 『논어』와 『맹자』는 문 안의 일이고, 『중용』은 문안 깊은 곳과 같다."고 하였으니, 그 뜻을 알 수 있습니다. 그러니 어찌 굳이 격물·치지·성의만을 거론해 거기에 해당시킨 것이겠습니까?[篇題 程子曰 大學 初學入德之門也 以八條言之 格致是夢覺關 誠意是人鬼關 過得此關 更無可入之門 而以大學之書 通謂入德之門者 何也 聖賢書 言學者工夫始終條理 未有如大學之兼該者 故程子曰云云 朱子亦以爲大學猶門戶 論

孟猶門內事 中庸猶門內深處 其義 可見 何必獨擧格致誠意當之耶(李萬敷, 『息山集』 권10, 書, 「答李聖瞻」)

이만부는 『대학』 팔조목 가운데서 지(知)와 행(行)의 분기점인 치지(致知)와 성의(誠意)에 주목해서 위와 같이 말했다. 송나라 학자들도 혼몽과 지각이 나누어지는 지점을 몽각관(夢覺關)이라 하였고, 앎과 실천이 나누어지는 성의를 인귀관(人鬼關)이라 하였다.

관(關)은 관문이다. 이것과 저것을 구분하는 경계선이다. 이쪽과 저쪽을 연결하는 경계의 문은 단절과 소통을 동시에 말해 준다. 그 관문을 통과하지 못하면 그곳에서 길은 끊어진다. 그러나 그 관문을 통과하면 새로운 세계가 열려 소통이 된다.

앎이 명료하지 못하면 꿈속과 같은 몽환(夢幻)의 상태로 산다. 여기서 깨어나려면 시비와 선악을 명확히 알아야 한다. 꿈속을 헤매느냐, 명료하게 깨어 있느냐 하는 경계의 관문을 몽각관이라 한다. 그 다음에는 사람이 되느냐 귀신이 되느냐 하는 관문이 나타난다. 사람이 자신의 마음속 생각을 선으로 가득하게 채우지 못하면, 마귀가 침범하여 정신이 혼란스럽듯이 귀신의 영역에 머물게 된다.

그래서 예전 학자들은 팔조목 가운데 성의(誠意)를 특별히 중시하여 앞뒤의 조목과 연관시키지 않고 독립시켜 놓았다. 그만큼 중요한 관문이기 때문이다. 귀신이란 소복을 입고 머리를 풀어헤친 존재가 아니라, 마음에 선을 가득 채우지 못해서 선악에 대해 갈등하는 존재를 말한다.

지식을 가졌더라도 그것을 내 몸에 실천해 인간다운 인간이 되느냐, 아니면 인간답지 못해 귀신처럼 선악이 혼재하는 존재로 남느냐 하는 중요한 분기점인 이 관문을 뚫고 들어가야 비로소 자신의 도덕적 주체를

확립할 수 있다. 그래서 이만부는 이 관문을 통과하면 다시 더 통과해야
할 관문이 없다고 한 것이다.

# 07.
# 입지(立志)

學者工夫　宜先立志誠篤　可以爲學

학자의 공부는
먼저 뜻을 세움이 성실하고 돈독해야
학문을 할 수 있다.

공부는 뜻을 세우는 것[立志]이 가장 중요하다. 뜻을 세우면 공부의 반은 이룩한 셈이다. 지(志)라는 글자는 선비의 마음가짐을 의미한다. 선비는 도를 구하는 사람이다. 선비의 마음은 도에 목표가 있다. 그러니 지(志)는 도를 구하겠다는 목표를 말한다.

인생에서 목표를 세우는 것보다 중요한 것은 없다. 더구나 공부하는 사람에게는 무엇이 이보다 더 앞선 일이겠는가? 요(堯)·순(舜) 같은 성인이 되겠다고 하는 것도 목표이고, 당대 최고의 물리학자가 되겠다고 하는 것도 목표이다. 목표를 세우면 그 목표를 향해 걸어가는 길을 찾게 된다. 그런데 대부분의 사람들은 평생 추구해야 할 목표를 세우지 못하기 때문에 길을 찾지 못하고 결국 성취하는 것도 없다. 큰 목표를 세워야 그곳으로 가는 길이 보이게 된다.

아래 인용문은 위와 마찬가지로 식산(息山) 이만부(李萬敷 1664-1732)의 말이다.

> 학자 공부는 먼저 뜻을 세움이 성실하고 돈독해야 학문을 할 수 있습니다. 그러므로 공자께서 말씀하시기를 "나는 15세에 학문에 뜻을 두었다."고 하셨고, 맹자께서는 말씀하시기를 "먼저 그 큰 것을 확립하면 〈작은 것이 빼앗지 못할 것이다.〉"라고 하신 것입니다.[學者工夫 宜先立志誠篤 可以爲學 故孔子曰 十有五而志于學 孟子曰 先立乎其大者](李萬敷, 『息山集』 續集 권3, 書, 「又答盧伯春問目」)

목표를 세우는 것이 성실하고 돈독해야 학문을 제대로 할 수 있다는 말이다. 공자는 15세에 이미 학문을 하기로 뜻을 세웠다. 성인다운 발상이다. 공자처럼 15세에 학문에 뜻을 세우지는 못한다고 하더라도, 20대에는 학문에 뜻을 세우는 것이 바람직하다.

학문의 길은 멀고 험하기 때문에 대부분의 사람들은 이 길을 택하지 않는다. 그러나 인간으로 태어나 가장 해볼 만한 일이 학문이 아니겠는 가? 학문을 택하면 부귀할 수는 없다. 그러나 성취를 통해 느끼는 보람 은 그 어떤 일보다도 크다. 이 세상에 태어나 가장 해봄직한 일이 내 몸 에 도와 덕을 성취하는 것이다.

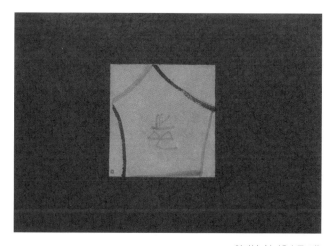

· 입지(立志) 〈유수종 작〉

## 08.

# 초목에 뿌리가 있듯
# 학문에도 근본이 있어야 한다

夫草木有根本 日日滋長 學有根本 方有依據

초목에는 뿌리가 있어서
날마다 물을 빨아들여 성장을 한다.
학문을 하는 데에도 근본이 있어야
바야흐로 의거할 바가 있게 된다.

학문에 근본이 있어야 함을 초목의 뿌리에 비유한 것은 절묘한 말이다. 근본이 없으면 그 어느 것도 오래 지속할 수 없다. 특히 학문에는 근본을 튼튼히 하는 것이 매우 중요하다.

학문의 근본이란 무엇인가?

조선시대 도학자들이 말하는 학문의 근본은 조존함양(操存涵養) 공부이다. 아래 인용문은 심육(沈錥 1685-1753)이 지은 하곡(霞谷) 정제두(鄭齊斗 1649-1736)의 「행장(行狀)」 중 일부이다.

초목에는 뿌리가 있어서 날마다 물을 빨아들여 성장을 한다. 학문을 하는 데에도 근본이 있어야 바야흐로 의거할 바가 있게 된다. 본령이 확립되면 공부는 쭉 이어지게 된다. 비유하자면 천체의 운행이 쉬지 않아 해와 달이 늘 밝은 것과 같다. 성인은 하늘과 같아 항상 화락하여 그런 마음을 그치지 않는다. 그러니 어느 경우인들 공리(功利)나 사의(私意)를 갖겠는가? 정자(程子)의 미루어 연역하는 공부는 반드시 신독(愼獨)으로 주를 삼았다. 이것이 바로 항상 화락하여 그 마음을 그치지 않는 마음가짐이다. 이는 곧 중화(中和)를 이룩한 지점이다. 그래서 천지가 제자리를 잡고 만물이 길러지는 것이 이로부터 배양되지 않음이 없으니, 이 외에는 다시 별도의 법이 없다.[夫草木有根本 日日滋長 學有根本 方有依據 本領旣立 則功夫接續 譬如天運之不息 日月之貞明 聖人如天 於穆不已 何處挾雜功利私意 程子推演工夫 必以愼獨爲主 此卽於穆不已處 此卽致中和處 天地位萬物育 無不從此養得 此外更無別法矣](鄭齊斗,『霞谷集』권10, 沈錥 撰「行狀」)

정제두는 학문의 근본을 신독(愼獨)에 두었다. 신독이란 무엇인가?

신독은『대학』과『중용』에 나오는 말로, 혼자만 알고 있는 마음속의 생각을 신중히 하여 악으로 빠지지 않고 선으로 향하게 하는 것이다. 혼자만 알고 있는 마음은, 남들은 모르지만, 본인은 알고 있다. 그때의 마

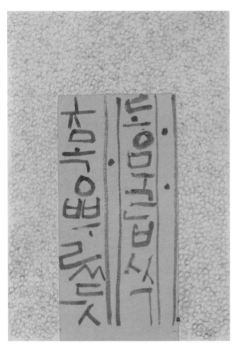

· 학유근본(學有根本) 〈유수종 작〉

음, 그것을 스스로 속이지 말아야 진정성을 갖게 된다. 참된 인간이 되는 것은 바로 여기로부터 비롯되는 것이다.

어릴 적부터 꼭 가르쳐주어야 할 것이 자신을 속이지 않고 살아 가게 하는 것이다. 그래서 『대학』 성의장(誠意章)에는 신독을 말하면서 자신을 속이지 마는 무자기(毋自欺)를 제일 먼저 강조했다. 자신을 속이기 시작하면 자기합리화에 빠지게 된다. 그러면 도덕적 인격을 이룩할 수 없고, 선에서 점점 멀어지게 된다.

학문의 근본은 스스로 자신을 속이지 않는 것으로부터 비롯된다. 그것을 추구하는 공부가 바로 여기서 말하는 신독이다. 혼자만 알고 있는 마음을 신중히 살펴 자신을 속이지 말라.

# 09.
## 지행상수(知行相須)

爲學工夫　必也知行相須　交致其功

학문을 하는 공부는
반드시 지(知)와 행(行)이 서로 의지해
그 공력을 번갈아가며 극진히 해야 한다.

예전 사람들은 학문에 있어서 지행합일(知行合一)을 매우 중시하였다. 그것은 앎이 이치를 아는 데서 그쳐서는 안 되고, 그것을 실천하고 실용하는 데로 나아가야 함을 알았기 때문일 것이다. 오늘날에도 지식인의 실천을 강조하는 말이 가끔씩 들린다. 그런데 오늘날의 실천은 예전의 실천과 그 의미가 많이 다르다.

예전의 실천은 앎을 자기 몸에 실천하는 자기실천을 주로 말하였

· 지행상수(知行相須) 〈유수종 작〉

다. 그런데 오늘날의 실천은 자기 몸으로 하는 실천이 아니라, 사회적으로 실천하는 것을 주로 말한다. 예전에는 자기 몸에 실천하고 나서 자기 가족에게 미치고, 자기 이웃과 고을에 미치고, 그리고 전 사회적으로 미쳐나가는 방식의 실천을 말했다.

오늘날 다양한 시민활동을 하는 사람들에게서 흔히 나타나는 현상이, 사회적 병리현상은 적확하게 지적하고 고치려 하면서도, 정작 자신의 병은 돌아보지 못하는 것이다. 그래서 한 순간 도덕적으로 상처를 입으면 바로 역사의 장에서 물러나고 만다. 안타까운 일이다. 모든 사회운동은 양심과 도덕과 정의, 이 세 가지를 바탕으로 하지 않으면 사상누각이 될 수밖에 없다.

아래 인용문은 우담(愚潭) 정시한(丁時翰 1625-1707)의 글로, 학문공부에 있어서 지(知)와 행(行)을 번갈아가며 극진히 해 나가야 함을 말한 것이다.

대저 학문 공부는 반드시 지(知)와 행(行)이 서로 의지해 그 공력을 번갈아가며 극진히 해야 한다. 단지 학문을 한다는 이름만 들릴 뿐 마땅히 행해야 할 이치를 알면서도 그것을 실천하는 데 불능한 자는 아직까지 없었다. 그렇다면 이른바 '멀리 바라볼 수는 없지만 산에 오르기를 그만두지 않고 오르다 보니, 어느 날 아침 정상에 도달하였다.'고 하는 것은 바로 선가(禪家)의 돈오(頓悟)의 기미이지, 우리 유가(儒家)에는 이런 법문이 없다. 더구나 증자(曾子)가 공자로부터 '일이관지(一以貫之)'에 대해 들었을 때에는 성인의 공부가 이미 10분의 8~9는 완성되었으니, '예, 알겠습니다.'라고 대답하기 전에 전혀 터득한 것이 없었던 것은 아니지만, '예, 알겠습니다.'라고 한 번 대답한 뒤에는 비로소 확연히 터득한 것이다.[大抵爲學工夫 必也知行相須 交致其功 未有徒聞學問之名 不能知其所當行之理而行之者也 然則其所謂不能望見而上山不已 一朝到于山頂者 便是禪家頓悟之機 吾儒家無此法門 況曾子得聞一貫之時 聖人工夫 蓋已十八九成 非未唯之前 全未見得一唯之後 始得洞然也](丁時翰,『愚潭集』권8, 雜著,「四七辨證」)

정시한은 '산을 오르다 보니 어느 순간 정상에 오르게 되었다'는 식의 불교의 돈오(頓悟)에 대해 비판하면서, 유가에서는 차근차근 단계를 밟아 성인의 경지에 오른다는 점을 말한 것이다. 공부는 선불교에서처럼 의문이 쌓여 어느 순간 문득 깨닫는 경우도 있다. 그러나 유가에서는 이런 돈오식 깨달음을 인정하지 않는다. 오로지 한 단계씩 밟아 올라서 궁극의 경지에 도달하는 것을 참된 공부로 본다. 그래서 직관에 의한 담박 깨달음을 중시하지 않는다. 산에 오르는 것에 비유할 적에도 '오르다 보니 어느 순간 깨닫기'가 아니라, 한 걸음씩을 걸어서 올라야 정상에 도달할 수 있다고 말한다.

동양에서 이치를 설명할 적에는 서로 다른 상대적 관점만을 생각하지 않고, 서로 다른 두 가지가 상호 교섭하는 작용에 더 주목한다. 즉 사물을 보는 관점에는 상대(相對)와 상대(相待)가 있는데, 서로 다른 측면을 보기도 하지만 서로 기다리는 측면을 보기도 한다. 또 본원에 나아가 전체를 이해하는 혼륜간(渾淪看)으로 보기도 하고, 나누어진 개체에 나아가 개별성을 이해하는 분개간(分開看)으로 보기도 한다. 이 두 가지 관점은 사물을 보는 데 있어 한쪽만을 보는 편견을 극복할 수 있게 한다.

상대(相對)는 두 가지 서로 다른 성질이나 원리가 마주하는 점을 말하고, 상대(相待)는 두 가지 서로 다른 성질이나 원리가 상보적으로 만나는 점을 말한다. 그러니까 음양(陰陽)·이기(理氣) 등은 서로 상대적인 측면이 있지만, 때론 서로 만나서 기다리는 상보적인 측면도 있다. 이를 어떤 학자는 동양 문화문법의 중요 요소로 파악하기도 하였다.

위 인용문의 상수(相須)는 상대(相待)와 유사한 말로, 두 가지가 서로 의지하는 것을 말한다. 수(須)는 필요로 하고 의지한다는 의미이다. 그런 관점에서 보면, 지(知)·행(行)은 상대적인 측면이 아니라, 서로 의지하는 측면에 더 의미가 있다. 내가 오늘 어떤 진리를 알아 그것을 내 몸에 실천하고, 또 그런 실천을 통해 새로운 진리를 찾는 것은 끝없는 상수적 작용을 필요로 한다.

따라서 학문공부는 이와 같이 상수적인 공력을 부단히 쌓아나가야지, 지(知)를 다 추구한 뒤에 행(行)을 하는 것은 아니다. 지·행이 두 가지 요소지만, '둘이면서 하나'라는 이이일(二而一)의 측면에서 보면 하나인 것이다. 여기서 말하는 상수는 하나가 되는 방법을 알려준 것이다.

# 10.
# 『소학』과 『대학』공부

不習之於小學 則無以收其放心
不進之於大學 則無以察夫義理 措諸事業

『소학』에서 인간자세를 익히지 않으면
방심을 거두어들일 길이 없고,
『대학』에서 학문을 진보하지 않으면
의리를 살펴 사업에 조처할 방도가 없다.

15세기 후반 사림파 학자들은 『소학』을 특히 중시하였다. 경상도 현풍 (玄風) 출신 한훤당(寒暄堂) 김굉필(金宏弼 1454-1504)은 『소학』에만 전념하여 '소학동자(小學童子)'로 일컬어졌다. 이 시기 점필재(佔畢齋) 김종직(金宗直 1431-1492) 문하의 사림파 학자들은 『소학』을 읽고 실천하는 스터디그룹을 만들어 공부했는데, 이는 인간다운 행실을 몸으로 직접 실천하면서 타락한 사회풍상을 바꾸고자 한 일종의 문화운동이었다.

그 후로 『소학』은 사람다운 사람이 되는 필독서로 인식되었다. 또한 16세기 초부터 주자가 가장 심혈을 기울인 『대학』은 학자의 일이 모두 들어 있는 책으로 인식되어, 모든 경서 가운데 가장 근본에 자리하였다.

퇴계(退溪) 이황(李滉 1501-1570)은 선조에게 올린 「성학십도(聖學十圖)」에서 태극과 우주의 문제를 거론한 제1도와 제2도 다음에 소학도(小學圖)와 대학도(大學圖)를 두었다. 이는 인간에게 이 두 가지가 그만큼 필수적인 것임을 천명한 것이다. 아래 인용문은 제3도 소학도에 쓴 이황의 언설이다.

혹자가 묻기를 "그대가 『대학』의 도를 사람들에게 말하려 하면서 또 『소학』을 고찰하려 하는 것은 어째서입니까?"라고 하여, 주자가 답하기를 "학문의 대소는 참으로 같지 않은 점이 있습니다. 그러나 도가 되는 것은 하나일 뿐입니다. 그러므로 어렸을 적에 『소학』에서 인간자세를 익히지 않으면 방심을 거두어들여 덕성을 길러서 『대학』의 기본을 삼을 길이 없게 됩니다. 성장한 뒤에 『대학』에서 학문을 진보하지 않으면, 의리를 살펴 사업에 조처해 『소학』의 성공을 거두어들일 길이 없게 될 것입니다. 지금 어린 학생들로 하여금 반드시 먼저 물 뿌리고 비질하고 어른에게 응대하고 나아가고 물러나는 사이에 스스로를 극진히 하고, 예절·음악·활쏘기·말타기·글씨쓰기·산수 등을 익히게 한 뒤, 그들이 성장하길 기다린 뒤에 덕을 밝히고 인민을 새롭게 변화시키는 데에 나아가 지극한 선의 경지까지 이르게 하는 것이 공부하는 차례의 당연한 것입니다. 그러니 또한 무엇이 불가하겠습니까?"라고 하였다. 다시 혹자가 묻기를 "나이가 들어 성장한 뒤에 그런 경지에 미치지 못하면 어찌 합니까?"라고 하자, 주자가 답하기를 "세월은 쉬지 않고 흘러가는지라 참으로 좇아갈 수 없습니다. 그 공부의 차례와 조목도 어찌 다시 보충할 수 있겠습니까? 내가 듣건대, '경(敬)' 한 자는 성학(聖學)의 처음이 되고 끝이 되는 것이라고 합니다. 『소학』을 공부 하는 자가 이 '경(敬)'을 말미암지 않으면 참으로 본원을 함양하여 물 뿌리 고 비질하고 어른에게 응대하고 나아가고 물러나는 절도와 예(禮)·악(樂)· 사(射)·어(御)·서(書)·수(數)의 가르침을 삼갈 길이 없을 것이며, 『대학』을 공부하는 사람이 이 '경(敬)'을 말미암지 않으면 총명을 개발하고 진덕(進 德)하고 수업(修業)하여 덕을 밝히고 인민을 새롭게 변화시키는 공부를 이 룩할 길이 없을 것입니다. 불행히 시기를 놓친 뒤에 배우는 사람이, 참으로 능히 이 '경(敬)' 자에 힘을 써서 큰 데에 나아가며 그 작은 것을 겸하여 보충함을 해롭게 여기지 않는다면, 그 진보하는 바가 근본이 없어서 스스 로 도달할 수 없음을 걱정하지 않을 것이다."라고 하였다.[或問 子方將語人 以大學之道 而又欲其考乎小學之書 何也 朱子曰 學之大小 固有不同 然其爲 道 則一而已 是以 方其幼也 不習之於小學 則無以收其放心 養其德性 而爲大 學之基本 及其長也 不進之於大學 則無以察夫義理 措諸事業 而收小學之成 功 今使幼學之士 必先有以自盡乎灑掃應對進退之間 禮樂射御書數之習 俟其 旣長 而後進乎明德新民 以止於至善 是乃次第之當然 又何爲不可哉 曰 若其 年之旣長 而不及乎此者 則如之何 曰 是其歲月之已逝 固不可追 其功夫之次 第條目 豈遂不可得而復補耶 吾聞敬之一字 聖學之所以成始而成終者也 爲小 學者 不由乎此 固無以涵養本源 而謹夫灑掃應對進退之節與夫六藝之敎 爲大 學者 不由乎此 亦無以開發聰明 進德修業 而致夫明德新民之功也 不幸過時 而後學者 誠能用力於此 以進乎大 而不害兼補乎其小 則其所以進者 將不患其 無本而不能以自達矣](李滉, 『退溪集』 권7, 「小學題辭」)

이황은 주자의 말을 인용하여 『소학』은 방심을 거두어들여 덕성을 기르는 책으로,『대학』은 의리를 살펴 사업에 조처하는 책으로 보아, 이 두 책을 상보적인 관계로 설정하고 이를 가장 중시하는 견해를 드러내고 있다.

이것이 조선전기의 학문정신이다. 즉 조선시대에는 사서오경을 다 중시한 것이 아니다. 그 안에서도 근본이 되는 서적이 있다. 대체로 성종연간의 신진사림들은『소학』을 통한 인간자세 확립과 그것의 실천이 최대의 화두였고, 16세기 도학자들은 그런『소학』의 공부만으로는 이 세상을 경영할 수 없다고 생각해『소학』을 공부한 뒤 다시『대학』을 통한 진리탐구, 도덕적 인격 완성, 가정과 국가 경영의 원칙을 배워야 한다고 생각했다. 이후 조선의 성리학적 체계에서는『소학』과『대학』이 경전공부의 뿌리이고 줄기였다. 그 나머지 경서는 그런 뿌리와 줄기 위에 피어난 잎과 꽃과 열매 같은 것이었다.

이런 공부방법은 지금도 유효하다. 특히 기능·기술·외국어만을 공부로 생각하는 오늘날의 풍조를 보면, 공부의 뿌리와 줄기를 어떻게 설정해야 하는지를 다시 생각하게 한다.

무엇을 공부의 뿌리로 할 것인가?

무엇을 공부의 줄기로 할 것인가?

영어인가?

아니다.

기술인가?

아니다.

# 11.
# 학문을 하는 이유


所以學者 爲能變化氣質也

학문을 하는 까닭은
자신의 기질을 변화시키기 위해서이다.

성리학에서는 인간의 타고난 본성은 같지만, 기질에는 맑고 탁하고 순수하고 박잡함[淸濁粹駁]이 있다고 한다. 그래서 그 기질지성을 변화시키는 것을 중요한 공부로 여긴다. 북송 때 학자 주돈이(周敦頤 1017-1073)는 학자들에게 '기질을 변화시켜야 한다'는 점에 대해 자주 말했는데, 그 말씀을 들은 사람들은 마음을 경동시켜 스스로 그 의미를 터득하지 않은 이가 없었다고 한다. 이후로 특히 도학(道學)을 추구하는 학자들은 공부의 목적을 '변화기질(變化氣質)'에 두지 않는 이가 없었다.

16세기 남명(南冥) 조식(曺植 1501-1572)의 문인으로 경상도 산청 출신 덕계(德溪) 오건(吳健 1521-1574)은 과거시험의 논술문제로 '학문을 하는 방법[爲學之道]'이라는 제목을 주고 다음과 같이 말했다.

> 묻노라. 선유(先儒)들은 "학문을 하는 까닭은 기질을 능히 변화시키기 위함이다."라고 했다. 대개 기질이 치우친 사람은 반드시 선각자들이 하는 바를 본받은 뒤에 능히 자신의 기질을 변화시키는 일을 하게 된다. 그러니 타고난 자질이 순수하고 아름다워 지극히 맑고 돈후한 사람일지라도 학문에 바탕을 두지 않을 수 있겠는가? 요(堯)·순(舜)처럼 높고 넓은 덕을 가진 분들도 자신의 생각을 정밀하게 하고 자신의 마음을 전일(專一)하게 하는 공부를 더욱 열심히 하였으니, 또한 자신의 기질을 변화시킨 분들이라고 말할 수 있을 것이다.[問 先儒氏曰 所以學者 爲能變化氣質也 蓋氣質之偏 必效先覺之所爲 然後爲能變化 則天資粹美 至淸至厚者 可不資於學問耶 堯舜之巍巍蕩蕩 而尤加精一之學 則亦可謂之變化耶](『德溪集』 권6, 策題, 「爲學之道」)

요임금·순임금은 성인으로 일컬어지는 가장 이상적인 인간형이다. 그런데 이런 분들도 태어나면서 그런 자질을 부여받은 것이 아니라, 자신의 기질을 변화시켜 그런 인격을 완성하게 된 것이다. 이것이 바로 공부를 하

는 이유이다. 조선시대 선비들이 공부를 하는 가장 큰 이유는 자신을 요·
순처럼 성인으로 만들기 위해서였다. 그래서 이름자에 '요(堯)' 자나 '순
(舜)' 자가 자주 보인다. 그것이 부담스러우면 공자의 수제자 안회(顏回)처
럼 되기를 바라는 뜻에서 '희안(希顏)'이라고 이름을 짓는 경우가 많았다.

그런데 요즘 사람들은 자신의 도덕이나 인격을 성현처럼 만드는 데 목
표를 둔 사람은 거의 없다. 그래서 이름을 보면 예쁘기만 하고 실체가 없
는 '슬기'·'예슬' 등의 이름이 많다. '슬기로운 사람'은 특정한 사람을
지칭하는 말이 아니라서 실체가 보이지 않는다. 그래서 따라할 수 없다.
그러나 안회처럼 분명한 삶의 자세와 자취가 있는 사람은 우리가 본받고
따를 수 있다. 따라할 수 없으면 그것은 헛된 구호에 지나지 않는다.

또 요즘 사람들의 삶의 목표는 성인·현인이 되는 것은 안중에도 없다.
오로지 돈과 권력과 인기에만 급급할 뿐이다. 대학 내 은행에서 즉석복
권을 팔고 있는데, 은행에 갈 때마다 그것을 사서 긁고 있는 젊은 대학생
을 본다. 슬프다. 우리 사회는 부지런히 노력해서 무엇을 이루려 하지 않

고, 공짜로 대박을 노리는 허튼 꿈만 난무하고 있다.

누가 우리 사회를 이렇게 만들었는가? 주택복권을 팔아 집을 많이 짓는 것이 사람의 마음을 황폐하게 하는 것보다 더 좋은 것일까? 나는 로또복권을 만들어 한탕주의로 허황된 꿈만 심어주는 사회는 희망이 없다고 본다. 그래서 로또복권을 만든 사람은 역사의 죄인이라 생각한다. 그리고 로또복권은 빨리 없애야 할 악법 중에 하나라고 생각한다. 나는 아직까지 한 장의 복권도 사지 않은 것을 자랑스럽게 생각하며 산다.

역사에서 가장 오래 기억되는 입덕(立德)·입공(立功)·입언(立言)의 삼불후(三不朽) 가운데, 첫 번째가 입덕(立德)이다. 인간이 이 세상에 태어나 남기고 가는 것 중 가장 아름다운 것이 덕을 세워 만인의 표준이 되는 것이다. 그 다음이 위대한 공을 세워 국가와 사회에 공헌을 하는 것이다. 이순신(李舜臣) 장군 같은 분이다. 그 다음이 아름다운 말을 남겨 세상 사람들에게 감동을 주는 것이다. 말이나 공적보다 덕이 더 앞에 있는 것을 요즘 사람은 잘 모른다.

정개청(鄭介淸 1529-1590)도 공부에 대해 논한 글에서 다음과 같이 기질의 변화를 말하였다.

학문은 이치를 궁구하고 마음을 바르게 하여 기질을 변화시키는 것을 말한다. 사람이 학문에 힘써 경(敬)으로 안을 곧게 하고, 의(義)로 밖을 방정하게 하여 오래도록 함양하면, 지(知)·행(行)이 한 쪽으로 치우칠 걱정이 저절로 없을 것이며, 몸과 마음에 틈이 없음을 절로 알 것이다. 몸과 마음에 틈이 없음을 알면, 용모와 행동거지도 저절로 바름을 얻지 않을 수 없을 것이다. …… 옛날 성인은 예의로 자신을 검속하지 않은 분이 없었으니, 어찌 오만하고 게으르고 사악하고 치우친 기질을 몸에 베풀게 함이 있었겠는가?夫學問 所以窮理正心 變化氣質之謂也 人能勉強學問 敬直義方 而涵

養日久 則自無知行一偏之患 而知心與身之無間矣 知心與身之無間 則容止自
不得不正矣……古之聖人未嘗不以禮義檢身 安有惰慢邪僻之氣 斯須可設於身
哉](鄭介淸, 『愚得錄』 권1, 論學, 「內外工夫說」)

'몸과 마음에 틈이 없다'는 말이 돋보인다. 마음속으로 안 것이나 깨
달은 것을 몸으로 충분히 익혀 실천한 경지가 아니면, 이 둘 사이는 언
제나 틈이 있게 마련이다. 그 틈이 없어지면 완전히 하나가 된다. 진리를
알면 그대로 언제 어디서나 실천할 수 있는 사람이 된 것이니, 이것이야
말로 기질을 변화시켜 하늘이 부여한 본성과 하나가 되는 경지에 오른
사람이다.

# 12.
## 주자(朱子)의 공부법 - 백록동서원 게시(白鹿洞書院揭示)

● 爲學之要 : 博學之 審問之 愼思之 明辨之 篤行之
학문을 하는 요점 : 널리 배우라, 자세히 캐물어라,
신중하게 생각하라, 분명하게 논변하라, 독실하게 행하라.

● 修身之要 : 言忠信 行篤敬 懲忿窒慾 遷善改過
몸을 닦는 요점 : 말은 충성스럽고 신의 있게,
행동은 돈독하고 공경하게, 분노를 다스리고 욕심을 막으며,
선으로 옮겨가고 허물을 고쳐라.

● 處事之要 : 正其義 不謀其利 明其道 不計其功
일에 대처하는 요점 : 그 의리를 바르게 하고 그 이로움을
도모하지 않으며, 그 도를 밝히고 그 공적을 따지지 않는다.

● 接物之要 : 己所不欲 勿施於人 行有不得 反求諸己
남을 접하는 요점 : 자신이 하고 싶지 않을 것을
남에게 베풀지 말라. 어떤 일을 행하다 실패할 경우
돌이켜 자신에게서 그 이유를 찾아라.

이는 주자가 지남강군(知南江軍)이라는 관직에 나아가 현 강서성(江西省) 구강(九江) 지역을 다스릴 때, 여산(廬山) 기슭에 있던 백록동서원을 중수하고 학생들을 모아 가르치면서 서원에 게시한 학칙이다. 이는 후대 서원이나 향교에서 공부의 규범으로 통용되었다. 우리나라 서원에서도 쉽게 볼 수 있다.

●과 ●는 진리를 탐구하고 몸을 닦는 일이다. 주자학에서는 '앎이 먼저이고 실천이 그 뒤'라는 선지후행(先知後行)을 말한다. '알아야 면장을 하지'라는 우리 속담도 여기서 근원한 말일 것이다. 앎은 이치를 궁구하는 궁리(窮理)를 통해 이루어지는데, 이를 『대학』에서는 격물치지(格物致知)라고 한다. 주자는 이를 해석하여 '사물에 나아가 앎을 극진히 한다'고 하였다. 하나하나 이치를 궁구해 쌓아나가는 공부를 말한 것이다.

인식의 작용에 대해서는 여러 가지 논란이 있지만, ●에서 제시한 앎의 과정은 학문사변(學問思辨)으로 요약된다. 앎은 배우고 묻고 그래서 터득한 것을 다시 생각하고 그것을 밝게 분변할 수 있는 단계까지 나아가야 완성된다. 그렇지 못하면 그 지식은 설익은 것이 된다. 이를 다시 둘로 줄이면 학(學)과 사(思)가 된다. 공자는 『논어』에서 "배우기만 하고 생각하지 않으면 멍청하고, 생각하기만 하고 배우지 않으면 위태하다.[學而不思則罔 思而不學則殆]"고 했다. 이처럼 인식과정에서 학(學)과 사(思)는 중요한 두 축이 된다.

또한 우리는 본받고 따라 하기만 하고, 그 지식 자체에 대해서 의심을 하지 않는 경우가 허다하다. '교과서에 나오니까' '선생님의 말씀이니까' '경전에 있는 말이니까' '성인의 말씀이니까' 하는 식으로 맹종하며 아예 의문을 갖지 않는다. 이는 대단히 나쁜 버릇이다. 이런 습관을 갖게 되면 세뇌된 지식에 충실할 뿐, 창조적 사고를 할 수 없다. 오늘날 공부의 최대 화두는 창조적 사고이다. 축구를 할 적에도 창조적 플레이를 강조하는데, 공부야 말할 것도 없다. 그런데 창조적 사고는 그냥 나오는 것이 아니라 의문을 통해 나온다.

그래서 공부에는 의문(疑問)을 매우 중시한다. 선불교 간화선(看話禪)에서 화두를 드는 것이 바로 의문을 극대화시켜 번뇌망상을 물리침으로써 궁극적으로 해탈의 경지에 도달하려는 것이다. '의문을 크게 하면 크게 진보한다'는 선현의 말씀은, 참으로 이 점을 꿰뚫어 본 격언이다. 의문이 쌓이면 언젠가 깨달음이 온다. 그때 우리는 환희를 맛본다.

그러나 거기가 끝이 아니다. 거기서 덩실덩실 춤을 추면 다시 추락하고 만다. 그때 필요한 것이 신중하게 생각하는 것[愼思]이다. 이것은 깨달음을 다시 증득(證得)하는 것이다. 그리고 그 깨달은 진리를 명확히 논변할 수 있도록 객관적이며 합리적인 것으로 만들어야 한다. 그렇지 못하면 아무도 믿지 않는다. 이렇게 함으로써 하나의 앎이 완성된다.

❷는 수신에 관한 요점이다. 어떤 진리를 알고 나면 그것을 자기화하는 것이 중요하다. 그렇지 못하면 앎과 내가 따로 놀게 되어, 인격을 완성하지 못한다. 앎이 이루어지고 나면, 『대학』에서는 성의(誠意)·정심(正心)·수신(修身) 세 가지를 강조한다. 수신은 마음속 생각을 거짓 없게 하는 것으로부터, 마음을 바르게 하고, 마음이 외부와 접촉할 적에 편견을 갖지 않게 하는 모든 것이 다 포함된다. 이를 조선 시대 학자는 악념(惡念)·부념(浮念)·편념(偏念)을 제거하는 것이라고 하였다.

❶과 ❷를 통해 앎이 이루어지고 몸이 닦여지면, 그것을 일상생활에 적용해야 한다. 즉 남을 만나고 일을 처리할 적에 공명정대하게 하는 것이다. ❷가 앎의 실천이라면, ❸과 ❹는 앎의 실용이다. 일을 처리할 적에는 언제나 의(義)와 이(利)가 기준이 된다. 그리고 남에게 베풀 적에는 언

제나 남을 배려하는 마음이 준칙이 된다. 내 마음의 공정한 법도로 미루어 남의 마음까지 헤아려주는 마음이, 바로 너와 나, 그리고 우리가 되는 길이다. 이것을 유학에서는 서(恕) 또는 혈구(絜矩)라고 한다. 이는 더불어 사는 세상의 남을 배려하는 매우 소중한 가치이다.

# 13.
# 공부는 끊어지기 쉽다

功夫易間斷 義理難推尋
而歲月如流 甚可憂懼 奈何奈何

공부는 끊어지기 쉽고,
의리는 미루어 찾기 어렵네.
세월은 유수(流水)처럼 빠르니,
매우 걱정스럽고 두려워할 만하네.
이를 어이할고, 이를 어이할고.

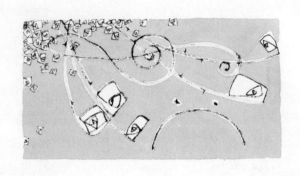

　이 말은 주희(朱熹 1130-1200)가 여조겸(呂祖謙 1137-1181)에게 보낸 편지에서 한 말이다. 주자 같은 대학자도 공부가 중간에 끊어지는 것을 이처럼 걱정했다.

　우리는 1년 365일 가운데 며칠이나 공부를 하는가? 아니 공부를 하지 않는 날이 얼마나 되는가? 선현들은 3일 동안 책을 읽지 않으면 입에서 가시나 돋는다고 했다. 농사짓는 사람은 일요일이라고 해서 놀지 않는다. 농부가 휴일마다 놀면 농사를 포기한 것이나 다름없다. 마찬가지로 공부하는 사람도 휴일마다 놀면 학문을 포기한 것이나 같다. 남들이 놀 때 놀고 언제 공부를 한단 말인가?

　어느 책에서 보니, 하버드대학 학생들은 일상의 시간을 제외하고서 하루 5시간 정도는 남들과 연락을 두절한 채 혼자서 공부에 몰두하는 시간이 있다고 한다. 대학을 졸업한 사람이 매일 5시간씩 하루도 거르지 않고 이처럼 공부를 한다면, 10년쯤 지난 뒤에는 자기 학문의 세계가 열리고, 20년쯤 뒤에는 연구할 것이 사방에서 보이기 시작할 것이고, 30년쯤 뒤에는 혼자서 감당할 수 없을 정도로 많은 진리가 눈앞에 나타날 것이다.

　대학교수가 하루에 3시간씩 매일 공부를 하면 1년에 논문 2편 쓰는 것은 식은 죽 먹기일 것이다. 24시간 중 3시간도 공부를 하지 않고 대학교수 노릇을 하는 것은 역사에 죄를 짓는 일이고, 그 대학에 죄를 짓는 것이다. 이런 사람들을 예전에는 공밥 먹는 사람[尸位素餐]이라고 했다. 역사는 지나고 나면 반드시 평가를 하게 되어 있다. 그래서 역사를 두려워하라고 하는 것이다. 그럭저럭 세월만 보내며 녹을 받는 것이 두렵지 않은가?

또 하나, '이를 어이할고'라고 고심하지 않으면 아무것도 이룰 수 없다. 어떤 일이 있을 적에 그 일을 어떻게 처리하는 것이 가장 좋을지를 끝없이 고심해야 낭패가 없게 된다. 주자의 위 문구 가운데, 나는 마지막 구의 탄식이 가장 가슴에 와 닿는다. 죽을 때까지 '이를 이어할고, 이를 어이할고'라고 긴장하고 고뇌하지 않으면 한 순간에 추락할 수 있다.

아래 인용문은 위 주자의 말에 깊은 감명을 받은 저촌(樗村) 심육(沈錥 1685-1753)의 일기 중 일부이다.

7월 23일. 주자가 여조겸(呂祖謙)에게 보낸 편지를 읽다가 "공부는 끊어지기 쉽고, 의리는 미루어 찾기 어렵네, 세월은 유수처럼 빠르니, 매우 걱정스럽고 두려워할 만하네. 이를 어이할고, 이를 어이할고."라는 대목에 이르러 몇 번 읊조렸다. 나도 모르게 이 마음이 분발하고 진동하였다. 우리 주자 선생 같은 분도 오히려 그처럼 말씀하셨으니, 나처럼 변변치 못한 사람이 무슨 면목으로 범부들 속에서 함께 살아갈 수 있을까? 두세 달 동안 문득 남들과 말을 할 수 없었던 것은, 어긋나고 난잡한 짓을 한 것을 반성하는 데에 잠심했기 때문이다. 그러니 이른바 '공부는 끊어지기 쉽다'는 말을 또한 어찌 말할 수 있으랴.[七月二十三日 讀朱夫子與呂伯恭書 "功夫易間斷 義理難推尋 而歲月如流 甚可憂懼 奈何奈何" 乃數番吟誦 自不覺此心之奮激振動也 如吾夫子者 而猶復云爾 則顧在不俟 將何面目 亦自同於凡夫之流乎 三兩月之間 輒有不可對人語者 以自陷於悖亂之戒 則所謂易間斷之說 又何可道也](沈錥, 『樗村遺稿』 권41, 雜著, 「日記-楓嶽錄 癸巳」)

자신이 행한 일에 대해 계속 반성하고 고쳐 나가는 자세가 곧 자신을 매일 새롭게 변화시키는 길이다. 유학은 끝없이 자신의 내면을 들여다보고 반성하라고 가르친다. 그것을 한 마디로 표현한 것이 '반구저기(反求諸己)'이다. 남의 탓으로 돌리지 않고 돌이켜 자신에게서 문제점을 찾는 공부이다. 공자의 제자 증자(曾子)는 노둔한 자질이지만 매일 자신에게 세 가지를 반성해 결국 공자의 도를 전해 받았다. 『논어』에 보이는 증자의 세 가지 반성을 '삼성(三省)'이라 한다.

명재(明齋) 윤증(尹拯 1629-1724)은 중단 없는 공부에 대해 다음과 같이 말했다.

> 성현의 글을 반드시 다 읽은 뒤에라야 돌이켜 자신을 예에 맞게 단속하는 점을 말할 수 있다. 쉬지 않는 공부를 한 뒤에라야 나중에 성취를 할 수 있다.[聖賢之書必盡讀 然後可以反說約也 有不息工夫 然後可以終有成也]
> (尹拯, 『明齋遺稿』 권24, 書, 「答金季章 丁卯二月十二日」)

공부는 이처럼 중간에 끊어짐이 없어야 한다. 그리고 그렇게 중단 없이 계속하기 위해서는 각별한 긴장감이 있어야 한다. 이런 자세로 공부를 해야 나중에 성취할 수 있다. 잠시라도 해이한 마음을 갖게 되면 바로 날개가 부러진 새처럼 추락하고 만다. 성취하는 시간은 오래 걸리지만, 추락하는 것은 한순간이다.

제대로 된 학자가 되려면 하루에도 수십 번씩 '긴장하라'를 외치며 마음을 경책해야 한다. 한순간 마음을 풀고 긴장의 끈을 느슨하게 하면 바로 실수가 뒤따른다. 이 얼마나 무서운 일인가.

# 14.
# 오래 쌓아나가는 공부

惟朱子積累功夫　可取以爲模範
先學朱子　然後可學孔子

주자의 차근차근 쌓아나가는 공부는
우리가 취해 모범으로 삼을 만합니다.
먼저 주자를 배운 연후에
공자를 배울 수 있습니다.

율곡(栗谷) 이이(李珥 1536-1584)는 선조에게 다음과 같이 아뢰었다.

신이 살펴보건대, 공자는 성인들이 크게 이룩한 것을 모은 분이고, 주자는 현인들이 크게 이룩한 것을 모은 분입니다. 성인은 태어나면서부터 이치를 알고 이치를 편안히 여겨 행하기 때문에 천리와 하나가 되어 자취가 없습니다. 그러니 성인을 갑자기 배우기는 어렵습니다. 오직 주자가 한 것처럼 오랫동안 쌓아나간 공부는, 그것을 취해 모범으로 삼을 만합니다. 먼저 주자를 배운 뒤에 공자를 배울 수 있습니다.[臣按 孔子集羣聖之大成 朱子集諸賢之大成 聖人生知安行 渾然無迹 難可猝學 惟朱子積累功夫 可取以爲模範 先學朱子 然後可學孔子(李珥,『栗谷全書』권26,「聖學輯要 八」'聖賢道統第五單一章')

공부는 한 단계씩 차근차근 밟아 올라가는 것을 귀하게 여긴다. 공부를 하다 보면 욕심이 생겨 갑자기 높은 경지를 추구하고 싶어진다. 이것이 예전에 자주 언급하던 '엽등(躐等)'이다. 이는 등급을 뛰어넘는 공부로, 한 단계씩 올라가는 공부가 아니다. 공자의 경지를 알기 위해서는, 주자가 그랬던 것처럼 아래로부터 배워 점진적으로 나아가야 한다. 그렇지

· 오래 쌓아나가는 공부 〈유수종 작〉

않고 빨리 달성하려 하면 끝내 그 경지에 이르지 못한다. 이를 한 마디로 표현하면 '욕속부달(欲速不達)'이다.

또한 아래로부터 배워 높은 경지로 올라가는 학문방법을 하학상달(下學上達)이라고 한다. 『중용』에 "높은 곳에 오르려면 낮은 데로부터 시작

해야 하고, 먼 곳에 가려면 가까운 곳으로부터 나아가야 한다."고 했다.

　예전에는 산에 오르는 것을 학문에 비유했다. 한 걸음씩 한 걸음씩 딛고 올라야 정상에 설 수 있다. 그렇지 않고서는 높은 경지에 오를 수 없다. 케이블카를 타고 오르는 것은 무효다. 매일매일 축적해 나가야 한다. 그렇지 않으면 평생 아무것도 얻어지지 않는다. 이런 공부를 주자는 몸소 실천해 보인 것이고, 이이는 그것을 자신의 공부법으로 택한 것이다.

# 15.
# 구원공부(久遠工夫)


要當把作久遠功夫

오래도록 하는 공부를 해야 한다.

다음 인용문은 퇴계(退溪) 이황(李滉 1501-1570)의 편지 중 일부다.

　　'회암(晦菴:朱子)의 글에 뜻을 둔다'고 한 말씀은 매우 좋습니다. 글을 읽다 보면, 혹 깨닫기 어려운 곳이 있음을 면할 수 없습니다. 대개 선생[朱子]의 문자는 푸른 하늘의 밝은 태양과 같아 본래 흐릿함이 없습니다. 다만 그 글의 의리가 깊고 은미한데, 학자들의 마음이 깊지 못하여 공부가 미숙하면 문득 그 의리를 얻기 어려운 점이 많은 것입니다. 오래도록 하는 공부를 해야 합니다. 진실이 쌓이고 힘이 오래되면 그 의리가 어떠한지를 볼 것입니다.[所喩留意晦菴書 甚善 其或有難曉處 亦固不免 蓋先生文字 如青天白日 本無纖翳 只義理淵深微奧 學者用意未深 用工未熟 猝難得入處 多矣 要當把作久遠功夫 到眞積力久 看如何耳](李滉, 『退溪集』 권14, 「答南時甫張甫彦紀 甲子」)

글 속에 담긴 깊고 은미한 의리를 알아내기 위해서는 오래 공부를 해야 한다. 공부는 하루아침에 이루어지지 않는다. 수십 년을 침잠해 쌓아나가야 겨우 성취를 할 수 있다. 예전의 큰 학자들은 청년기와 중년기에 모두 이런 노력을 했다. 조선시대 높은 벼슬을 한

· 구원공부(久遠工夫) 〈유수종 작〉

사람들을 보면, 학문을 할 겨를이 없어서 그런지 학술을 남긴 이가 매우 적다.

　그래서 공부는 정직하다. 한 것만큼 결과가 나오게 되어 있다. 대중과 영합하지 말고 혼자 깊이 들어앉아 진리와 씨름을 해야 자신의 학설이

나오게 되어 있다. 그것이 참되고 오래될수록 그 샘물은 근원이 깊어져 나중에는 헤아릴 수 없을 만큼의 샘물이 펑펑 솟구치게 된다.

또 하나 있다. 오래하라는 말은 음미할수록 맛이 있다. 학문은 단기간에 이룰 수 없다는 의미 외에도, 반짝이는 지혜를 가지고는 할 수 없다는 말도 들어 있다. 오래 꾸준히 하는 사람만이 학문적 성취를 이룰 수 있다는 말이다. 오래할수록 시야는 넓어지고 생각은 깊어진다.

# 16.
# 한 걸음 위에서의 공부

一步有一步上工夫　功積力久　自歸坦蕩之地

한 걸음 내디딜 때
한 걸음 위에서의 공부가 있다.
이런 공부가 쌓이고 노력이 오래되면
저절로 평탄한 데로 나아갈 것이다.

학문은 반복해서 익히며 쌓아나가는 것이 중요하다. 머리가 좋은 사람은 한 번 들으면 평생 잊지 않는다고 하는데, 그런 사람을 '강기(强記)'라고 한다. 그러나 그런 사람도 모든 것을 다 잊지 않고 기억하는 것은 아니다. 어떤 특수한 분야에서만 그것이 가능하다. 인간은 망각의 동물이다. 그래서 알았던 많은 지식을 오래지 않아 잊어버린다. 이를 극복하기 위한 공부가 반복해서 쌓아가는 것이다. 한 번 보고서 영원히 기억하는 글자도 있지만, 어떤 글자는 수십 번을 찾아도 생각나지 않는 것이 있다. 그러나 글을 읽을 때마다 자전을 찾고 또 찾으면 언젠가 나의 것이 된다. 이것이 공부하는 방법이다.

한 걸음 내디딜 때 한 걸음 위에서의 공부가 있다는 말은 순간순간의 일에 마음을 기울이라는 말이다. 그런 공부가 쌓여 힘이 길러지면 그 다음에는 특별한 노력을 기울이지 않고서도 평탄하게 공부를 해 나갈 수 있다.

졸옹(拙翁) 홍성민(洪聖民 1536-1594)은 중국으로 사신을 갈 적에 병이 있어 그 먼 길을 다녀올 것에 대해 걱정이 태산 같았다. 그때 어떤 사람이 '망(忘)' 자를 써주며, 세상사의 모든 것을 잊으라는 충고를 해주었다. 이에 그는 「망설(忘說)」을 지었는데, 그 중에 다음과 같은 구절이 있다.

아침에도 잊고, 저녁에도 잊고, 밤에도 잊으며, 앉아 있을 때도 잊고, 누워 있을 때도 잊어라. 한 걸음 내디딜 때마다 한 걸음 위에서 잊는 공부가 있어야 한다. 이런 공부가 쌓이고 노력이 오래되면 저절로 평탄한 데로 나아가, 춥고 괴로움도 그 병이 되지 않을 것이며, 외적인 사악함도 그 재앙이 되지 않을 것이다. 그러면 잊는 것에 대한 노력은 줄어들 것이고, 잊는 것의 효과는 클 것이다.[朝而忘焉 夕而忘焉 夜而忘焉 坐亦忘 臥亦忘 一步有一步上工夫 功積力久 自歸坦蕩之地 寒苦不能爲之病 外邪不能爲之厄 忘之用

功省 而忘之著效大矣](洪聖民, 『拙翁集』 권6, 說, 「忘說」)

홍성민이 말하고자 하는 바는, 고통과 고난에 대한 우려를 잊자는 뜻에서 한 걸음 내디딜 때마다 모든 것을 잊자고 한 것이다. 이는 지식을 쌓아가는 공부와는 거리가 있는 말이다. 그러나 세상만사 어려움을 잊는 것에도 한 걸음 한 걸음 옮길 때마다 공부가 필요하고, 그런 공부가 오랫동안 축적되어야 자유로워져 그 고통과 고난을 극복할 수 있다고 했다. 이런 의미만 단장취의해 공부론으로 보면, 그 뜻이 크게 어긋나지 않는다.

한 순간 한 순간 마음을 붙잡고 주시하면 거기에는 모두 공부가 들어 있게 된다. 이런 공부를 조금씩 쌓아나가 오래되면 인위적인 노력을 기울이지 않고서도 저절로 편안해질 때가 있다. 그런 경지는 몸이 물속에서 억지로 뜨려고 하지 않아도 물과 하나가 되어 자연스럽게 헤엄치는 것과 같은 경지를 말한다. 즉 의도적으로 작심을 해서 공부를 하는 것이 아니라, 저절로 독서삼매에 심취하는 것을 말한다.

## 17.

# 매일 한 가지 이치를 분변하고
# 한 가지 일을 행함

今日辨一理 明日辨一理
今日行一難事 明日行一難事

오늘 한 가지 이치를 분변하고,
내일 한 가지 이치를 분변하라.
오늘 한 가지 어려운 일을 행하고,
내일 한 가지 어려운 일을 행하라.

### 人患無日新工夫耳

사람은 날마다 자신을 새롭게 변화시키는 공부가
없음을 근심할 따름이다.

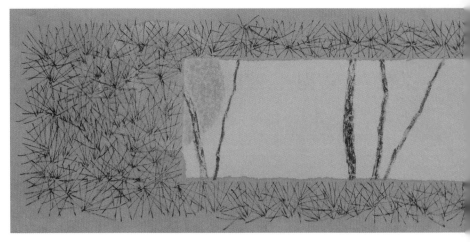

· 매일 한 가지 이치를 분변하고 〈유수종 작〉

　매일 한 가지 이치를 알아내고, 매일 한 가지 일을 실천해 나가는 것은 하루하루 조금씩 쌓아나가는 공부를 말한다. 지혜가 총명한 사람들은 이런 공부를 답답하게 여겨 하려 하지 않는다. 그러나 공자 문하에서 노둔하기로 이름 난 증자(曾子: 曾參)가 도를 전해 받은 사실을 우리는 기억할 필요가 있다. 학문은 꾸준히 끈기 있게 하는 사람만이 성취할 수 있다는 것을 단적으로 보여주는 사례이기 때문이다. 그렇지 못하면 한 때 반짝 빛이 났다가 곧 사라지고 만다.

　우리는 천재나 신동을 통해 그런 점을 본다. 신동으로 알려진 아이가 커서 큰 학문을 이룩했다는 말을 들어본 적이 없다. 무엇을 의미하는가? 차근차근 공부를 하지 않았다는 것이다. 미호(渼湖) 김원행(金元行 1702-1772)은 다음과 같이 말하였다.

　여씨(呂氏)의 『동몽훈(童蒙訓)』에 말하기를, "오늘 한 가지 이치를 분변하고, 내일 한 가지 이치를 분변하라. 오늘 한 가지 어려운 일을 행하고, 내일 한 가지 어려운 일을 행하라."라고 하였다. 이는 매우 노둔한 공부처럼 보인다. 그러나 날마다 이와 같이 하고, 또 날마다 이와 같이 하여 1년이 되면 바로 360여 건의 도리를 분변할 수 있게 될 것이고, 360여 건의 어려운 일을 행할 수 있게 될 것이다. 또 3년이 되면 1천여 건의 도리를 분변할 수 있을 것이고, 1천여 건의 어려운 일을 행할 수 있을 것이다. 참으로 이와 같이 하면, 이른바 봄날 얼음이 녹듯이 그렇게 환히 이치가 순해지는 경지에 이를 것이다. 어찌 그 경지에 이르는 것을 어렵게 여기겠는가? 그러면 성현과의 거리가 멀지 않게 된다. 아! 사람은 날마다 새롭게 변하는 공부가 없는 것을 근심해야 한다. 진실로 날마다 자신을 새롭게 하면 어찌 성취함이 없을까를 걱정하겠는가?(呂氏童蒙訓曰云云 今日辨一理 明日辨一理 今日行一難事 明日行一難事 似是極鈍工夫 然日日如此 又日日如此 至於一歲 則便辨得三百六十餘件道理 行得三百六十餘件難事 又至於三歲 則辨得千餘件道理 行得千餘件難事 誠如是 則所謂渙然氷釋 怡然理順底地位 夫豈難致 而去聖賢 當亦不遠 嗚呼 人患無日新工夫耳 苟日新 何患其無成耶)(金元行, 『渼湖集』 권14, 雜著, 「書呂氏童蒙訓語贈閔甥翼烈」)

여씨(呂氏)는 남송시대 여조겸(呂祖謙 1137-1181)을 말한다. 날마다 한 가지씩 알아가고 한 가지씩 실천해 나가는 공부는 거북이식 공부다. 그러나 3년이 지나고 10년이 지나면 토끼처럼 약삭빠른 생각을 하는 사람은 도저히 따라잡을 수 없을 만큼 큰 축적이 있게 된다. 이것이 공부의 매력이다. 공부는 처음에는 머리 좋은 사람이 잘 하지만, 나중에는 끝까지 노력하는 사람이 승리한다. 그래서 중간 정도의 자질로도 공부에는 승부를 걸어볼 만한 것이다.

살면서 주위를 살펴보니, 천재형 인간은 큰 업적을 낸 사람이 적다. 그가 하는 말을 들어보면 논리정연하고, 추리력이나 상상력을 따라갈 수 없다. 또 문제를 파악하는 능력도 정확하고 예리하다. 그러나 그런 사람이 생산한 저작물은 좀처럼 만나기 어렵다. 왜 그럴까? 하나하나 쌓아가는 공부가 없기 때문이다.

또 하나 날마다 자신을 새롭게 변화시키는 공부를 일신공부(日新工夫)라고 한다. 『대학』에 탕(湯)임금의 세수 대야에 새겨진 명(銘)을 인용하여 "어느 날 자신을 새롭게 변화시켰다면 날마다 자신을 새롭게 하고 또 날로 새롭게 하라."고 하였다. 나날이 자신을 새로운 사람으로 만들어 나가는 공부, 그것이 바로 유교의 공부론이다.

선비가 삼 일을 만나지 않으면 눈을 씻고 본다는 말이 있다. 삼 일 동안 새롭게 변했다는 말이다. 이 역시 날마다 새롭게 자신을 변화시키는 공부를 단적으로 말한 것이다. 괄목상대(刮目相對)라는 말의 의미를 이렇게 알고 나면, 우리는 정신이 번쩍 든다. 며칠 보지 못한 사이에 상대방이 얼마나 향상되었는지, 그래서 나보다 얼마나 앞서 가는지 긴장감이 생기기 때문이다.

# 18.
# 언제 어디서든 공부하라

隨時隨處　自有用工夫處

언제 어느 곳에서든지
저절로 공부를 함이 있어야 한다.

誠不忘於學　則隨時隨處　自有工夫
隨遇講究　隨事體認　亦莫非學也

진실로 배움에 대해 잊지 않는다면,
언제 어느 곳에서든지
저절로 공부가 있을 수 있네.
만나는 바를 따라 강구하고,
일에 따라 체인(體認)하면,
또한 배움 아닌 것이 없을 걸세.

공부는 시간과 공간에 제한을 받아서는 안 된다. '시간이 없다'거나 '공부할 곳이 없다'고 하는 것은 핑계에 불과하다. 마음이 돈독하면 공부는 언제 어디서나 가능하다. 불가에서 흔히 말하는 '행주좌와(行住坐臥)·어묵동정(語默動靜)에 모두 공부가 있다'고 하는 것이 그것이다.

명재(明齋) 윤증(尹拯 1629-1724)은 이에 대해 다음과 같이 말했다.

> 어느 때 어느 곳에서든지 스스로 공부를 함이 있어야 한다. 그래서 나의 존양(存養)하고 성찰(省察)하는 공부로 하여금 일상생활 속에서 해이해지지 않게 하면, 도에서 잠시도 벗어나지 않을 것입니다.[隨時隨處 自有用工夫處 使吾存省之功 不懈於日用 則道未嘗須臾離也](尹拯, 『明齋遺稿』 권23, 書, 「答沈明仲」)

또 그는 다음과 같이 말했다.

> 이 마음이 진실로 배움에 대해 잊지 않는다면, 어느 때 어느 곳에서든지 저절로 공부가 있을 수 있네. 만나는 바를 따라 강구(講究)하고, 일에 따라 체인(體認)하면 또한 배움 아닌 것이 없을 걸세. 걱정스러운 점은 의지를 굳게 세우지 못하면 바로 잊게 된다는 것일세.[此心誠不忘於學 則隨時隨處 自有工夫 隨遇講究 隨事體認 亦莫非學也 所患志不立 則便至於忘耳](尹拯, 『明齋遺稿』 권27, 書, 「與再從弟天縱 己巳元月二十八日」)

예전 사람들은 청소년기에 경서를 모두 외운 뒤, 평생 수시로 음미하고 되새기며 그 의미를 깨달아 나갔다. 그래서 지식의 깊이가 현대인들이 피상적으로 알고 있는 것과는 비교가 되지 않을 정도로 깊었다. 지식을 현실 생활 속에서 하나하나 체인하고 체득해 완성함으로써 자기 것으로 만들었기 때문이다.

　그런데 우리는 피상적인 지식과 많은 정보 속에서 헤엄칠 뿐, 그 지식과 정보를 자기 것으로 만드는 사람이 매우 적다. 옛날 사람들이 자득(自得)과 체득(體得)을 중시한 것을 우리는 다시 생각해 보아야 한다. 모든 창조적 생각은 자득을 통해 나오기 때문이다. 즉 창조적 사유는 하루아침에 하늘에서 떨어지는 것이 아니라, 오래 숙성시켜 자득한 데에서 서서히 나오는 것이다.

· 언제 어느 곳에서든지 〈유수종 작〉

## 19.

# 병중공부, 마상공부, 침상공부, 측상공부

病中有病中工夫　馬上有馬上工夫
以至枕上厠上坐臥行步　亦各有當然之工夫
何處非用工之地也

병중에는 병중공부(病中工夫)가 있고,
말을 탔을 적에는 마상공부(馬上工夫)가 있다.
심지어 베개 머리[枕上], 측간[厠上], 좌중(坐中), 와중(臥中),
실천할 때[行], 걸을 때[步]에도 각기 그에 합당한 공부가 있다.
어느 처소인들 공부하는 곳이 아니겠는가?

위 글은 윤동원(尹東源 1685-1741)이 지은 조부 명재(明齋) 윤증(尹拯 1629-1724)의 「행장(行狀)」에 나오는 내용이다. 윤증은 공부에 대해 의미심장한 말을 한 것이 많은데, 특히 병이 나서 요양을 할 적에도 마음을 다스리는 공부가 있다고 하였다. 이런 말은 아무나 할 수 있는 것이 아니다. 중병에 걸려 병원에 입원을 하고 있을 때는 평소 온화한 성품을 가졌던 사람도 짜증을 내고 버럭 고함을 지르는 경우가 많다. 자신의 마음을 잡고 다스리기가 그만큼 어려운 시점이기 때문이다.

그런데 이를 역설적으로 공부의 관점에서 말하면, 오히려 공부할 일이 더 많고, 참다운 공부를 할 수 있는 절호의 기회이기도 하다. 윤증은 아마 이런 경험을 절실히 했던가 보다. 그래서 그는 다음과 같이 말하고 있다.

> 병중에도 병중의 공부가 있으니, 배움 아닌 것이 없습니다.[病中亦有病中工夫 莫非學也](尹拯, 『明齋遺稿』 권24, 書, 「答李公達 壬午四月二十一日」)

윤동수(尹東洙 1674-1739)도 병이 났을 때의 공부에 주의하였다.

> 고인은 병중공부가 있었습니다. 비록 며칠 동안이라도 심신을 내팽개치지 않으면 괜찮습니다.…… 병중에는 비록 소리 내어 독서할 수 없지만 또한 공부가 있으니, 마음을 편안히 하고 생각을 잠재우고서 병을 조리하십시오.[古人有病中工夫 雖數日之間 不使身心放逸則可矣……病中 雖不能作聲讀書 亦有工夫 安心息慮以調病](尹東洙, 『敬庵遺稿』 권5, 書, 「與黃曄」)

윤동원은 조부 윤증이 평소 공부에 대해 강조한 말을 다음과 같이 기록해 놓았다.

또 훈계하시기를 '학문하는 길은 다른 것이 없다. 마음이 불안할 적에는 곧 의리도 불안하게 된다. 마음이 불안할 적에는 일을 하지 않는 것도 괜찮다. 능히 독서할 수 없을 지라도 모름지기 이런 생각을 잊지 말면 일상생활 속의 일이나 행위가 배움 아닌 것이 없을 것이다.'라고 하셨다. 또한 말씀하시기를 '병중에는 병중공부가 있고, 말을 탔을 적에는 마상공부(馬上工夫)가 있다. 심지어 벼개 머리[枕上], 측간[厠上], 좌중(坐中), 와중(臥中), 실천할 때, 걸을 때에도 각기 그에 합당한 공부가 있다. 어느 곳인들 공부하는 곳이 아니겠는가?'라고 하셨다.[又戒之曰 學問之道無他 心所不安 卽義所不安 心所不安 不行焉 則亦庶矣 雖不能讀書 須勿忘此意 則日用事爲 無非學也 又曰 病中有病中工夫 馬上有馬上工夫 以至枕上厠上坐臥行步 亦各有當然之工夫 何處非用工之地也](尹東源, 『一庵遺稿』 권3, 家狀, 「祖考文成公家狀」)

병이 들어 신음을 할 적에도 자기 마음을 주시하는 것이 병중공부이다. 짜증스럽고 아프고 죽고만 싶은 그 마음을 다시 돌아보면서 그것을 극복해 나가는 공부이니, 참으로 공부 중에서는 중요한 공부라 할 수 있다.

그 나머지 말을 타고 갈 적의 공부, 잠자리에 들었을 때의 공부, 화장실에 앉아 큰일을 볼 적의 공부, 앉아 있을 때의 공부, 누워 있을 때의 공부, 어떤 일을 행할 때의 공부, 걸어갈 때의 공부는 그때그때의 상황에 따라 언제 어디서나 공부가 있음을 말한 것이다.

이런 공부는 자신의 마음을 한 순간도 놓지 않고 늘 주시하는 것이 핵심이라 생각된다. 마음의 주체를 놓치면 대상에 끌려가게 된다. 언제 어디서든지 한 순간도 마음의 주체를 잃어버리지 않고 마음을 붙잡고 살피는 공부가 바로 이런 공부이다.

# 20.
# 일상(日常)에서의 공부

**爲學工夫 不在日用之外**

학문 공부는
일상생활 밖에 있는 것이 아니다.

유학은 철저히 현실주의이다. 그래서 나는 유학을 '지금 여기서 내가 무엇을 할 것인가를 고민하는 학문'이라고 정의한다. 유학은 자기가 서 있는 '지금의 여기'에 늘 초점이 맞추어져 있다. 나는 이런 점을 매우 높이 산다. 이는 무한한 생명력인 것이다.

그런데 유학자라고 하는 사람들이 언제부턴가 성현을 맹목적으로 추종하고, 선인을 맹목적으로 따르는 것만을 능사로 여기는 잘못된 생각을 하게 되었다. 그래서 지식과 도덕은 점점 낮아지게 되었고, 그런 정신력으로 옛날 것을 그대로 따르려 하다 보니, 결국 현대사회에서 버림을 받게 되었다.

유학자 또는 유림(儒林)이라고 자부하는 사람들은 이 점에 대해 심각하게 반성해야 한다. 그렇지 못하고 아직도 '그 어른 대단해'라고 하거나 '옛날에는 그렇지 않았어'라는 식의 말이나 하고 있으면, 유학은 현대사회에서 아무런 희망도 주지 못할 것이다. 희망을 주지 못하면 인간에게서 멀어지게 된다.

그러면 어떻게 해야 하는가?

옛날 학자의 어떤 점이 대단하고 훌륭한지를 적확하게 파악해 그것을 자기 몸에 능숙하게 하고, 세상 사람들에게 알려 함께 따라 하자고 앞장서서 실천하는 것이 유림 본연의 임무이다. 다시 말하거니와 '그 어른 대단해'라는 식으로 빈말이나 하고 있어서는 유학이 이 세상에 아무런 희망도 주지 못한다. 무엇을 어떻게 할 것인가를 진지하게 고민해야 한다.

유학은 지금 여기서 내가 무엇을 할 것인가에 늘 초점을 맞추고 있다 보니, 학문도 자신의 일상생활에서 벗어난 것을 추구하지 않는다. 이 점이 유학의 최대 장점이다. 일상생활에 필요한 지식과 행동을 추구하는 것을 가장 의미 있는 학문으로 여긴다. 그래서 유학에는 절대적으로 추종해야 할 신(神)이 없다. 성인도 우리와 똑같은 사람으로, 부지런히 공부를 해서 그런 인격과 도덕을 달성한 분이다.

아래 인용문은 유학의 이념이 일상생활에서 벗어나지 않음을 잘 말해주고 있는 글로, 퇴계학맥을 이은 밀암(密庵) 이재(李栽 1657-1730)가 어떤 관리에게 답한 편지 중의 일부이다.

> 나는 일찍이 주자(朱子)가 진렴부(陳廉夫:陳址)에게 답한 편지에 "학문 공부는 일상생활 밖에 있는 것이 아닙니다. 몸을 단속함은 말하고 침묵을 지키고 움직이고 가만히 있을 때 늘 하는 것이며, 집에 있을 적에는 어버이를 섬기고 어른을 섬기며, 이치를 궁구하는 것은 글을 읽고 의리를 강론하는 것인데 단지 시비를 분별해 그른 것을 버리고 옳은 것을 취할 뿐이니, 달리 일컬을 만한 현묘한 것이 없습니다."라고 한 말을 사랑하였습니다.[嘗愛朱夫子答陳廉夫書曰 爲學工夫 不在日用之外 檢身則語默動靜 居家則事親事長 窮理則讀書講義 只要分別是非 去彼取此 無他玄妙之可言也](李栽,『密菴集』 권7, 書,「答某官 壬寅」)

내용은 주로 주자의 편지 중에 있는 말로, 일상의 어묵동정(語默動靜) 속에서 자신의 몸을 단속하고, 일상 속에서 어버이와 어른을 섬기며, 일상 속에서 독서와 강의를 통해 이치를 궁구하는 것이 공부의 전부임을 강조한 것이다.

유가의 공부는 늘 자신이 스스로 하는 것이기 때문에 새로운 것이 없어 사람들이 식상해 한다. 그러나 어느 정도 나이가 들고 나면, 이런 생각이 든다. "우리 집안에 아무 일도 일어나지 않는 것이 얼마나 행복한 것인가." "오늘도 무탈하기를" 그래서 예전 사람들은 '무탈'이라는 말을 많이 했다. 그리고 무탈하기 위해 근신을 하고 조심을 하며 살았다.

마지막에 언급한 '공부에는 달리 현묘한 것을 말할 만한 것이 없다'는 말은, 참으로 일상의 현실에 뿌리를 둔 사유임을 말해준다. 공부는 사후의 세계를 허황하게 살피는 것이 아니다. 공부는 우리가 발을 딛고 있는 이 세계를 떠나 그 무엇을 추구하는 것이 아니다. 우리가 서 있는 여기에서 우리가 어떻게 참되고 올바르게 살 것인가를 생각하는 것이 공부이다. 그것을 글로 표현하고, 그림으로 그리고, 글씨로 쓰는 것은 자기의 개성이다. 그러나 그 모든 것이 다 공부이고, 그 공부의 중심에는 늘 '지금 여기에 있는 나'가 주체가 되어야 한다. 그렇지 못하면, 그것은 현실세계에 아무런 도움도 주지 못한다.

김수환 추기경이 선종을 하면서 '감사합니다. 사랑하십시오.'라고 한 말도 하늘의 세계를 말한 것이 아니다. 이 세상에서 살아가는 방식을 말한 것이다. 인간이 하늘을 말하되, 그 하늘은 인간과 별개의 하늘이 아니라, 늘 우리 마음속에 있는 하늘이어야 그것이 현실세계에서 생명력이 있게 된다. 그래서 큰 인물은 하느님을 팔지 않고, 인간에 관한 말씀만 남기고 간다.

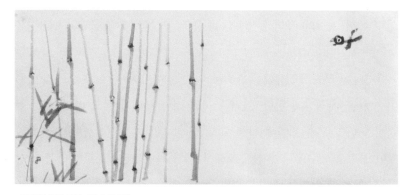

· 일상에서의 공부 〈유수종 작〉

# 21.

## 지극히 노둔한 공부를 하라

雖尋常文字之易曉者 必反復熟看 用極鈍工夫
雖一字半句 不十分融釋 則不措

&lt;선군께서는&gt;

평범한 문자로 알기 쉬운 글일지라도
반드시 반복해 숙독하여
지극히 노둔한 사람처럼 공부하셨다.
비록 한 글자나 반 구절이라도
완전하게 훤히 이해되지 않으면
그대로 넘어가지 않으셨다.

이는 정밀하게 공부를 하는 태도를 잘 보여주는 말이다. 농암(農巖) 김창협(金昌協 1651-1708)은 선친의 학문에 대해 다음과 같이 말했다.

선군께서는 총명함이 매우 빼어나셔서 책을 보시면 서너 줄을 한꺼번에 내리 읽으셨다. 그런데도 오히려 많은 책을 섭렵하는 것을 장점으로 생각지 않으셨다. 비록 평범한 문자로 알기 쉬운 글이지만 반드시 반복해 숙독하셔서 지극히 노둔한 사람처럼 공부하셨다. 한 글자나 반 구절이라도 완전하게 훤히 해석하지 않으면 그대로 넘어가지 않으셨다. 그러므로 늘그막에 이르러서도 기억력이 오히려 놀라워 잊어버리는 것이 적었다.[先君聰穎邁倫 看書三四行俱下 猶不以涉獵馳騁見長 雖尋常文字之易曉者 必反復熟看 用極鈍工夫 雖一字半句 不十分融釋則不措 故到老 記性愈强 鮮有滲漏](金昌協, 『農巖集』續集 卷下, 書,「上尤齋先生書 己巳」)

한 글자 반 구절이라도 그냥 지나치지 않고 완전하게 이해를 하고 넘어가는 독서태도는 독서인이라면 누구나 본받아야 할 일이다. 공부의 성패는 얼마나 정밀하게 읽고 사고하느냐에 달려 있다. 이를 위해서는 수없이 반복해서 읽어야 한다. 남보다 한 번 더 읽겠다는 생각을 해야 하고, 백 번 이상을 읽겠다는 각오를 해야 한다. 여기에 공부 잘하는 비법이 다 들어 있다. 공부를 잘하는 사람은 이를 안다. 남보다 한 번 더 읽기.

'노둔한 사람이 한 글자 한 구절을 이리저리 생각하고 또 생각하는 것과 같은 독서태도를 지녀야 한다'는 말은 피상적 앎을 경계한 것이다. '그렇구나'가 아니라, '왜 그럴까?'를 계속 생각해 둔한 사람이 고개를 갸우뚱거리듯이 하라는 말이다.

그렇다면 제대로 알지도 못하면서 다 아는 것처럼 말하는 사람은 어떻겠는가. 공자가 '확실히 아는 것은 안다고 하고, 잘 모르는 것은 모른다고 하는 것, 그것이 사물을 제대로 아는 것이다'라고 한 말은 노둔한 사람처럼 공부하는 사람에게서나 가능하다.

어떤 학생이 나에게 찾아와 3일 만에 『시경』을 다 읽었다고 자랑을 하기에 심하게 면박을 준 적이 있다. 예전에는 경서 한 책을 1년쯤 읽었다. 그래서 암송할 뿐만 아니라, 그 내용을 음미할 수 있었다. 그리고 또 평생 되새김질을 하며 그 깊은 뜻을 깨달아 나갔다. 공부는 노둔한 사람처럼 하는 것이 왕도다. 그런데 현실은 모두 '빨리! 빨리!'를 외치고 있고, 나도 그 대열에서 뛰어가고 있다. 3일 만에 『시경』을 다 읽었다고 하는 어리석음을 우리는 경계해야 한다.

## 22.
# 학문의 길


學問之道　無他　求其放心而已

학문의 길은 다른 방법이 없다.
그 놓아버린 마음을 구하는 것일 뿐이다.

이 말은 맹자가 2천 3백여 년 전에 한 것으로, 학문의 길을 논하는 자리에서는 언제나 가장 먼저 일컬어진다. 학문의 길은 잃어버린 마음을 구하는 것이 최대 관건이다. 마음은 일신(一身)의 주재자인데, 우리는 주체적 자각을 하지 못해 주인이 주인으로서의 구실을 하지 못하고 있다. 그래서 늘 돈에 끌려 다니고, 맛난 음식에 유혹되며, 예쁜 미인에 혹한다. 마음이 도덕적 주체를 확립하게 되면, 외물에 끌려 다니지 않게 된다.

아래 인용문은 추탄(楸灘) 오윤겸(吳允謙 1559-1636)이 세자에게 올린 글인데, 마음을 수렴하는 법을 학문을 하는 제일공부로 말하고 있다.

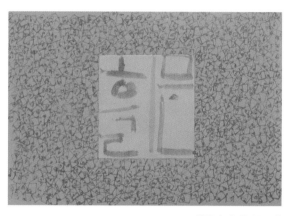

· 학문의 길 〈유수종 작〉

아! 떳떳한 인륜을 돈독히 펴는 것은 참으로 인도(人道)에 있어 가장 먼저 해야 할 일입니다. 그리고 마음을 거두어들이는 법이 곧 학문을 하는 제일의 공부입니다. 맹자는 말씀하기를 "학문의 도는 다른 것이 없다. 그 놓아버린 마음을 구하는 것일 뿐이다."라고 하였습니다. 대개 심(心)은 일신(一身)의 주재입니다. 반드시 이 마음을 붙잡고 보존해 항상 안에서 주재를 하게 한 뒤에라야 일에 응하고 남을 만날 적에 마땅함을 잃지 않게 됩니다. 하나라도 살피지 못하는 점이 있으면 마음이 흩어져 달아나서 몸은 여기에 있어도 마음은 저기로 치달릴 것입니다. 그러면 몸에 주재하는 바가 없게 됩니다.[噫 敦敍彝倫 固人道所當先務 而收心之法 乃爲學第一工夫 孟子曰 '學問之道無他 求其放心而已也' 蓋心者 一身之主宰也 必操而存得 常主乎中 然後

應事接物 不失其當矣 一有不察 而放逸飛揚 身在於此 而心馳於彼 則身無所
主](吳允謙, 『楸灘集』 권3, 書, 「上世子書」)

　'마음은 일신의 주재이다'라는 말은 심성수양 공부의 중요한 관건이
다. 성리학에서는 심통성정(心統性情)을 말한다. 마음이 성(性)과 정(情)을
통섭한다는 것이다. 성은 하늘로부터 부여받은 것이고, 정은 그 성이 발
하여 나오는 감정이다. 이 정은 순전히 선하지 않아, 악으로도 갈 수 있
다. 그래서 마음이 항상 주재를 해야 한다. 주재를 하지 못하면, 외물에
끌려가게 되어 주체성을 상실하게 되고, 결국 악으로 빠지게 된다. 그래
서 주체를 잃지 않고 보존하는 것과 주체가 되어 살피는 일이 중요하다.

# 23.
## 놓아버린 마음을 거두어들이기(收放心)

收放心三字 功夫第一頭

마음을 거두어들이라[收放心]라는 세 글자는
공부의 제일 첫머리다.

'수방심(收放心)'은 맹자가 말한 구방심(求放心)과 같은 뜻이다. 맹자는 학문의 길을 말하면서 다른 그 어떤 것보다 방심을 구하는 문제를 집중 거론했다. 공부에 있어 마음을 안으로 수렴하는 일은 그만큼 중요한 것임을 알 수 있다.

아래 여헌(旅軒) 장현광(張顯光 1554-1637)의 말은 이를 잘 말해주고 있다.

> '수방심(收放心)' 세 자는, 공부의 제일 첫머리.
> 그대는 지금 걸출한 시구를 가졌으니,
> 나는 그대의 수방심을 스승으로 삼으리.
> [收放心三字 功夫第一頭 君今有傑句 我欲師君收](張顯光, 『旅軒集』續集
> 권1, 五言絶句, 「次張斯擧光翰」)

장현광은 '수방심' 3자로 스승을 삼겠다고 노래하고 있다. 이것이 공부의 제일 관문임을 말한 것이다. 방심을 거두어들이기 위해서는 늘 마음을 주시해야 한다. 그리고 평소 마음을 길러 언제나 하늘을 두려워하는 외경심(畏敬心)을 잃지 말아야 한다.

공부는 의지에 달려 있다. '나는 어떤 일을 꼭 이루고 말거야'라는 강한 의지를 갖게 되면 그것을 위해 부단히 노력을 하게 되고, 언젠가는 그것을 이루게 된다. 그런데 이런 마음을 갖지 않고, 하루하루 되는 대로 살다 보면, 평생 아무것도 이룩하지 못하고 만다. 마음은 외물에 유혹되기 쉽다. 대부분의 사람들이 그렇게 마음을 빼앗긴 채 주체를 확립하지 못하고 산다. 놓아버린 마음을 거두어들이려면 강한 의지가 있어야 한다. 그것이 있어야 놓아버린 마음을 잡을 수 있다.

방심(放心)은 글자 그대로 '놓아버린 마음'이다. 마음을 풀어놓고 긴장하지 않는 것을 말한다. 이와 상대적인 말이 조심(操心)이다. 마음을 붙잡고서 정신을 똑바로 차리는 것이다. 옛날부터 공부는 마음을 붙잡는 것이었다. 즉 한 순간도 마음을 풀어놓는 것이 아니라, 언제나 어디서나 마음을 붙잡는 것이었다. 이 역시 공부의 비법이다.

## 24.
# 방심을 수렴하는 공부법


九容九思上做工　乃是收放心之法　甚善

구용(九容)·구사(九思)에서의 공부는
방심(放心)을 수렴하는 법으로 매우 좋다.

구용(九容)은 아홉 가지 용모를 말하고, 구사(九思)는 아홉 가지 생각을 말한다.

구용은 『예기(禮記)』「옥조(玉藻)」에 나오는 말로 족용중(足容重)·수용공(手容恭)·목용단(目容端)·구용지(口容止)·성용정(聲容靜)·두용직(頭容直)·기용숙(氣容肅)·입용덕(立容德)·색용장(色容莊)을 말한다.

발의 모양은 정중하게,

손의 모양은 공손하게,

눈의 모양은 단정하게,

입의 모양은 묵직하게,

목소리는 고요하게,

머리는 곧게,

기상은 정숙하게,

서 있는 자세는 덕스럽게,

얼굴빛은 장엄하게.

이는 신체 외적으로 반듯하고 의젓한 몸가짐에 대해 말한 것이다. 발을 장중하게 갖지 않고 경박하게 하거나 삐딱하게 취하는 경우가 얼마나 많던가. 손도 마찬가지다. 점잖게 가만히 있지 않고 가벼이 손을 놀리는 것이 남들의 눈살을 얼마나 찌푸리게 하는가. 눈은 더하다. 시선을 어디에 두느냐에 따라 인격이 드러나 보이기도 한다. 입으로 말하는 것은 가장 심하다. 허튼소리를 하고 쓸 데 없는 말을 하고 기분 나쁜 소리를 하는 것 등 입으로 하는 말 때문에 얼마나 많은 해악을 끼치는가. 입의 모양에 '지(止)' 자를 쓴 것은 참으로 묘하다. 함부로 입을 열지 말고 무겁게 닫고 있으라는 말이다. 그 뒤의 목소리, 머리 모양 등도 어느 것 하나 가벼이 볼 것이 없다.

· 방심을 수렴하는 공부 〈유수종 작〉

구사(九思)는 『논어』에 보이는 말로, 시사명(視思明)·청사총(聽思聰)·색사온(色思溫)·모사공(貌思恭)·언사충(言思忠)·사사경(事思敬)·의사문(疑思問)·분사난(忿思難)·견득사의(見得思義)를 말한다.

눈으로 볼 적에는 밝음을 생각하고,

귀로 들을 적에는 총명함을 생각하고,

얼굴빛은 온화하기를 생각하고,

모습은 공손하길 생각하고,

말은 충성스럽기를 생각하고,

일은 공경을 생각하고,

의심스러우면 묻기를 생각하고,

성이 날 적에는 그 뒤의 어려운 일이 닥칠 것을 생각하고,

어떤 물건을 받을 적에는 의로운지를 생각하라.

이는 마음이 외물과 만날 적에 어떻게 생각할 것인가를 말한 것이다. 이를 제대로 실천하면 거의 성인의 경지에 이를 것이다. 보고 듣고 말하

고 행동하는 것들은 모두 신체의 감각기관이 담당한다. 이 때 주체가 되어 생각하는 것이 마음이다.

이는 마음이 발해 이런 감각기관을 통해 사물을 접할 때 외물에 끌려가지 않기 위한 구체적 방법이다. 이런 마음가짐으로 공부를 하면 방심을 구할 수 있다. 아래 인용문은 이덕홍(李德弘)의 질문에 이황이 답한 내용으로, 이 점을 절실하게 말하고 있다.

또 이덕홍이 묻기를 "이국필(李國弼)이 '나는 『논어』에 있는 〈문을 나설 때는 큰 손님을 만난 듯이 하며〉와 〈안회(顔回)는 노여움을 다른 사람에게 옮기지 않았고 같은 허물을 두 번씩 되풀이하지 않았다〉는 것으로 주된 근본을 삼는데, 과연 공부의 차서에 합할까? 단계를 뛰어넘는 것은 없을까?'라고 하였습니다. 소자는 구용(九容)·구사(九思)를 따라 공부를 하는데, 어떻습니까?'라고 하였더니, 퇴계 선생께서 말씀하시기를 "구용과 구사에 대한 공부는 곧 방심(放心)을 수렴하는 법으로 매우 좋다. 이비언(李棐彦: 이국필)이 말한 것은 참으로 단계를 뛰어넘은 것이다. 정자(程子)가 말씀하기를 '문을 나설 때 큰 손님을 만난 듯이 한다는 것은 바로 심광체반(心廣體胖)한 경지이다.'라고 하였으니, 용모를 움직이고 주선하는 것이 예에 맞아야 비로소 얻을 수 있는 경지이다. 또한 안자의 '노여움을 남에게 옮기지 않는 것과 같은 잘못을 두 번씩 되풀이하지 않는다.'는 경지는 매우 높은 것으로, 초학자들이 갑자기 해 나가기 어려운 경지이다. 이런 경지의 공부를 하는 것은 안자의 '예가 아니면 보지 말고, 예가 아니면 듣지 말고, 예가 아니면 말하지 말고, 예가 아니면 행동하지 말라.'는 데에서 노력하는 것만 못하다."라고 하셨다.[李君國弼曰 吾以出門如見大賓 不遷怒不貳過爲主本 果合於工夫次序乎 無乃躐等乎 小子竊欲從九容九思上做工夫 何如 先生曰 九容九思上做工 乃是收放心之法 甚善 若李棐彦所云 則眞是躐等 程子謂出門如見大賓 便是心廣體胖 動容周旋 中禮始得 且不遷怒貳過 其地位亦甚高 初學猝難著脚 與其做工於此 不如非禮勿視聽言動上著力也](李德弘,

『艮齋集』권3, 問目,「上退溪先生 辛酉」)

이덕홍은 이국필과 공부에 대해 토론을 했던 모양이다. 이덕홍은 아래로부터 차근차근 배워나가는 공부를 택했고, 이국필은 안회(顔回)의 공부를 중시했던가 보다. 이런 공부법에 대해, 이황은 안회의 공부는 높은 경지에 올라야 가능하다고 했다. 안회의 공부는 『논어』에 몇 가지가 보이는데, 그 중에 '노여움을 남에게 옮기지 않고 같은 잘못을 두 번씩 되풀이하지 않았다.[不遷怒 不貳過]'는 것은 이미 축적된 공부가 많은 것으로, 초학자들이 갑자기 따라갈 수 없는 경지이다. 그래서 이황은 구용·구사 같은 공부를 권하고 있다.

이 역시 공부법으로 귀담아 들을 만한 말이다. 공부에 흥미를 느끼면 빨리 성취하고 싶어진다. 얼른 박사를 받아서 스승보다 더 큰 업적을 이룩하고 싶어지는 것이다. 이런 마음은 소중하다. 그러나 성급한 마음만으로는 아무것도 이룰 수 없다. 그래서 이런 마음을 깨우치기 위해 낮은 데로부터 한 걸음씩 차근차근 올라가는 공부를 해야 한다고 가르치고 있는 것이다. 이것이 정도이다. 이 길을 착실히 따라가지 않으면, 학문을 성취하기 어렵다.

# 25.
# 조존수렴(操存收斂)

先賢敎人 未嘗不以操存收斂爲先 以立其本

선현들이 사람을 가르칠 적에는
마음을 잡아 보전하고
마음을 거두어들이는 것을
우선 할 일로 삼아
그 근본을 세우게 하지 않음이 없었다.

우암(尤庵) 송시열(宋時烈 1607-1689)은 어떤 사람에게 보낸 편지에서 다음과 같이 말하고 있다.

　　삼가 생각건대, 선현들이 사람을 가르칠 적에는 마음을 잡아 보존하고 마음을 거두어들이는 것을 우선 할 일로 삼아 그 근본을 세우게 하지 않음이 없었습니다. 그런 뒤에 그가 읽는 책은 반드시 친절하고 간결하고 요약된 것으로부터 시작하여, 끝내 어느 책이든 읽지 않음이 없는 데까지 이르렀습니다. 비록 자질에 고하(高下)가 있고, 공부에 심천(深淺)이 있으나, 안으로부터 밖으로 미치고, 낮은 데로부터 높은 곳에 이르는 순서는 다름이 있지 않았습니다.[竊惟 先賢敎人 未嘗不以操存收斂爲先 以立其本 然後 其所讀之書 必以親切簡要者爲始 終至於無所不讀 雖其資質有高下 工夫有淺深 而其由內及外 從卑至高之序 則未嘗有異也](宋時烈, 『宋子大全』 권54, 書, 「答金久之 丙辰六月十七日」)

　송시열은 마음을 잡고 보존하고 마음을 거두어들이는 것을 공부의 선무로 생각하고 있다. 그렇게 해서 근본을 세워야 한다는 것이다. 우리는 '조심(操心)하라'는 말을 밥 먹듯이 한다. 길조심·불조심·차조심 등 일상에서 조심이라는 말이 자주 쓴다. 그러나 '조심'이라는 단어가 어떤 뜻인지는 주의하지 않는다.

　'조심'은 글자 그대로 마음을 잡는 것이다. 달아나지 않도록 붙잡는 것이다. 마음은 눈·코·입·귀 등 감각기관을 통해 드나든다. 견물생심이라고 하듯이, 좋고 예쁘고 아름다운

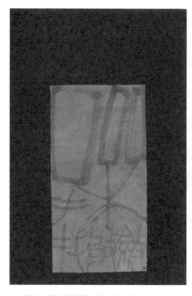

· 조존수렴(操存收斂) 〈유수종 작〉

것을 보면 마음이 끌리고 소유욕이 생긴다. 그래서 마음을 붙잡는 것을 수양의 출발점으로 삼는다. 그것이 바로 조심(操心)이다. 한 순간도 놓치지 않고 마음 붙잡기.

# 26.
# 극기공부(克己工夫)



克己一段 實爲學第一工夫

자신의 사욕을 극복하는 한 가지가
실로 학문을 하는 제일의 공부이다.

공자 제자 안회(顔回)는 석 달 동안이나 인(仁)을 어기지 않을 정도[三月不違仁]로 높은 경지에 올랐던 인물이다. 그의 공부를 한 마디로 말하면 극기복례(克己復禮)이다. 극기복례도 대부분의 사람들이 다 아는 말이지만, 실은 매우 어려운 뜻이 들어 있다. 극기란 극기훈련의 극기가 아니라, 마음속에서 일어나는 사욕을 물리친다는 뜻이다. 그리고 복례란 예로 돌아간다는 말인데, 이 말이 참으로 어렵다.

예(禮)란 무엇인가?

예란 글자는 신[示] 앞에 음식을 차려 놓고 경건하게 서 있는 것을 의미한다. 그런데 중세로 내려오면서 철학적인 의미가 보태져, 주자는 "천리(天理)의 절문(節文)이며 인사(人事)의 의칙(儀則)이다.[天理之節文 人事之儀則]"라고 정의했다. 매우 어려운 말이다. '천리의 절문'이란 자연의 이치를 대나무 마디처럼 구분지어 표현한 것이라는 뜻이며, '인사의 의칙'이란 인간의 일에 있어서 의젓한 법칙이 된다는 말이다.

그래도 어렵다. 그런데 이 말을 가만히 들여다보면, 하나는 자연의 리[天理]이고, 하나는 인간의 일[人事]임을 알 수 있다. 즉 하늘과 인간, 이치와 일이 다 들어 있는 글자가 예(禮)라는 자이다. 그렇다면 예라는 것은 절하고 인사하고 줄서는 인간의 일뿐만 아니라, 하늘의 이치를 의미하기도 한다. 하늘의 이치는 자연의 섭리나 질서를 말한다.

그렇다면 극기복례란 자신의 사욕을 물리치고 자연의 이치로 돌아갔다는 뜻이 된다. 굉장히 깊은 의미이다. 이런 용어를 정확히 모르고서 '자기를 이기고 예로 돌아가다'라고 가르치면, 그 뜻을 알 사람이 거의 없을 것이다.

동춘당(同春堂) 송준길(宋浚吉 1606-1672)이 지은 대곡(大谷) 성운(成運 1497-1579)의 「행장」에 다음과 같은 말이 있다.

또 학자들에게 말씀하기를 "자신의 사욕을 극복하는 한 가지는 실로 학문의 제일 공부이다. 이른바 몸[己]이란 내 마음이 좋아하는 것과 천리 (天理)가 합하지 않은 것을 말한다. 모름지기 일상생활 속에서 자세히 이 점을 살펴 내 몸의 사욕을 느끼는 순간 단칼에 베어내 마음을 깨끗하게 씻어야 한다. 그래서 그 싹을 마음속에 남겨두지 않으면 자연히 천리가 밝게 드러나고, 인욕(人欲)이 물러나 명을 따를 것이다."라고 하셨다.[又語學者曰 克己一段 實爲學第一工夫 所謂己者 吾心所好不合天理之謂也 須於日間 仔細檢察 纔覺己私 一劍兩段 淨洗心地 不留苗脈 則自然天理昭著 人欲退聽 矣](宋浚吉, 『同春堂集』 권20, 行狀, 「大谷成先生行狀」)

성운은 학자들에게 특히 극기를 강조하였는데, 이는 그의 절친한 벗 남명(南冥) 조식(曺植 1501-1572)의 경우와 유사하다. 특히 "일상생활에서 내 몸이 좋아하는 것이 천리와 합치되지 않는 것을 자세히 성찰해, 사욕 이 발견되면 즉시 한 칼에 잘라버려 심지를 청정하게 씻어야 한다."는 말 은, 조식이 「욕천(浴川)」이라는 시에서 다음과 같이 읊은 것과 그 정신이 일치한다.

| | |
|---|---|
| 사십 년 동안 온몸에 쌓인 티끌, | 全身四十年前累 |
| 천 섬 맑은 물에 다 씻어 버렸네. | 千斛淸淵洗盡休 |
| 티끌이 오장육부 속에 다시 생긴다면, | 塵土倘能生五內 |
| 당장 배를 갈라 흐르는 물에 띄워 보내리. | 直今刳腹付歸流 |

이런 재야 선비의 정신이 16세기 사화기(士禍期)에 조선의 도덕성을 세 우고 사회기강을 부지하였다. 그리고 그것은 다음 시대 사림정치를 여는 밑거름이 되었으니, 요즘으로 말하면 민주화를 이룩한 원동력이었다고 하겠다.

송나라 때 정자(程子)는 안
회의 안빈낙도와 연관하여
안회가 즐거워한 바가 어떤
일인지를 학자들은 깨달아야
한다고 했다. 이에 대해 봉
암(鳳巖) 채지홍(蔡之洪 1683-
1741)은 다음과 같이 말하고
있다.

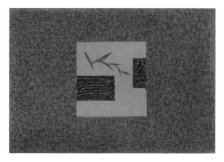

· 극기공부(克己工夫) 〈유수종 작〉

안빈낙도의 설은 병폐가 없지만 무미건조함이 매우 심합니다. 아무도 모
르는 방안 깊숙한 곳에서도 부끄러운 짓을 하지 않는다는 설 또한 즐거운
일이기는 하지만, 오히려 정자(程子)의 뜻을 얻지 못했습니다. 대체로 안자
(顔子)의 공부는 오직 극기(克己)에 있었을 따름입니다. 그러므로 능히 극기
를 하지 못했을 적에는 천리(天理)와 인욕(人欲)이 서로 싸워 승부를 결정
하기 어렵지만, 능히 극기를 하고 난 뒤에는 인욕이 모두 없어지고 천리가
완전히 드러납니다. 평생의 지극한 공부가 완성되면 대장부의 큰 일이 쾌
히 이루어지니, 세상의 지극한 즐거움 중에 그 어느 것이 이보다 더한 것
이 있겠습니까? 이것이 참으로 안자가 즐거워한 것입니다. 이런 설은 선유
들이 이미 논해 놓았습니다.[樂道之說 雖無病 而無味太甚 不愧屋漏 此亦樂
事 而猶未得程子之意也 盖顔子工夫 惟在克己而已 故方其不能克己之前 理欲
交戰 勝負難決 及其旣能克己之後 人欲十分消除 天理十分呈露 平生極工旣
成 丈夫大業快建 天下至樂 孰有加於此哉 此誠顔子所樂也 此等說話 先儒已
論之](蔡之洪, 『鳳巖集』 권8, 書, 「答鄭明佐」)

채지홍은 안회의 공부의 핵심을 극기복례에 두고 있다. 그래서 그는 극
기복례한 경지를 '천하의 지극한 즐거움'으로 보고 있다. 왜냐하면 인욕

이 완전히 제거되고 천리만이 유행하는 경지이기 때문이다. 이 경지가 바로 진실무망(眞實無妄)한 성(誠)의 경지이다. 참된 것으로 가득 차서 망령된 생각이 없는 마음을 말한다.

# 27.
# 학문공부(學問工夫)

學問工夫　無不以敬爲主

학문공부는
경(敬)으로 주를 삼지 않음이 없다.

· 학문공부 〈유수종 작〉

경(敬)은 중국 송나라 이후, 우리나라는 조선시대에 학문의 핵심 중 핵심이었다. 조선시대 학문을 한 글자로 말하라고 하면, 나는 서슴없이 이 '경(敬)' 자를 집어 들 것이다. 특히 16세기 이황과 조식 이후로는, 이 한 글자가 모든 학문의 중심이었다. 아래 인용문은 이런 점을 잘 보여준다.

> 그대의 질문 중 "주자의 「답임백화서(答林伯和書)」에 '공부에는 경(敬)을 유지하는 것으로 선무를 삼는 것만 한 것이 없으나, 강학(講學)과 성찰(省察)의 공부를 더해야 한다.'고 하였습니다. 감히 여쭙건대 경을 유지하는 것은 강학과 성찰 속에 있지 않은 것입니까?"라고 하였는데, "학문 공부는 경으로 주를 삼지 않음이 없으니, 경을 유지하는 가운데 저절로 강학과 성찰이 포함되어 있다. 다만 별도로 그 점을 거론하면 세 건이 각기 다르다. 그러므로 그렇게 말한 것이다."라고 하였다.[〈問〉 答林伯和書 莫若且以持敬爲先 而加以講學省察之功 敢問持敬不在講學省察之中耶 〈答〉 學問工夫 無不以敬爲主 則持敬中自包了所謂講學省察 而但別言之則三件各殊 故謂之云爾] (朴弼周, 『黎湖集』권14, 書, 「答李生華翼」)

이는 여호(黎湖) 박필주(朴弼周 1680-1748)가 문인에게 답한 편지로, 주자의 편지글에 있는 내용을 문제 삼아 질문한 것에 대한 답이다. 이 글의 주된 내용은 경(敬)을 유지하는 공부 속에 강학·성찰의 공부가 모두 포함되어 있다는 것이다. 경을 학문의 처음부터 끝까지라고 하는 설은 뒤에서 다시 거론하기로 한다.

# 28.
# 학문공부의 실제 경험

學問功夫 交接人而有磨琢

학문공부는
다른 사람을 접할 적에 갈고 닦음이 있다.

조선 말의 최한기(崔漢綺 1803-1879)는 학문공부의 실제 경험에 대해 다음과 같이 말했다.

> 학문 공부는 다른 사람을 접할 적에 갈고 닦음이 있다.[學問功夫 交接人而有磨琢](崔漢綺, 『人政』 권25, 用人門 六, 「積累用人」)

학문공부는 단순히 지식을 추구하는 것만이 아니다. 그 지식을 실생활 속에서 증득(證得)하는 것까지를 학문공부로 본 것이다. 단순히 알고 있는 지식은 자기의 것이 아니다. 그것을 체화(體化)하는 방법이 바로 다른 사람을 만났을 때 살피고 깨닫는 것이다. 경험을 통해 앎을 자기화하는 것이 얼마나 중요한지를 잘 보여준다. 이것이 바로 조선 선비들이 실제적 경험을 통해 박제된 지식이 아닌 현실에 살아 있는 지식을 추구한 방법이다.

# 29.

# 성학공부(聖學工夫)

聖學工夫　以遏人欲爲第一緊工夫

성학공부는

인욕(人欲)을 막는 것으로

제일 긴요한 공부를 삼는다.

성학(聖學)은 성인의 학문으로, 성인의 가르침을 말한다. 따라서 성학공부는 성인의 학문을 배우는 공부를 의미한다. 후학이 성인의 학문을 배우는 공부는 유학에서 말하는 도학(道學)이다.

도학은 존천리(存天理)·알인욕(遏人欲)이 핵심이다. 천리(天理)를 보존해 늘 내 마음에 자리하게 하는 공부, 그리고 육신을 가진 인간으로서 생기는 인욕(人欲)을 절제하고 막기 위한 공부, 이 두 가지가 관건이다. 천리를 보전하는 것은 비단 심성의 문제만은 아니다. 자연의 섭리를 거역하지 않고 자연의 질서에 동화되어 사는 삶을 모두 지칭한

· 성학공부(聖學工夫) 〈유수종 작〉

다. 그렇게 보면, 천리를 보전한다는 말은 오늘날 새롭게 의미부여를 할 수 있을 것이다.

인간이 천리를 보전하기 어려운 것은 인욕에 끌려가기 때문이다. 따라서 외물에 끌려가는 인욕을 막는 것은 심성수양론에서 없어서는 안 되는 일이다. 어떻게 인욕을 막고, 어떻게 절제할 것인가? 가장 핵심은 마음이 움직일 적에 그 기미를 살피는 일이다. 그래서 그 싹튼 마음이 인욕과 물욕에 가려지지 않고 중도에 맞게 하는 것이다.

계구암(戒懼菴) 윤형로(尹衡老 1702-178?)는 『논어』를 해석하면서 다음과 같이 말했다.

그러므로 성학공부는 인욕(人欲)을 막는 것으로 제일 긴요한 공부를 삼는다. 공자 제자 자하(子夏)가 미치지 못했던 것도 이기심(利己心)을 능히 막고 끊지 못한 소치이다. 일을 오래도록 하는 것과 서두르는 것, 큰 일과 작은 일 모두 자연의 사리를 따라 이기심을 용납하지 않는다면, 어찌 큰 일이 이루어지지 않을 것을 걱정하겠는가? 이는 자하의 병통이 이기심에서 연유할 것일 뿐만이 아니다. 온 세상 사람들의 온갖 병통이 자기의 사사로운 마음에 끌려 생기지 않음이 없다. 학자들은 이 '이(利)' 자에 대해 악취를 싫어하는 것처럼 단호히 그 마음을 없애야 한다. [故聖學工夫 以遏人欲爲第一緊工夫 子夏之不及 亦是不能遏絶利心之致 事之久速大小 只循自然之事理而不容利心 則何患乎大事之不成也 非但子夏之病 由於利心 天下人之萬般病痛 無非牽於己私 學者於利字 須是如惡惡臭而去之也](尹衡老, 『戒懼菴集』권7, 「箚錄-論語-子路」)

윤형로는 존천리·알인욕 가운데 특히 알인욕에 무게를 두고서 해석하고 있다. 이는 남명 조식의 경우처럼 마음이 움직이고 난 뒤의 성찰과 극기를 더 중시하는 학자에게서 나타나는 성향이다. 천리를 보전하는 것이 더 근원적인 일이다. 따라서 알인욕을 중시하더라도 존천리를 전제하고 하는 말이다. 그러나 마음이 움직이기 이전의 존천리보다는 마음이 움직이고 난 뒤의 알인욕에 치중하는 태도는 보다 실천적인 성향을 갖는다.

인욕을 막는 일, 이 공부는 예나 지금이나 참으로 어려운 공부다. 그 누가 이기심을 완전히 벗어던질 수 있겠는가? 그 스스로는 누구든지 자신의 이기심을 안다. 그러나 그것을 막고, 그 유혹으로 끌려가지 않기는 참으로 어려운 극기를 필요로 한다. 극기를 해야 도덕성이 생긴다.

# 30.
## 경이직내 의이방외(敬以直內 義以方外)


聖學工夫 惟在敬以直內 義以方外

성학공부(聖學工夫)는
오직 경(敬)으로써 안을 곧게 하고
의(義)로써 밖을 방정(方正)하게 하는 데
달려 있다.

'경이직내 의이방외(敬以直內 義以方外)'라는 말은 『주역』에 보이는 말로, '경(敬)으로써 안을 곧게 하고 의(義)로써 밖을 방정하게 한다'는 말이다. 16세기 남명 조식이 특히 이 말을 좋아하여 자신의 학문의 요체로 삼았다. 조식은 자신이 늘 지니고 다니던 칼에 '내명자경 외단자의(內明者敬 外斷者義)'라고 새겨 넣었는데, '경이직내 의이방외'를 자기 방식으로 새롭게 정립한 말이다. 조식의 말은 '안으로 마음을 밝게 할 적에는 경으로써 하고, 밖으로 어떤 일을 결단할 적에는 의로써 한다.'는 뜻이다.

조선시대 학자들이 가장 중시한 말은 경(敬)이다. 이 경을 유지하는 공부는 마음이 움직이기 이전이건 마음이 움직인 뒤이건 모두 해당된다. 그런데 조식은 이런 점을 그대로 수용하면서도, 특히 마음이 움직이고 난 뒤의 성찰(省察)·극기(克己)를 중시하여 의(義)의 중요성을 다른 학자들보다 더 강조했다. 그래서 그의 학문을 경학(敬學)이라 하지 않고, 경의학(敬義學)이라 한다.

조선 후기 노촌(老村) 임상덕(林象德 1683-1719)은 경(敬)·의(義)에 대해 경연에서 다음과 같이 말했다.

성학공부(聖學工夫)는 오직 경(敬)으로써 안을 곧게 하고 의(義)로써 밖을 방정(方正)하게 하는 데 달려 있습니다. 세세한 예(禮) 3천 가지는 그 말이 비록 많지만, 경(敬)·의(義) 두 단서에서 벗어나지 않습니다. 나아가고 물러나고 주선하며, 말하고 침묵하고 움직이고 고요할 적에 언제든지 일을 만나 마음을 보존하여 다른 데로 흩어져 가지 않게 하는 것이 경(敬)입니다. 높고 낮고 친하고 소원하며, 크고 작고 등급이 있을 때 일에 따라 이를 분별하여 널리 응하고 세부적으로 합당하게 하는 것이 의(義)입니다. 공부를 한 경력으로 말하자면, 밖에서 절제하고 움직일 때 반드시 예로써 하는 것은 곧 공경하여 안을 곧게 하는 일이고, 공부를 하여 안을 충만하게 기른 효과로 말하자면, 공경이 안에서 확립되어 움직이면 모두 절도에 맞게 되는 것은 곧 의(義)가 드러나 밖을 방정하게 하는 일입니다.[聖學工夫 惟在 敬以直內 義以方外 而曲禮三千 其言雖多 亦不外乎敬義兩端而已 進退折旋 語默動靜 當事而存 靡他其適 敬也 尊卑親疎 大小等殺 隨事而別 泛應曲當 義也 自工夫踐歷之處而言之 則制於外 動必以禮 乃敬而直內之事 自工夫充 養之效而言之 則敬立於內 動皆中節 乃義形而外方之事](林象德, 『老村集』 권 9, 「經筵錄」)

임상덕은 경(敬)에 대해 동(動)·정(靜)을 모두 포함해 '마음을 보존하여 흩어지지 않게 하는 것'으로 말하고 있으며, 의(義)에 대해서는 '일에 따라 분별하여 합당하게 하는 것'으로 설명하고 있다. 따라서 의는 마음이 움직이고 난 뒤의 일이다. 그러므로 밖의 일을 방정하게 하는 척도가 되는 것이다.

# 31.

# 성인(聖人)이 되는 공부

人孰無過 過而能改 則作聖工夫

사람이면 누가 허물이 없으랴.
허물이 있지만 능동적으로 고치는 것이
성인이 되는 공부다.

성인이 아니라면 누구나 허물이 없을 수 없다. 다만 같은 허물을 반복해 저지르면서도 반성할 줄 모르거나 고칠 줄 모르면, 그것은 인간으로서 문제가 있다. 공자의 문인 가운데 허물을 고치는 데 가장 용감했던 사람이 자로(子路)다. 송나라 때 정자(程子)는 이것만으로도 자로는 백대의 스승이 될 만하다고 극찬했다. 그렇다. 잘못을 저지르고 뼈저린 반성을 통해 그런 잘못을 다시 하지 않도록 고친다면 그것은 참으로 높이 살 만하다.

성문준(成文濬 1559-1626)의 다음과 같은 말은 이런 점을 잘 대변해 주고 있다.

> 사람 중에 누가 허물이 없겠는가. 허물이 있는데 능동적으로 고치는 것이 성인이 되는 공부다. 이는 한 계단씩 차례차례 밟아 올라 갈 수 있다. 그러니 자신의 기질을 변화시키는 것으로 날마다 새로워지는 공부를 삼아야 한다.[人孰無過 過而能改 則作聖工夫 可階而致 須以變化氣質 爲新面工夫](成文濬, 『滄浪集』 권3, 雜著, 「寄子櫟書」)

· 성인이 되는 공부 〈유수종 작〉

공자 제자 가운데 자로(子路)는 자신의 허물을 발견하면 즉시 고치려는 노력을 아끼지 않은 인물로 이름이 높다. 안회(顏回)도 같은 잘못을 두 번씩 저지르지 않았으니, 바로 고쳤다는 말이다. 이것이 공부를 하는 목적이다. 날마다 자신을 새롭게 만드는 것이 바로 공부를 하는 가장 큰 이유인 것이다. 그리고 그 중에서도 자신의 허물을 고쳐 기질을 변화시켜나가는 것이 실제적인 일이다.

# 32.
## 무자기 공부(無自欺工夫)

**必勉爲誠實 無自欺之弊**

반드시 성(誠)을 마음에 가득 채우는 일을
부지런히 하면
스스로 자신을 속이는 폐단이 없을 것이다.

'무자기(毋自欺)'와 '무자기(無自欺)'는 다르다. 전자는 『대학』 성의장(誠意章)에 나오는 말로, '자신을 속이지 말라'는 공부에 관한 말이며, 후자는 그런 공부를 통해 스스로 자신을 속이는 행위가 말끔히 제거된 상태를 말한다. 그러니까 후자는 성인의 진실무망(眞實無妄)한 마음이라 할 수 있다.

마음속에 진실을 채워나가는 것, 그것이 마음을 다스리는 공부의 첫 번째 걸음이다. 『대학』에서는 그 공부를 언급하면서 '자신을 속이지 말라'는 점을 강조했다. 자신을 속이면 진실을 채워나가는 공부는 모두 거짓이 된다. 그래서 선을 좋아하고 악을 미워하는 마음을 단호하게 하라고 가르친다.

자신에게 스스로 거짓말을 하지 않으려고 부단히 노력하는 사람, 그런 사람은 성현이 될 자질이 있다. 남들은 모르지만 자신은 알고 있는 이기심과 인욕은 결국 자신을 망치는 기미가 된다. 아래 인용문은 이런 점을 잘 말해주고 있다.

> 신 최현(崔晛)이 아뢰기를 "성인은 생각이 싹트는 데서 이미 자신을 성(誠)되게 합니다. 이는 생각이 일어나는 사이 사욕으로 진실된 생각이 중단됨이 없어서 저절로 성(誠)하지 않음이 없게 되는 경지입니다. 그러나 일반인들은 그렇지 않습니다. 생각이 바야흐로 싹트면 선과 악의 기미가 생기게 되니, 이 점이 가장 극복하기 어려운 것입니다. 이때 반드시 힘을 써 마음에 성(誠)을 가득 채우면 스스로를 속이는 폐단이 없어질 것입니다. 이렇게 되면 성인을 배우는 공부는 실제로 성인의 공부와 한 가지가 될 것입니다."라고 하였다.[臣晛曰 聖人 誠之於思者 是念慮之間 無私慾間斷 而自無不誠 衆人則不然 思慮方萌 善惡幾頭 最是難處 必勉爲誠實 無自欺之弊 是學聖工夫 其實一也](崔晛, 『訒齋集』 권6, 「經筵講義上 - 玉堂時」)

이는 인재(訒齋) 최현(崔晛 1563-1640)이 홍문관에 근무할 때 경연에서 임금에게 아뢴 말이다. 일반 학자들은 생각이 막 싹틀 적에 선과 악으로 나누어지는 그 기미의 첫머리를 잘 살펴 극복해야 한다는 내용으로, 스스로 자신을 속이지 않으려면 진실을 마음속에 가득 채워야 한다는 것이다.

## 33.
# 학문은 자신을 속이지 않는 데서 시작

**學始於不欺暗室**

학문은
남이 보지 않는 어두운 방안에서도
자신을 속이지 않는 데로부터
시작된다.

**窒慾如塡壑　懲忿如摧山**

욕심을 막기를 구덩이를 메우듯이 하며,
분노를 징계하길 산을 꺾어버리듯이 하라.

자신을 속이고 합리화하는 것은 결국 자신의 양심을 좀먹고 병들게 하는 길이다. 조선시대 선인들은 공부를 하면서 이 점을 가장 경계했다. 오늘 우리는 어떤가? 이런 생각을 하는 사람이 몇이나 될까? 남은 모르고 자신만이 아는 그 꿍꿍이속을 백일하에 드러낼 수만 있다면, 양심이 부패한 지수는 하늘을 찌를 것이다.

아래는 동춘당(同春堂) 송준길(宋浚吉 1606-1672)이 세자가 머무는 동궁(東宮)에 있던 선현들의 격언을 모아 써 놓은 병풍에 쓴 발문인데, 인용한 부분은 모두 송나라 때 학자들의 말이다.

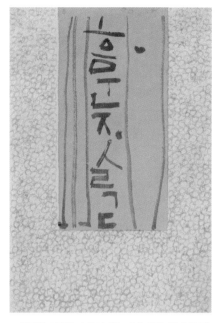

· 학문은 자신을 속이지 않는 데서 시작 〈유수종 작〉

대임(大任)을 감당하려면 독실해야 한다. 자신의 사욕을 극복하려면 성품이 편벽되어 극복하기 어려운 지점으로부터 극복해 나가야 한다. -사량좌(謝良佐)- 욕심을 막기를 구덩이를 메우듯이 하며, 분노를 징창하기를 산을 꺾듯이 하라. 선으로 옮길 적에는 바람처럼 빠르게 해야 하고, 허물을 고칠 적에는 우뢰처럼 사납게 해야 한다. 배움은 남이 보지 않는 어두운 방안에서도 자신을 속이지 않는 데로부터 시작해야 한다. -정자(程子)- 진실한 심지(心地)에서 각박하고 고달픈 공부를 하라. -황씨(黃氏)-[欲當大任 須是篤實 克己 須從性偏難克處 克將去-謝- 窒慾如塡壑 懲忿如摧山 遷善當如風之疾 改過當如雷之猛 學始於不欺暗室-程- 眞實心地刻苦工夫-黃氏-](宋浚吉,『同春堂集』권16, 題跋,「寫進春宮先賢格言屛幅跋」)

125

사량좌(謝良佐)는 정자(程子)의 문인이며, 황씨(黃氏)는 주자의 문인 황간(黃榦)이다. 사량좌는 사욕을 극복하는 방법을 구체적으로 제시하고 있으며, 황간의 말은 뒤에서 다시 거론할 것이다. 여기서는 정자의 말에 초점을 맞추었다.

정자는 욕심을 막기를 구덩이를 메우듯이 하라[窒慾如塡壑]고 하였으며, 분노를 징계하기를 산을 꺾어버리듯이 하라[懲忿如摧山]고 하고 있다. 그리고 맨 마지막으로 학문은 남이 보지 않는 어두운 방안에서도 자신을 속이지 않는[不欺暗室] 공부로부터 비롯되어야 함을 말하고 있다. 이런 말이 바로 송대 도학을 낳은 실마리이다. 이 세 마디 말 모두 우리 가슴속에 깊이 새겨 둘 만한 경구이다.

안동 검제[金溪] 마을에 가면 학봉 김성일의 종택이 있다. 그곳에 풍뢰헌(風雷軒)이라는 건물이 있는데, 그 뜻이 바로 위 인용문의 정자(程子)의 말에서 취한 것이다. 선으로 나아갈 적에는 바람처럼 빠르게, 허물을 고칠 적에는 우뢰처럼 맹렬하게. 이것이 우리 선조들의 공부법이다.

# 34.
# 12자 공부

毋自欺 愼其獨 規模大 工夫密

자신을 속이지 말고,
혼자만 아는 바를 삼가고,
규모는 크게,
공부는 정밀하게.

이는 변가회(卞嘉會)가 소장하고 있던 한수재(寒水齋) 권상하(權尙夏 1641-1721)가 쓴 병풍에 대해 병계(屛溪) 윤봉구(尹鳳九 1683-1767)가 발문을 지은 것이다. 권상하는 송시열(宋時烈)의 문인이고, 윤봉구는 권상하의 문인이다. 이 12자에 대해 윤봉구는 발문에서 아래와 같이 그 의미를 설명했다.

> 정자(程子)는 말씀하기를 "'천덕(天德)과 왕도(王道)는 그 요점이 신독(愼獨)에 달려 있을 뿐이다.'라고 하였다. 천덕은 『대학』의 명덕(明德)이고, 왕도는 『대학』의 치국(治國)·평천하(平天下)이다. 명명덕(明明德)으로부터 치국·평천하에 이르기까지 신독이 요법이기 때문에 정자가 그처럼 말한 것이다. 무자기(毋自欺)는 신독의 절도이다. 공부가 이 경지에 이르면 이른바 '엄정할수록 더욱더 정밀해진다'는 경지이다. 혼자만 알고 있는 경지에서 조금도 스스로를 속이지 말아야 한다. 그렇게 해서 털끝만큼의 사사로움이나 사악함이 없게 되어 그런 마음이 용납되지 않으면, 천리(天理)가 어느 곳이든 유행하여 이미 남을 다스리는 근본이 될 것이며, 규모가 저절로 넓어지고 커질 것이다. 선생께서 이 12자를 써서 가회(嘉會)에게 주신 것은 실로 자신을 다스린 남은 법으로 후학들이 진보하길 면려하신 것이다. 가회는 이를 보물처럼 간직해 공경히 완미하는 것이 옳을 것이다.[程子曰 '天德王道 其要只在謹獨' 天德卽大學之明德也 王道卽大學之治平也 明明德 以至於治平 愼獨乃要法 故程子之言如是也 毋自欺 是愼獨之節度 而工夫到此則正所謂愈嚴愈密也 獨知之地 毋少自欺 毋而至於無一毫私邪 容着在不得則天理隨處流行 已爲治人之本 而規模自廣大矣 先生寫此十二字 以與嘉會者實以自治之餘法 勉進後學也 嘉會之寶藏而敬玩之者 宜矣](尹鳳九, 『屛溪集』 권44, 題跋, 「卞嘉會所藏寒水先生手筆十二字跋」)

이 12자 중 '무자기(毋自欺)'와 '신기독(愼其獨)'은 『대학』 성의장(誠意章)에 나오는 말이고, '규모대(規模大)'와 '공부밀(工夫密)'은 『주자어류(朱子語類)』에 보이는 말이다. 주자는 사서(四書)를 읽는 차례에 대해 언급하면서

128

『대학』을 제일 먼저 읽고, 그 다음에 『논어』, 그 다음에 『맹자』를 읽으며,
마지막으로 『중용』을 읽으라고 하였다. 그러면서 "『중용』은 공부가 주
밀하고 규모가 크다."고 하였다. 그러니까 '무자기'와 '신기독'은 『대학』
의 자기실천에 관한 첫머리에 해당하는 공부이고, '규모대'와 '공부밀'는
『중용』의 도리에 관한 공부를 말한다.

　이는 조선중기 도학자들에게서 나타나는 일반적 성향으로, 조선시대
수양론 위주의 학문이 가졌던 큰 장점이다. 특히 오늘날 우리들이 다시
중시해야 할 중요한 공부인 것이다. 우리는 유교 경전을 대할 때, 『논어』
를 가장 중요하게 여긴다. 『논어』는 함의(含意)가 깊어 읽을수록 맛이 날
뿐만 아니라, 공자의 말씀을 위주로 한 것이어서 유교 경전으로서는 단
연 첫손가락에 꼽을 만하다.

　그런데 조선시대 성리학적 사유체계 속에서 제일 중요한 경전은 『논
어』가 아니라, 『대학』과 『중용』이었다. 그것은 주자의 신유학이 이 두 책
에 근거하기 때문이다. 따라서 조선시대 학자들의 사유체계를 이해하려

면, 이 두 책에 대한 내용을 깊이 이해하지 않고서는 불가능하다. 그런데 오늘날에는 대학에서도 이 두 책을 심도 있게 가르치는 곳이 거의 없다. 『논어』만 읽으면 다 되는 것으로 안다. 그러고서 한문 문장을 접하고 있으니, 그저 한심할 따름이다.

# 35.
# 구도공부(求道工夫)

其求道功夫 於省察克己處 尤不可緩

그 도를 구하는 공부는
성찰하고 극기하는 곳에서
더욱 느슨하게 해서는 안 된다.

구도(求道), 요즘은 들어볼 수 없는 말이 되었다. 나는 산에 오르는 것을 '구도여행'에 비유해 말한 적이 있는데, 결국 비웃음을 샀다. 무슨 조선시대 사고를 하고 있느냐는 눈빛이었다. 오늘날 구도는 의미 없는 것일까?

나는 어느 시대건 구도자가 있어야 그 시대가 바로 선다고 생각한다. 구도행각을 통해 진정한 진리에 접근하지 않으면, 그 지식은 모두 나와 무관한 책 속의 죽은 문자가 될 것이 아닌가. 깨달음과 실천만을 중시하면 진리를 탐구하는 공부가 엉성해질 수 있지만, 지금 공부는 온통 이론과 정보뿐이다. 그래서 구도여행을 떠나는 사람을 만나볼 수 없는 것이 그저 안타까울 따름이다. 눈꽃여행은 떠나면서 왜 구도여행은 떠나지 않는가?

아래 인용문은 이숭일(李嵩逸 1631-1698)이 조카 이재(李栽 1657-1730)에게 답한 편지의 일부이다.

성인은 이 도를 온전히 체득하여 동정이 모두 천리(天理)와 합하니, 인위적으로 닦는 공력을 기울이지 않는다. 일반인의 잘못은 항상 마음이 동할 적에 있으니, 도를 구하는 공부는 성찰하고 극기하는 곳에서 더욱 느슨하게 해서는 안 된다. 또한 존양은 근본을 세우는 곳이니, 어찌 감히 소홀히 하겠는가? 반드시 동정이 서로 교섭하고 체용이 서로 의지한 뒤에야 바야흐로 폐단이 없을 수 있을 것이다.[聖人全體此道 動靜皆天 則不假修爲之功 衆人之失 常在於動 則其求道功夫 於省察克己處 尤不可緩 而存養立本之地 亦何敢忽也 必也動靜相須 體用交資 然後方得無弊矣](李嵩逸, 『恒齋集』 권3, 書, 「答栽姪太極圖說問目」)

이 글의 요지는 구도공부에 있어서 마음이 움직인 뒤의 성찰(省察)과 극기(克己)를 강조한 내용이다. 성리학의 심성수양은 대체로 존양(存養)·

성찰·극기의 삼단계로 되어 있다. 존양은 마음이 발하기 전에 심성을 보존해 기르는 것이고, 성찰은 마음이 발한 뒤 그 기미를 살펴 악으로 가지 않고 선을 향하게 하는 것이며, 극기는 기미를 살펴 악으로 향하는 것이 발견되면 즉시 물리치는 것이다.

이 세 가지 공부가 모두 중요하지만, 특히 마음이 움직인 뒤의 공부에 주목한 경우는 실천적 수양을 중시하는 학자들에게서 나타난다. 예컨대 남명 조식 같은 분은 성찰과 극기에 공부의 중점을 두었다. 물론 그도 존양을 무시한 것은 아니지만, 극기를 통해 본성으로 돌아가는 것을 공부의 핵심으로 본 것이다.

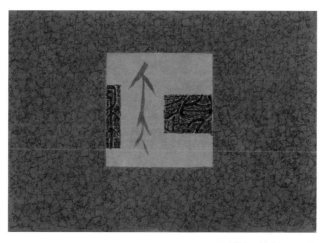

· 구도공부(求道工夫) 〈유수종 작〉

## 36.
# 거경공부(居敬工夫)

所謂居敬者 卽求仁之道也

이른바 거경(居敬)이란
곧 인(仁)을 구하는 도이다.

조선시대 성리학적 사유에서
는 학문의 두 축으로 거경(居敬)
과 궁리(窮理)를 말한다. 즉 이
치를 궁구하는 진리탐구와 마
음을 늘 공경한 상태에 두는 심
성수양을 공부의 두 축으로 본
것이다. 그런데 이런 공부에 있
어 진리를 탐구하는 것보다 늘

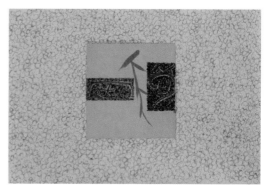

· 거경공부(居敬工夫) 〈유수종 작〉

마음을 공경에 두는 거경이 먼저 거론되었다. 그것은 지식보다도 마음의
수양을 더 중시했기 때문이다.

거경(居敬)이란 '늘 마음을 공경한 데에 두다'는 뜻이다. 한 순간도 마
음이 달아나지 않도록 붙잡아 언제나 공경한 상태로 유지하기란 성인이
아니고서는 불가능하다. 그래서 공자의 수제자 안회(顔回)도 극기복례를
통해 사욕을 물리쳐 본원으로 돌아가는 공부를 게을리 하지 않았던 것
이다.

남계(南溪) 박세채(朴世采 1631-1695)는 경연에서 임금에게 다음과 같이
아뢰었다.

　　대개 인(仁)은 본심의 덕으로, 털끝만큼의 사욕도 없는 것을 말합니다.
예컨대 이른바 '거경(居敬)'이란 곧 인(仁)을 구하는 도입니다. 성현의 천
마디 만 마디 말씀이 어찌 인을 구하는 공부가 아니겠습니까? 그 요점은
거경(居敬)·치지(致知)·역행(力行)에 달려 있을 따름입니다. 이는 곧 주자가
평소 학문을 한 규모입니다. 이 세 건의 공부가 바로 인을 구하는 방법입
니다.[蓋仁者 本心之德 而無一毫私慾之謂 如所謂居敬者 卽求仁之道也 聖賢
千言萬語 孰非求仁底工夫 而其要只在於居敬致知力行 此乃朱子平日爲學規模

也 此三件工夫 乃是求仁之方(朴世采, 『南溪集』 권17, 「筵中講啓-同日宣政殿夕講」)

박세채는 인(仁)을 털끝만큼의 사욕도 없는 진실무망(眞實無妄)의 성(誠)으로 보고, 성현의 모든 말씀은 모두 인을 구하는 공부에 관한 것들이라고 하며, 그 요점을 거경(居敬)·치지(致知)·역행(力行)으로 말한 것이다.

이 세 가지 가운데 거경이 맨 앞에 나온 것을 주목해 보아야 한다. 우선 마음에 사욕을 말끔히 제거하고, 그 다음에 앎을 극진히 하고, 그 뒤에 그것을 힘써 실천하는 공부의 삼단계를 차례로 제시한 것이다. 오늘날 공부의 맹점은 이 세 가지 공부에서 치지만 있고, 거경과 역행이 없어진 것이다. 늦었지만 국가의 백년대계를 위해 교육정책을 수립하는 사람들은 거경과 역행을 다시 교육영역에 넣어야 한다. 그래야 마음이 정직하고 품행이 방정한 사람을 길러낼 수 있다.

# 37.
# 몸과 마음을 점검하는 공부

知學者功夫  不止讀書爲文  常點檢身心  動止有法

학자의 공부를 알면,

글을 읽고 문장을 짓는 데서 그치지 않고,

항상 몸과 마음을 점검하여

행동거지에 법도가 있게 된다.

아래 인용문은 조선후기 안동 지방에 살던 눌은(訥隱) 이광정(李光庭 1674-1756)이 학자공부에 대해 언급한 말인데, 독서와 작문에서 그치지 않고 몸과 마음을 점검하는 것이 중요하다는 점을 지적한 것이다.

학자 공부를 알면 글을 읽고 문장을 짓는 데서 그치지 않고, 항상 몸과 마음을 점검하여 행동거지에 법도가 있게 된다.[知學者功夫 不止讀書爲文 常點檢身心 動止有法](李光庭,『訥隱集』권13, 墓碣銘,「進士新圃孫公墓碣銘 幷序」)

· 몸과 마음을 점검하는 공부 〈유수종 작〉

여기서 눈에 띄는 문구가 '항상 몸과 마음을 점검한다'는 말이다. '항상'은 '언제나 변치 않고 줄곧'을 의미한다. 즉 한 순간도 방심하지 않고 몸과 마음을 점검해야 한다는 것이다. 그렇게 해야 행동거지에 법도가 있게 된다. 한 순간 이런 성찰을 하지 않으면 행동거지가 법도를 잃게 된다. 한 순간 긴장을 푸는 것이 얼마나 무서운 일인가.

우리는 늘 그런 일상적인 것을 못 견뎌 한다. 그리하여 늘 새로운 변신을 꾀한다. 그러나 맹자가 말한 항심(恒心)·항산(恒産)이라는 말을 생각해 보면, '항상(恒常)'이라는 것이 얼마나 소중한지를 느끼게 된다. 평범하고 정상적인 것이 가장 소중한 것인데, 우리는 자꾸 기이하고 별난 것만 생각한다. 늘 보는 것은 전혀 새롭지 않다. 그래서 때론 식상한 기분이 들기도 한다. 그러나 항상하여 변치 말아야 할 것이 있다. 우리는 그것의 가치를 때론 잊고 때론 외면하며 특별한 것을 찾아 나선다. 그러나 특별한 것보다 평범한 것이 얼마나 소중한지를 깨닫게 되면, 삶이 비로소 평탄해 질 수 있다.

## 38.
# 학자공부는 마음에 달렸다

學者工夫 亦專在此心

학자 공부는
전적으로 이 마음에 달려 있다.

다음은 조선후기 기호 지방의 학자 병계(屛溪) 윤봉구(尹鳳九)가 한 말이다.

> 성인과 범부의 구분을 제외하고는 오로지 이 마음에 달려 있습니다. 그러므로 학자 공부도 전적으로 이 마음에 달려 있습니다. 타고난 자질에는 비록 청(淸)·탁(濁)의 다름이 있기는 하지만, 본체가 늘 살아 있어서 기질을 변화시킬 수 있습니다. 그러므로 마음을 붙잡고 보존하는 공부를 하여 그 속에서 침잠해 기르면, 끝내 탁한 것이 변해 맑은 것이 될 것이고, 박잡(駁雜)한 것이 변해 순수(純粹)한 것이 될 것입니다. 그리고 인욕(人欲)은 물러나 명을 들을 것이고, 천리(天理)가 유행할 것입니다. 그러면 비로소 기질을 변화시켰다고 말할 수 있을 것이며, 필경에는 성인과 같은 경지가 될 것입니다.[除是聖凡之分 專在於此心 故學者工夫 亦專在此心 此雖有淸濁之異 本體活化 故若加操存之工 涵泳以養之 則終能濁變爲淸 駁化爲粹 而人欲退聽 天理流行 始可謂變化氣質 而畢竟與聖人同矣](尹鳳九, 『屛溪集』 권21, 書, 「答申泰甫 戊午」)

'학자의 공부는 전적으로 이 마음에 달렸'는 말은 마음을 붙잡고 보존하는 공부를 하면 누구나 성인의 경지에 오를 수 있기 때문이다. 우리는 마음먹기에 따라 누구나 성인이 될 수 있다. 참으로 희망이 담긴 말이다. 그런데 인류의 역사상 그런 마음을 먹고 노력해 성인이 된 사람은 극히 드물다. 왜 그럴까? 마음을 먹지 않기 때문이다.

옛 말에 선비는 현인이 되기를 바라고, 현인은 성인이 되기를 바라고, 성인은 하늘[天]이 되기를 바란다고 하였다. 이처럼 더 나은 쪽으로의 희구(希求)는 자신을 향상시키는 밑거름이 된다.

# 39.
## 학자공부는 문제의식을 갖기가 어렵다


學者工夫　能到疑處　誠難

학자의 공부는
능히 문제의식에 도달하기가
참으로 어렵다.

학자의 공부에 어려운 것이 한둘이겠는가마는, 아래 인용문에서 눌은 (訥隱) 이광정(李光庭 1674-1756)이 말한 '의문을 갖기 어렵다'는 말은 격언 중 격언이다. 대학원생들에게 논문지도를 하다보면, 대다수가 문제의식 없이 논문작성에 임한다. 옛날 훌륭했던 분이 남긴 문집이니까 한번 연구를 해봄직하다는 식의 접근방법으로 논문작성에 임하는 것이다. 그래서 기껏해야「행장(行狀)」이나「연보(年譜)」를 통해 생애를 정리하고, 사우연원(師友淵源)이나 따지고, 시문을 통해 어쭙잖게 시세계를 논하거나 학설을 소개하는 정도에서 그치고 만다. 그래서 논문의 구도가 이 사람이나 저 사람이나 거의 유사하다.

기실 문제의식이 없으면 논문을 쓸 자격이 없다. 남긴 시문집이 있어 글을 쓰는 것은 진정한 학자의 논문이 아니다. 그것은 해제로서 족하다. 그런데 초학자들은 문제의식을 갖기 어렵다 보니, 천편일률적으로 유사한 목차의 논문을 생산해 내고 있는 것이다.

독서도 마찬가지이다. 예전에도 진정한 학자는 경전을 읽을 적에 앞주 [朱子註]만을 따라 읽지 않았다. 글을 읽으면서 '왜 그렇게 말했을까?' '그 뜻은 무엇일까?' 이런 식으로 생각을 깊이 하였다. 그래서 터득한 것이 많았다. 이처럼 의문을 갖게 되면 깨달음이 생겨 자신의 설을 펼 수 있게 된다. 그런데 이런 의문이 없이 글을 읽고 글을 쓰기 때문에 아무런 발명도 없이 고인의 말을 중언부언하고 있는 것이다.

아래 인용문은 이광정의 편지 중 일부인데, 문제의식을 갖기 어려운 점에 대해 절실하게 말하고 있다.

보여주신 의문한 내용을 보니, 모두 그대의 식견이 분명한 것들로 남들이 항상 의심할 수 없는 점을 의심한 것입니다. 학자 공부는 의문점에 능

· 학자공부의 문제의식 〈유수종 작〉

히 도달하기가 참으로 어렵습니다. 그러나 의문은 스스로 마음속에서 이리저리 궁리하여 의심할 만한 점이 없는 데 이르기를 구해야 참으로 학문이 진보하는 유익함이 있을 것입니다. 그렇지 않고 자기 마음속에 우연히 의문이 생긴 것을 가지고 결단하여 선현의 설에 빠지거나 잘못된 점이 있다고 생각해서는 불가할 듯합니다.[示及疑義 亦悉左右見識之明 能疑人之不常疑處 學者工夫 能到疑處 誠難 然疑之 當自往來於心 求至其無可疑 方是眞有進益 恐不可以自己偶然置疑於心 而斷以爲有所脫誤也](李光庭, 『訥隱集』 권5, 書, 「答人」)

이광정은 의문을 통해 의문이 없는 데 이르는 것을 학문이 진보하는 지름길로 보고 있다. 성호(星湖) 이익(李瀷 1681-1763)도 이와 비슷한 말을 하였다. 글을 읽을 적에는 선인의 설만 따라 맹목적으로 읽지 말고 항상 '왜?'라는 의문을 갖고 읽어야 문제의식이 생기게 된다. 앞에서 언급한 박학지(博學之) 다음에 심문지(審問之)를 언급한 것이 바로 이런 문제의식을 가져야 한다는 말이다. 얼마나 심각하게 문제제기를 하느냐에 따라 진정한 학자가 되느냐 그렇지 못하느냐가 판가름 난다.

그래서 학자는 만나는 모든 것들을 의심해야 한다. 이런 의문이 몸에 배이도록 해야 한다. 언제 어디서나 '왜?'라는 말이 자연스럽게 나오도록 해야 한다. 그러면 만나는 모든 것들의 이면에 숨어 있는 진리가 서서히 보이기 시작할 것이다.

# 40.
# 학자공부의 용력처(用力處)

古人曰　窮視其所不爲　貧視其所不取
學者工夫　政當於此用力

고인이 말하기를,
"곤궁한 사람의 경우는 그가 하지 않는 바를 보고,
빈한한 사람의 경우는 그가 취하지 않는 바를 보라."고 하였다.
학자 공부는 바로 이런 점에 힘을 써야 한다.

아무리 곤궁해도 하지 않는 일이 있는 사람, 아무리 가난해도 함부로 취하지 않는 바가 있는 사람, 이런 사람은 스스로를 지키는 것이 있는 사람이다. 물에 빠지면 지푸라기라도 잡고 싶은 것이 사람의 심정이다. 그러나 죽는 것보다 더 수치스러운 것이 있기 때문에 의식이 있는 사람은 그런 행위를 하지 않는다. 이처럼 자신의 삶의 원칙인 지조(志操)를 확고하게 정립시키는 것이 학자들이 해야 할 공부다.

공자는 뜻을 크게 가져 진취적이지만 실천이 미치는 못하는 사람을 광자(狂者)라 하였고, 진취적이지는 못하지만 자신의 원칙을 확고하게 지켜 죽어도 하지 않는 것이 있는 사람을 견자(狷者)라 하였다. 광자는 강한 의욕을 갖고 추진력이 있기 때문에 견자보다 나은 측면이 있다. 그러나 견자는 자기 원칙이 분명하여 죽어도 하지 않는 것이 있는 사람이다. 예컨대 굶어죽을지언정 의롭지 않은 돈은 절대로 받지 않는 사람이 바로 견자이며, 담배꽁초를 아무 곳에나 함부로 버리지 않겠다고 자기 원칙을 지키는 사람이 견자이다.

나는 견자보다 광자를 선호한다. 왜냐하면 적극적이고 진취적이어야 창의적인 사고를 할 수 있기 때문이다. 그러나 또 한편으로는 견자가 많아야 그 사회가 건전한 상식을 가진 성숙한 시민사회로 나아갈 수 있다고 생각한다. 물론 그 원칙은 개인의 원칙이 아닌 공공의 원칙이어야 한다. 그리고 학자의 공부에서 기술개발도 중요하고 경제를 살리는 것도 중요하지만, 이런 원칙을 끊임없이 제기하고 환기시켜 그 사회를 건강하게 만드는 것도 매우 중요한 부분이라고 생각한다.

위 인용문은 그런 점에서 우리들로 하여금 삶의 진정한 의미를 다시 한 번 환기시켜주는 명구이다. 계구암(戒懼菴) 윤형로(尹衡老 1701-178?)는 가훈에서 다음과 같이 말하고 있다.

공자께서 말씀하시기를 "소인은 곤궁하면 이에 외람된 짓을 한다."고 하였다. 고인이 말하기를 "곤궁한 사람의 경우 그가 하지 않는 바를 보고, 빈한한 사람의 경우 그가 취하지 않는 바를 보라."고 하였다. 학자공부는 정히 이런 점에 힘을 써야 한다. 빈한한 것 때문에 동요되어 자신이 지키는 것을 잃으면, 학문한 것이 무슨 소용이 있겠는가? 집안이 빈한한 사람은 이해를 따지거나 풍요와 검약을 계산해 자신의 심술을 해치게 해서는 안 된다. 단지 굶주림과 빈한함을 면할 수 있도록 마음속으로 부지런히 노력할 따름이다. 군자는 도를 걱정하지 가난함을 걱정하지 않는다.[子曰 小人窮 斯濫矣 古人曰 窮視其所不爲 貧視其所不取 學者工夫 政當於此用力 若動於貧窶而喪其所守 則焉用學問爲哉 家貧者 不可較利害計豊約 以爲心術之害 只可免於飢寒 勤力其中而已 君子憂道 不憂貧也](尹衡老,『戒懼菴集』권14, 家訓,「固窮章」)

윤형로는 곤궁한 상황에 처하고 집안이 가난하다고 외람된 짓을 하여 심술을 해쳐서는 안 되는 점을 말하고 있다. 가난은 불편하고 괴로운 것이다. 그러나 정당한 방법으로 가난에서 벗어나길 생각해야 한다. 그렇지 않고 대박을 노린다거나 의롭지 않은 방법으로 그것을 모면하려고 하면 자신의 양심마저 저버리게 된다.

오늘날 사회문제로 떠오르는 사이코패스 출현은 건전한 상식과 자기 원칙을 중시하지 않은 우리 사회의 문제점을 그대로 드러낸 것이다.

# 41.
# 학문의 실천궁행(實踐躬行)

學問 又非但文字上工夫而已
尤以躬行爲重

학문은 단지 문자 위에서의 공부일 뿐만이 아니다.
학문은 몸소 실천하는 것을 더욱 중히 여긴다.

학문은 따라 하고 묻는 것이 우선이지만, 거기서 그치는 것이 아니다. 지식만 추구하는 데서 그치게 되면, 그 지식을 자기 것으로 온전히 만든 것이 아니기 때문에 그 지식과 자신의 마음이 별개의 것이 된다. 그래서 학문에는 언제나 실천을 강조하는 것이다.

몸소 실천하는 것을 예전에는 실천궁행(實踐躬行)이라 하였다. 실제 발로 밟고 몸으로 행한다는 뜻이다. 이는 알고 있는 지식을 행동으로 옮기는 것이다. 그리고 그 과정에서 자기가 알고 있던 것을 몸으로 터득하게 된다.

조선전기 강희맹(姜希孟 1424-1483)이 지은 「도자설(盜子說)」에 보면, 도둑의 아들이 아버지로부터 기술을 모두 전수받아 자신의 솜씨를 뽐내지만, 그의 아비는 그런 아들이 아직 설익었다고 판단해 극단적인 방법을 택해 자득하도록 유도하는 장면을 실감하게 표현하고 있다. 그처럼 지식은 실천을 통해 스스로 터득되어야 자유자재로 실용할 수 있다.

아래 인용문은 지촌(芝村) 이희조(李喜朝 1655-1724)가 실천에 대해 말한 것이다.

학문과 과거는 반드시 두 길로 나누어지는 것이 아닙니다. 학문으로 주를 삼고 과거를 학문 가운데 한 가지 일로 삼는다면, 병행하더라도 어긋나지 않을 것입니다. 대개 과거로 말하면 경전을 많이 읽어 문장으로 드러내는 것이 근본이며, 장구를 표절하여 오로지 문장을 구성하는 것만 힘쓰는 것은 말단입니다. 근본을 다스리는 것은 우활하고 먼 듯하지만, 실제로는 힘을 얻기 쉽습니다. 말단을 일삼는 것은 지름길로 가까울 듯하지만, 도리어 도달할 수 없습니다. 여기서 그 이해를 알 수 있는데, 하물며 학문은 또한 문자 상의 공부일 뿐만이 아닌 데 있어서이겠습니까? 더욱 궁행(躬行)으로 중점을 삼으면 어버이를 섬기고 형을 따르는 사이나, 자신을 지키고 남을 접하는 즈음이 모두 도가 아닌 것이 없을 것입니다. 과거공부를 하더라도 어찌 털끝만한 것일지라도 이를 소홀함을 용납할 수 있겠습니까? 옛날 어진 이들이 논한 바는 공부를 방해할까를 걱정하지 않고, 뜻을 빼앗을까를 걱정할 뿐이었으니, 참으로 지극한 의논입니다.[學問科擧 不必分作二道 若以學問爲主 而使科擧爲學問中一事 則亦可並行而不悖 盖以科擧言 多讀經傳 流出成章 本也 剽竊章句 專務組織 末也 治本者 雖若迂遠 而實易得力 事末者 雖若捷近 而反不能達 此其利害 亦可見矣 況學問 又非但文字上工夫而已 尤以躬行爲重 事親從兄之間 持己接物之際 皆莫非道 雖業科擧 亦豈容一毫放過於此耶 昔賢所論 不患妨工 惟患奪志者 誠至論也](李喜朝, 『芝村集』 권15, 書, 「答安生喜天」)

학문은 문장을 공부하는 것뿐만 아니라, 실천궁행이 뒤따르는 것이기 때문에 과거공부를 하더라도 실천궁행은 조금도 늦추어서는 안 된다. 요즘처럼 시험 준비를 한다고 제사에도 참여하지 않고, 명절에도 본가에 내려가지 않는 일은 용납될 수 없는 것이다. 그런데 실제로 그런 사람이 얼마나 많던가.

인간이 사소한 것에 얽매여 반드시 해야 할 일을 하지 않으면 이는 인륜(人倫)을 저버리는 것이다. 인륜은 자신의 본분에 맞게 지켜야 할 예의 질서이다. 자식이 어버이가 아파도 돌보지 않는 것, 집안의 어른에게 1년이 다가도록 안부도 한 번 묻지 않는 것, 이런 것들이 바로 공자가 그토록 강조한 효제(孝悌)의 윤리를 어기는 것이다.

오늘날 사람들은 인간으로서 기본적으로 지키고 행해야 할 것이 무엇인지를 생각하지 않고, 당면한 자신의 일만 소중히 여긴다. 그러다 보면 부모님에 대한 효도, 형제간의 우애 등을 모두 포기한 채, 자신만 아는 아주 이기적인 인간이 되고 만다. 자기 자식만은 끔찍하게 위하면서 부모의 제사에는 참석하지 않고, 제삿날도 잊고 지내는 것, 이런 삶은 결국 자신의 인간성을 스스로 파괴하는 짓이다.

자신과 자기 자식들만 위해 살면, 결국 얻어지는 것이 무엇일까? 옛말에 '불효자와는 사귀지도 말라'고 했다. 자신만을 알고 부모형제를 버린 사람을, 누가 사람다운 사람으로 대우해 줄까? 그리고 그런 부모 밑에서 자란 자식이 어찌 부모를 봉양할 줄 알까? 참으로 두려워해야 할 일이다.

# 42.
## 시가공부(詩家工夫)

詩家工夫 消遣歲月 非有所益 故不汲汲也

시가공부(詩家工夫)는 세월만 허비할 뿐,

유익한 것이 있지 않다.

그러므로 그것만을 추구하지 않는다.

남명 조식은 시를 짓는 것은 완물상지(玩物喪志)하기 때문에 심성을 수양하는 데 아무런 보탬이 안 된다고 하였다. 완물상지란 어떤 사물을 완상(玩賞)하는 데 몰두해 자신이 목표로 했던 의지를 그만 잃어버린다는 말이다. 시를 짓기 위해 운자(韻字)·평측(平仄)·대우(對偶)를 맞추며 끙끙거리다 보면, 하루해가 다 간다. 더구나 각성된 의식이 없는 사람이 억지로 제목에 맞추어 시를 짓다 보면, 그야말로 오자(五字) 또는 칠자(七字)로 짜 맞춘 어록(語錄)이 될 뿐이다. 작가의 치열한 의식이 없는 시는 시가 아니다. 형식만 시이지, 그것은 시가 아니다. 그런데 아직도 그런 것을 유식함으로 여기는 사람이 얼마나 많은가.

　나는 어떤 분에게 이런 말을 들은 적이 있다. 국어국문학과에 저명한 시인이나 소설가가 많으면 그 학과에는 학자가 나오지 않는다고. 가만히 생각해 보니, 매우 지당한 말씀이다. 나도 한 때 시인이 되겠다고 매년 신춘문예를 두드려 본 적이 있다. 지금 생각하면 그때 등단을 하지 않은 것이 참으로 다행스럽다.

　조식 같은 조선시대 도학자들은 특히 시에 빠져 심지(心志)를 상실하는 것을 매우 경계하였다. 송나라 때 학자는 차를 마시고 그림을 구경하는 것도 마음을 빼앗길까 두려워서 하지 않았다고 한다. 살림살이라고는 옷한 벌에 바리때 하나가 전부인 스님이 있었는데, 난초를 키우다 마음을 빼앗기는 자신을 발견하고서 그 난초를 모두 나누어주었다고 한다. 마음이 어디에 쏠리면 집착을 하게 되고, 그러면 정작 더 중요한 일을 하지 못하게 된다. 이도 엄밀히 생각해 보면 마귀이다.

　시를 짓는 일이나 차를 마시는 일이나 그림을 구경하는 일에 전념하다 보면, 결국 본업으로 해야 할 일을 소홀하게 되기 때문에 도학자들은 그처럼 단호하게 경계를 한 것이리라. 아래 인용문은 이런 마음을 단적으로 보여준다.

> 시가공부(詩家工夫)는 세월만 허비할 뿐, 유익한 것이 아니다. 그러므로 그것만을 추구하지 않으셨다.[詩家工夫 消遣歲月 非有所益 故不汲汲也](金尙憲, 『淸陰集』권37, 行狀, 「判中樞府事徐公行狀」)

조식만이 시 짓는 일을 탐탁하지 않게 여긴 것은 아니다. 청음(淸陰) 김상헌(金尙憲 1570-1652)도 조식과 유사한 마음을 가졌던 듯하다. 그는 시를 짓는 일은 세월만 허비할 뿐이라고 하고 있다. 예전 사람들은 이처럼 시간을 허비하지 않고 매우 귀중하게 생각했는데, 요즘 사람들은 그 아까운 시간에 허송하는 사람이 많다. 공부에 대한 생각이 없어서일까?

주자는 「우성(偶成)」이라는 시에 "소년은 늙기 쉽고 학업은 이루기 어려우니, 한 치의 시간도 가벼이 보내서는 안 되리. 못 가 봄풀의 꿈을 채 깨기도 전에, 뜰 앞의 오동잎에 벌써 가을소리 들리네.[少年易老學難成 一寸光陰不可輕 未覺池塘春草夢 階前梧葉已秋聲]"라고 하였고, 권학문(勸學文)에서 "오늘 배우지 않고서 내일이 있다고 말하지 말라. 금년에 배우지 않고서 내년이 있다고 말하지 말라. 해와 달이 흘러가니, 세월은 나를 기다려주지 않네. 아! 늙고 나면 누구를 원망하리.[勿謂今日不學而有來日 勿謂今年不學而有來年 日月逝矣 歲不我延 嗚呼老矣 是誰之愆]"라고 하였다.

봄날 연못가에 새싹이 돋았나 싶더니, 어느새 가을이 되어 오동잎이 진다. 나이가 들면 봄인가 싶더니 가을이고 또 겨울이 된다. 치열하게 각성된 의식이 있는 전업시인은 시를 쓰는 것이 본업이니 그것이 곧 공부이다. 글씨를 쓰는 사람도, 그림을 그리는 사람도 마찬가지이다. 공부하는 것을 업으로 하는 사람은 본업에 충실해야 한다. 그래서 시를 짓는

데 골몰하여 심력(心力)을 다 소비하지 말라는 것이다. 우리는 본업을 버려둔 채 엉뚱한 말단에 얼마나 마음을 빼앗기고 있는가.

· 시가공부(詩家工夫) 〈유수종 작〉

# 43.
# 과거공부(科擧工夫)

科擧工夫　固不可廢
然若一向埋沒身心於此　掉脫不得
朱先生所謂伎倆愈精　心術愈壞者

과거공부는 참으로 폐지할 수 없다.
그러나 한결같이 과거공부에 심신(心身)을 매몰하여
그로부터 벗어나지 못하면,
주자가 이른바 기량은 더욱 정밀해지겠지만
심술은 더욱 파괴된다고 하는 꼴이 될 것이다.

과거공부는 조선시대 선비들이 피할 수 없는 길이었다. 그것은 자기 마음대로 하거나 그만 둘 수 있는 것이 아니었다. 가문을 위해 60세가 넘어서도 생원·진사 시험에 응시하는 사람이 있었는가 하면, 하기 싫더라도 부모님의 명에 의해 어쩔 수 없이 응시하는 사람도 많았다.

그러나 과거공부에 전념하여 몸과 마음을 거기에 매몰하고 나면, 주자의 말처럼 심술이 파괴될 수밖에 없다. 일생을 고시공부에 매달리다 폐인이 된 사람을 주위에서 흔히 볼 수 있다. 그래서 예전 사람들은 과거공부를 하더라도 본령공부(本領工夫)를 겸하지 않으면 안 된다는 점을 늘 경계하고 있다.

과거공부는 참으로 폐할 수 없다. 그러나 만약 한결같이 이 과거공부에 자신의 심신(心身)을 매몰하고 거기서 벗어나지 못하면, 주자(朱子)가 이른바 '기량은 더욱 정밀해지지만 심술은 더욱 파괴된다'고 한 사람이 될 것이니, 이 점을 생각하지 않을 수 없을 듯하다. 내 생각으로는, 과거공부 외에 조금씩 본령공부(本領工夫)를 해 나아가, 매일 같이 새벽에 일어나 사당에 배알한 뒤에 강당에 모여 앉아 『소학』 한두 단락을 통독하고, 반복해서 상세히 설명하여 후생들로 하여금 내외·경중의 분별이 있음을 알게 하며, 그런 뒤에 책을 읽고 글을 지으며 각자 자기 일에 종사하는 것이 좋을 듯하다. 또 강당 한 가운데 주자의 백록동원규(白鹿洞院規) 및 십훈(十訓)과 같은 글을 게시해 두고서, 수시로 공손히 서서 한 차례씩 읽게 하여 유생들로 하여금 조금은 심신을 수렴하는 공부에 마음을 두게 하면, 훗날 득실(得失)·영욕(榮辱)의 사이에서 대단한 관념에 이르지는 못할지라도 비로소 자립하는 경지는 있을 것이다. 군자가 일반인들과 다른 점은 정히 이런 데에 있으니, 이 점에 대해 힘을 얻지 못하면 얻는 것도 걱정하고 잃는 것도 걱정하는 비루한 사람에 불과하게 될 것이다.[科擧工夫 固不可廢 然若一向 埋沒身心於此 掉脫不得 朱先生所謂伎倆愈精 心術愈壞者 恐亦不可不慮 鄙

意 學業之外 稍須提撕本領工夫 逐日晨謁廟庭畢 因聚坐堂上 通讀小學書一
兩段 反覆詳說 使後生輩 略知內外輕重之分 然後讀書作文 各從其所事 又揭
堂中朱子白鹿洞書院規及十訓之類 時時拱立 讀過一番 使稍有意於收斂身心
之功 則庶幾他日得失榮辱之間 不至大段關念 而始有自立之地矣 君子之所以
異於衆人者 正在於此 若於此不得力 則是不過患得患失之鄙夫)(洪可臣,『晚全
集』권2, 書,「與扶餘觀善堂儒生書」)

이 글은 홍가신(洪可臣 1541-1615)이 충청도 부여(扶餘)에 있던 관선당(觀善
堂) 유생들에게 보낸 편지 중 일부이다. 홍가신은 과거공부를 하되 본령
에 해당하는 공부를 위 인용문과 같은 방법으로 제시하고 있다. 여기서
말하는 본령공부는 마음을 수렴해 존심양성(存心養性)하는 것을 말한다.

현대인들도 마찬가지다. 고시공부를 하더라도 마음을 보존해 기르는
본령공부를 놓아버려서는 안 된다. 왜냐하면 심성을 수양하지 않고 기능
이나 기술만 가지고서는 기능인으로서의 삶밖에 영위할 수 없기 때문이
다. 세상에 나아가 큰일을 하려면 하늘이 만물을 덮어주듯, 땅이 만물을
실어주듯 그렇게 큰 덕으로 세상을 포용하지 않으면 안 된다.

그 덕을 기르려면 어떻게 할 것인가? 법조문을 외운다고 될 것인가, 영
어를 잘한다고 될 것인가? 아니다. 마음을 붙잡고 기르며 언제 어디서나
마음을 살피고 사욕을 물리치는 공부를 해야 한다. 그래야 덕이 생긴다.
맹자는 호연지기(浩然之氣)를 말하면서 의(義)로운 생각을 축적해서 생기
는 것이라 하였다. 덕도 그렇다. 끝없는 자기 반성과 성찰을 통해 길러지
는 것이다. 이런 공부가 바로 인문학의 본령이다. 외국어를 배우고 시와
소설을 배우는 것만이 인문학이 아니다.

# 44.
# 호학(好學)

孔子對曰 有顔回者 好學 不遷怒 不貳過

공자가 노나라 임금 애공(哀公)에게 대답하기를
"안회(顔回)라는 자가 학문을 좋아했습니다.
그는 노여움을 다른 사람에게 옮기지 않았고,
같은 잘못을 두 번씩 저지르지 않았습니다."라고 하였다.

이는 『논어』에 보이는 공자의 말씀이다. 노나라 임금이 공자에게 "당신의 제자 중에 누가 학문을 좋아합니까?"라고 물었는데, 공자는 다음과 같이 대답했다.

안회라는 자가 학문을 좋아했습니다. 그는 노여움을 다른 사람에게 옮기지 않았고, 같은 잘못을 두 번씩 저지르지 않았습니다.[有顔回者 好學 不遷怒 不貳過 不幸短命死矣 今也則亡 未聞好學者也](『논어』)

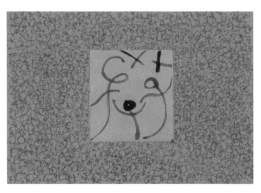

· 호학(好學) 〈유수종 작〉

예전에도 지금처럼 학문을 좋아하는 사람이 매우 적었던 모양이다. 공자 문하에 3천 명의 제자가 있었는데, 그 가운데 학문을 좋아하는 사람은 겨우 몇 명뿐이었다.

공자는 안회가 학문을 좋아한 것을 두 가지로 말하고 있다. 하나는 노여움을 다른 사람에게 옮기지 않은 점이고, 하나는 같은 잘못을 되풀이해서 저지르지 않은 점이다. 이는 모두 극기(克己)에 속한다. 이 두 가지 공부는 평범한 듯 보이지만, 실제로는 매우 어려운 높은 경지이다. 일반인은 화가 나면 주위 사람들에게 폭발을 하는 경우가 많다. 그 화를 혼자 다스리기란 여간 어려운 일이 아니다. 또한 같은 실수를 반복하지 않기도 보통 사람으로서는 불가능하다. 뼈저린 반성과 성찰이 부단히 이어져야 그렇게 할 수 있다. 이것이 바로 학문을 좋아하는 것이다.

# 45.
## 중점(曾點)의 지취(志趣)

曾點曰 莫春者 春服旣成 冠者五六人 童子六七人
浴乎沂 風乎舞雩 詠而歸 夫子喟然歎曰 吾與點也

증점이 공자에게 고하기를,
"저는 늦은 봄에 봄옷이 만들어지면
관을 쓴 어른 5~6명 및 동자 6~7명과 함께
기수(沂水)에 가서 목욕하고,
무우(舞雩)에서 바람 쏘이고서,
시를 읊조리며 돌아오고자 합니다."라고 하자,
공자가 '아!' 하고 탄식하고서 말씀하시기를,
"나는 증점의 뜻을 허여한다."고 하였다.

이 구절은 『논어』에 보인다. 공자는 몇몇 제자들과 앉아서 담론을 하다가 너희들이 뜻을 얻게 되면 어떤 일을 할 수 있을지 포부를 말해 보라고 하였다. 제자들은 각기 자신이 하고 싶은 바를 말하여 행정·군사·외교 등의 직임을 수행하겠다고 하였다. 그런데 증점은 거문고만 탈 뿐 아무 말이 없었다. 공자가 그에게 자네의 뜻을 말해 보라고 하자, 증점은 일어나 다음과 같이 말씀드렸다.

저는 늦은 봄날 봄옷이 만들어지면 관을 쓴 어른 5~6명 및 동자 6~7명과 함께 기수(沂水)에 가서 목욕하고, 무우(舞雩)에서 바람 쐬이고서, 시를 읊조리며 돌아오고자 합니다.[莫春者 春服旣成 冠者五六人 童子六七人 浴乎沂 風乎舞雩 詠而歸](『논어』)

공자는 이 말을 듣고 "나는 너의 뜻을 허여한다."고 증점의 지취(志趣)를 크게 인정하였다. 다른 사람들은 모두 벼슬길에 나아가 세상을 다스리고 싶어 하는데, 증점만은 자연에 동화되어 사는 삶을 지향한 것이다. 증점은 증자(曾子:曾參)의 아버지로 알려져 있다.

자연의 섭리에 따라 본연의 성품을 해치지 않고 온전히 보전해 사는 것을 도학자들은 대단히 귀중하게 생각했다. 이런 삶의 지취를 인지지락(仁智之樂)이라 한다. 우리나라 산수가 좋은 곳에 가 보면, 영락없이 정자가 있고, 바위나 정자에 '영귀(詠歸)' 또는 '욕풍(浴風)' 등으로 이름을 붙인 것을 흔히 볼 수 있다. 이 모두 위와 같은 증점의 삶의 방식을 추종한 데서 나온 것이다.

세속에 물들지 않고 깨끗한 본성을 그대로 보전하며 온전하게 사는 것, 산처럼 정적인 인(仁)의 덕과 물처럼 동적인 지(智)의 덕을 함께 누리며 사는 것, 그것이 바로 이상산수(理想山水)를 꿈꾸던 사대부들의 정신세

계였다. 지나치게 이상적인 세계를 동경한 것 같지만, 속기(俗氣)에 물들지 않고 청정(淸淨)을 유지하려는 생각은 귀히 여길 만하다. 특히 오늘날처럼 세속적 일상과 일정하게 거리를 두고 청정한 세계에서 사는 것은 자신을 정화하는 데 무엇보다 좋은 보약일 것이다.

우리나라 산수에는 이 인지지락의 흔적이 깊이 스며 있다. 그 정신을 다시 사랑하는 사람들이 많아질 때, 우리 사회는 건강한 정신문화를 다시 한 번 꽃피울 것이다.

# 46.
# 함양공부(涵養工夫)

涵養之說　眞儒者第一功夫　此吾輩所當勉力處

함양에 관한 말씀은
참된 유학자의 제일 공부이다.
이는 우리들이 마땅히 힘써야 할 바이다.

함양(涵養)은 어려운 말이다. 잠길 함[涵]과 기를 양[養]을 합한 말이니, 물에 잠기듯이 침잠하여 본성을 길러가는 것을 말한다. 조선시대에는 함양이라는 말과 존양(存養)이라는 말이 유사하게 쓰였는데, 이 둘을 엄격히 구분해 논한 학자도 있다. 대체로 함양이 존양에 비해 보다 광범위한 의미를 갖는다고 한다.

아래 인용문은 이황(李滉)의 문인 이덕홍(李德弘, 1541-1596)이 권우(權宇 1552-1590)에게 답한 편지로, 참된 유학자는 본원함양을 제일공부로 삼아야 한다는 말이다.

> 며칠 전에 꿈을 꾸었는데 선사(先師)를 뵈었습니다. 선사께서 나를 불러 이르시기를 "그대는 원기가 허약하여 마음을 극진히 해 독서할 수 없다. 밤중에 홀로 일어나 앉아서 본원을 함양하는 것이 좋겠다."고 하셨습니다. 함양공부에 관한 말씀은 참된 유학자의 제일 공부입니다. 이는 우리들이 마땅히 힘써야 할 바입니다.[前數日 夢拜先師 呼德弘而告之曰 君元氣虛弱 未能極意讀書 須中夜獨起 涵養本原 可也 涵養之說 眞儒者第一功夫 此吾輩 所當勉力處](李德弘, 『艮齋集』 권4, 「答權定甫」)

이덕홍은 이황의 만년에 오랫동안 곁에서 시봉한 제자인데, 경학으로 이름이 났다. 이 글에서 '선사'는 이황을 가리킨다. 이덕홍이 스승을 꿈속에서 만난 것을 보면, 간절히 사모하고 있었음을 알 수 있다. 스승은 세상을 떠났지만, 제자에게는 여전히 자상한 스승으로 살아 있었던 것이다.

청춘 남녀가 사랑을 하면, 반드시 꿈에 나타난다. 이는 간절한 그리움이 있기 때문이다. 공자는 5백 년 전에 태어나 주(周)나라 문물을 완비한 주공(周公)을 꿈에도 못 잊어 하며 그리워하였다. 곧 자신도 그가 한 것처럼 다시 문물을 정리해 새로운 세계의 질서를 만들고 싶었던 것이다.

· 함양공부(涵養工夫) 〈유수종 작〉

　이처럼 공자는 주공을 간절히 회구하다 보니, 꿈을 꾸면 늘 주공이 보였다고 한다. 일반인은 꿈을 꾸면 이성 친구나 조상이 보이는데, 공자의 꿈에는 주공만이 보였던 것이다. 공자는 그런 꿈을 중년이 되도록 꾸었다고 한다. 그러다 만년에 자신의 뜻을 이룰 수 없게 되자, 꿈에 주공이 보이지 않는다고 한탄하였다.

　나는 공자가 성인이 된 이유를 이런 데서 보았다. 수십 년간의 변치 않는 간절한 그리움이 있다면, 반드시 영롱한 빛깔의 보석을 만들어 낼 수 있다고 믿는다. 그러나 그처럼 변치 않고 수십 년 동안 꿈을 꾸는 사람이 세상에 어디 있으랴.

　나도 젊은 시절 애달픈 사랑을 해 봤지만, 한 해가 지나면 그 상처는 치유되어 아련한 추억이 될 뿐, 다시는 꿈에 그녀가 나타나지 않았다. 내 마음에 간절한 그리움이 사라졌기 때문이다. 내가 만약 간절한 그리움을 수십 년간 간직했다면, 그녀와의 사랑이 이루어지지 않았더라도 내 마음에 보석은 생기지 않았을까.

　이 세상 만인을 위해 수십 년 동안 간절한 그리움을 조금도 변치 않고 꿈을 꾼 분이 바로 성인 공자이다. 그런 꿈을 꿀 분이 이 세상에 오셨으면 좋겠다.

# 47.
# 유가(儒家)의 치심공부(治心工夫)

敬者 非槁木死灰
故靜中須有物 此吾家活法也

경(敬)은
마른 나무나
타고 남은 재 같은 것이 아니기 때문에
고요함 속에도 모름지기 물사(物事)가 있어야 하니,
이것이 우리 유가의 활법(活法)이다.

성리학자들이 심성수양법으로 가장 중시한 것이 경(敬)이다. 이 경은 마음이 움직일 때건 움직이기 이전이건 모두 필요로 한다. 그런데 성리학자들은 마음이 움직이기 이전의 본원을 함양하는 것을 근원적인 것이라 하여 더 중시한다. 그래서 마음이 움직이기 이전의 주정공부(主靜工夫)를 강조한다. 송나라 때 학자들도 조선시대 학자들도 그랬다.

경공부는 동정을 모두 관통하는 공부인데, 마음이 움직이기 이전의 주정(主靜)에 근본을 두면, 불가의 참선과 유사한 성향을 가질 수 있다. 그래서 성리학자들이 그와 구별하여 말하는 주된 요지가 선승이 마른 고목처럼 앉아 있는 것과 같지 않다고 하는 것이다. 여기서 '마른 나무나 타고 남은 재와 같은 것이 아니다'라고 하는 것이 바로 그런 말이다.

성균관에서 이황을 만나 절친하게 지냈던 치재(恥齋) 홍인우(洪仁祐 1515-1554)는 이 점을 다음과 같이 말하고 있다.

유가의 학자들이 마음을 다스리는 것은 저 불가(佛家)와 같은 듯하지만, 실제로는 다릅니다. 저들이 마음을 다스리는 것은, 비유하자면 연못의 물이 바람이 불지 않을 적에 진흙이 모두 물속에 가라앉아 있는 것과 같습니다. 우리 유가에서 마음을 다스리는 것은, 비유하자면 시내의 물과 같습니다. 연못의 물은 고요하더라도 미풍이 한 번 불면 진흙이 모두 혼탁해집니다. 그러나 시냇물은 맑게 해도 맑아지지 않고, 휘저어도 혼탁해지지 않습니다. 남군(南君: 南彦經)의 학식은 적다고 말할 수 없습니다. 그가 마음을 다스리는 공부에 노력하는 것을 보면, 힘을 기울이지 않는다고도 말할 수 없습니다. 다만 일상생활을 조박(糟粕)으로 보고, 공허하고 적막한 것을 실지(實地)로 삼기 때문에 일상생활 속에서 일을 조처하는 데 잘못되는 경우가 많습니다. 실제에 깜깜하여 진실된 것을 하나도 조처하지 못하니, 이른바 연못의 물이 고요하다고 하는 것과 같습니다. 이른바 고요함[靜]이란 사람이 처하지 않을 수 없는 것입니다. 부자·군신·형제·부부 사이에도 일상의 움직임에 따라 고요함을 주로 하여 그 움직임을 절제합니다. 고요함을 주로 하는 것은 공경을 유지하는 데 불과합니다. 공경은 마른 나무나 타고 남은 재와 같은 것이 아니기 때문에 고요함 속에도 모름지기 물사(物事)가 있어야 하니, 이것이 우리 유가의 활법입니다.[學者治心 與彼家實似而非 彼家治心 比之則池水 因風不動 泥沙皆沈在水底 學者治心 比之則其猶澗川之水乎 池水雖靜 微風一撓 則泥沙皆溷濁 而川澗 澄之不淸 撓之不濁 南之學識 不可[不謂少 視其用功於治心工夫 不可謂不用力也 但以日用爲糟粕 以空寂爲實地 故日用間處事 多有顚沛 冥然不能措一乎眞 所謂池水之靜也 所謂靜者 人不能不處 父子君臣兄弟夫婦之間 因日用之動 主靜而制其動 主靜 不過持敬 敬者 非槁木死灰 故靜中須有物 此吾家活法也](洪仁祐, 『恥齋遺稿』권1, 書, 「答退溪書」)

불가의 마음 다스리는 것을 '연못에 고인 물'에 비유하고, 유가의 마음 다스림을 '시냇물'에 비유한 것은 매우 흥미롭다. 시냇물은 부단히 흘러가며 정화되기 때문에 현실적 경험을 통해 이루어진 것이다. 그래서 현실 적응력이 강하다. 작자는 이 점이 불가의 치심(治心)보다 장점이라는 점을 드러내고 있다. 그리고 그런 유가의 마음 다스리는 법을 활법으로 보고 있다.

48.
# 학자의 치심공부(治心工夫)

學者治心工夫 亦不過就此淸濁粹駁不齊之心
涵泳以養其本原 省察以檢其端倪
必使濁穢日消 淸明日升 人欲之淨盡 天理之純然矣

학자의 마음 다스리는 공부는

이 청탁수박(淸濁粹駁)이 가지런하지 않은 마음에 나아가

함영(涵泳)하여 그 본원을 기르고,

성찰(省察)하여 그 단초를 검속해서

반드시 혼탁하고 더러운 것으로 하여금 날마다 소멸되고,

맑고 밝은 것으로 하여금 날마다 상승하게 하여

인욕이 깨끗이 없어지고

천리가 순수하게 보존되도록 하는 것에 불과하다.

하늘로부터 부여 받은 본성은 같지만, 타고난 기질에는 맑고 탁하고 순수하고 박잡한 다른 점이 있다. 그래서 그런 기질지성을 다스려서 중도에 맞게 해야 한다. 그것을 다스리는 방법은 마음이 움직이기 이전에는 함양을 통해 본원을 기르고, 마음이 움직인 뒤에는 성찰을 통해 그 기미의 단초를 살피고 단속해야 한다. 그래서 혼탁하고 더러운 것은 날마다 없어지게 하고, 맑고 밝은 것은 날마다 상승하게 해서, 인욕이 깨끗하게 정화되고 천리가 순수하게 보전되게 하면 성인의 경지에 오르게 된다.

병계(屛溪) 윤봉구(尹鳳九 1681-1767)는 이 점을 다음과 같이 말했다.

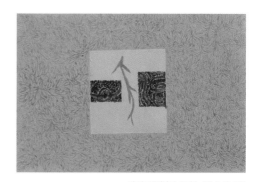

· 치심공부(治心工夫) 〈유수종 작〉

학자의 마음 다스리는 공부는 이 청탁수박(淸濁粹駁)이 가지런하지 않은 마음에 나아가 함영(涵泳)하여 그 본원을 기르고, 성찰(省察)하여 그 단초를 검속해서 반드시 혼탁하고 더러운 것으로 하여금 날마다 소멸되고, 맑고 밝은 것으로 하여금 날마다 상승하게 하여 인욕이 깨끗이 없어지고 천리가 순수하게 보존되도록 하는 것에 불과합니다. 이것이 천고의 세월 동안 성인들이 서로 전한 비결입니다. 이른바 기질을 변화시킨다고 한 것이 바로 이것입니다.[學者治心工夫 亦不過就此淸濁粹駁不齊之心 涵泳以養其本原 省察以檢其端倪 必使濁穢日消 淸明日升 人欲之淨盡 天理之純然矣 此千古相傳之訣 而所謂變化氣質 亦此也](尹鳳九, 『屛溪集』 권35, 雜著, 「心說後篇 辛酉冬」)

인욕을 깨끗하게 정화시키고, 천리를 순수하게 보존하는 것이 도학자들의 최대 화두였다. 작자가 '예로부터 성인들이 서로 전한 비결'이라고 하는 것은 특별한 것이 아니다. 바로 내 마음의 인욕을 제거하고 천리를 보존하는 존천리(存天理)·알인욕(遏人欲)에 불과한 것이다. 그러나 이는 쉬운 듯하지만 결코 쉬운 일이 아니다. 한 순간도 마음을 놓치지 말고 붙잡아야 하고, 또 움직이는 마음을 살펴야 한다. 한 순간 방심하면 바로 인욕이 끼어들게 된다.

결국 공부의 핵심은 함양과 성찰에 있다. 이를 통해 마음의 본원을 기르고, 마음이 움직이는 단초를 단속하는 것이 공부다.

## 49.
# 치심수신(治心修身)의 요점

治心修身  以飮食男女爲切要

마음을 다스리고 몸을 닦는 데에는
음식(飮食)과 남녀(男女)의 욕망으로
절실히 긴요한 것을 삼는다.

이는 이황(李滉)이 한 말이다. 식욕(食欲)·색욕(色欲)은 인간에게 가장 절실한 욕망이다. 이는 성인도 없을 수 없다. 다만 그것을 절제하여 중도에 맞게 하는 것은 오로지 공부의 힘이다. 그래서 마음을 다스리고 몸을 닦는 데 이 점을 거론한 것이다.

아래 인용문은 이덕홍(李德弘, 1541-1596)의 질문에 스승 이황이 답한 내용이다.

다시 이덕홍이 묻기를 "마음을 다스리고 몸을 닦는 데에 음식(飮食)과 남녀(男女)의 욕망으로 절실히 긴요한 것을 삼는 것은 무엇을 말한 것입니까?"라고 하자, 퇴계 선생께서 말씀하시기를 "음식과 남녀의 욕망으로 절실히 긴요한 것을 삼는

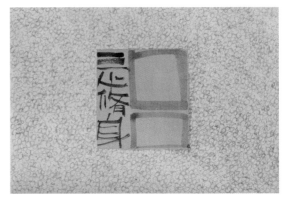

· 치심수신(治心修身) 〈유수종 작〉

것은, 음식과 남녀의 욕망은 지극한 이치가 깃들어 있는 것으로, 큰 욕망이 거기에 보존되어 있기 때문이다. 군자가 인욕(人欲)을 극복하고 천리(天理)를 회복하는 것이 이를 말미암으며, 소인이 천리를 없애고 인욕을 끝까지 추구하는 것도 이를 말미암는다. 그러므로 마음을 다스리고 몸을 닦는 데 이로써 절실하고 긴요한 것을 삼는 것이다."라고 하셨다.[治心修身 以飮食男女爲切要 亦何謂也 先生曰 以飮食男女爲切要 飮食男女 至理所寓 而大欲存焉 君子之勝人欲而復天理 由此 小人之滅天理而窮人欲 亦由此 故治心修身 以是爲切要也](李德弘,『艮齋集』권3, 問目,「上退溪先生 辛酉」)

군자는 인욕을 극복하고 천리를 회복하지만, 소인은 천리를 없애고 인

욕만을 추구한다. 인간의 욕망을 긍정하고 그쪽으로만 치닫는 오늘날의 사회풍상은 여지없이 소인의 길이다. 식욕(食慾)과 색욕(色慾)을 절제할 줄 알면, 성인의 경지에 반은 오른 셈이다. 그런데 오늘날은 절제를 미덕으로 여기지 않는다. 그리고 그런 욕망을 마음대로 추구하는 것에 대해 당연시하고 있다. 그래서 마음을 다스리는 공부를 아무도 눈여겨보지 않고 있다. 진짜 공부는 모두 여기에 있는데.

## 50.
# 색욕(色欲)을 막고 절제하는 공부

少時於防制色欲 然用工夫 雖久留關西 終不萌於心也

젊은 시절에는
색욕(色欲)을 막고 절제하는 데에
공부를 극도로 힘썼다.
그래서 관서(關西) 지방에 오래 있었지만
끝내 색욕이 마음에서 싹트지 않았다.

사계(沙溪) 김장생(金長生 1548-1631)은 율곡(栗谷) 이이(李珥 1536-1584)의 문인으로 예학과 경학에 밝았던 학자이다. 그는 젊은 시절 색욕을 막고 절제하는 공부에 꽤나 힘을 기울였나 보다. 그래서 그의 어록에 다음과 같이 기록하고 있다.

젊은 시절에 색욕(色欲)을 막고 절제하는 데에 공부를 가장 힘썼다. 그래서 오랫동안 관서(關西) 지방에 가 있었지만 끝내 마음에 색욕이 싹트지 않았다.[少時於防制色欲 煞用工夫 雖久留關西 終不萌於心也](金長生, 『沙溪遺稿』 권10, 「語錄」)

식욕과 색욕은 공부하는 사람에게 가장 큰 장애물이다. 특히 청년 시절에는 이성에 대한 그리움 때문에 공부가 제대로 되지 않는다. 잡념과 망상에 사로잡혀 공부에 전념하지 못한다.

수도하는 사람들에게서 가장 크게 대두되는 것이 성욕이다. 이를 절제하지 못해 생긴 숱한 일화들을 우리는 종종 접하게 된다. 문제는 어떻게 절제하느냐이다. 성욕이 생기는 것은 자연스런 현상이다. 그것을 아예 없앨 수는 없다. 어떻게 통제하고 절제할 것인가? 이 역시 다른 방법이 없다. 방심을 거두어들여 삼가고 두려워하는 마음을 쌓아 나가는 길뿐이다.

정좌(靜坐) <윤효석 작>

# 51.
# 절기공부(切己工夫)

學問雖多端 請論古人之言
收拾向裏 以爲身心上切己功夫耳

학문은 단서가 많지만
고인의 말씀을 논해 보면,
마음을 거두어들여 안으로 향하게 해서
몸과 마음 위에서
자기에게 절실한 공부를 하는 것일 뿐이다.

절기공부(切己工夫)라는 말은 우리에게 생소하다. 글자 그대로 번역하면, 내 몸에 절실한 공부라는 뜻이다. 나에게 절실한 공부는 역시 마음공부다. 이 마음을 어떻게 다스리느냐 하는 것이다. 저자는 마음을 거두어들여 안으로 향하게 해서, 내 몸과 마음 위에서 나에게 절실한 공부를 하라고 주문하고 있다.

남명 조식의 문인 동강(東岡) 김우옹(金宇顒 1540-1603)은 선조 임금에게 다음과 같이 아뢰었다.

학문은 단서가 많기는 하지만, 고인의 말씀을 논하면, 마음을 거두어들여 안으로 향하게 해서 몸과 마음 위에서 자기에게 절실한 공부를 하는 것일 뿐입니다. 그렇지 않으면 고서를 읽더라도 무슨 유익함이 있겠습니까?[學問雖多端 請論古人之言 收拾向裏 以爲身心上切己功夫耳 不然則雖讀古書 何益](李珥, 『栗谷全書』 권29, 「經筵日記 二」 '萬曆元年癸酉 今上六年')

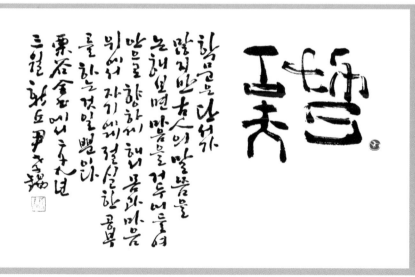

· 절기공부(切己工夫)
〈윤효석 작〉

자기 몸과 마음을 안으로 수렴해서 나 자신에게 절실한 것을 닦아가는 공부가 진짜 공부다. 실천궁행을 중시한 조식의 문하에서는 이런 실천적 노력이 공부의 핵심이었다. 그래서 그의 문하에서 행실이 닦여진 도덕군자가 많이 배출되었다.

## 52.

# 염양공부(恬養工夫)

盖必有平日恬養工夫 使本源虛靜

반드시 평상시에 마음을 평안히 기르는 공부가 있어서
본원을 텅 비고 고요하게 해야 한다.

염양(恬養)이란 말도 요즘 전혀 쓰는 용어가 아니다. '마음을 평안히 하여 심성을 기른다'는 뜻인데, 평상시에 이런 공부를 축적해야 한다는 말이다.

마음을 기르는 공부는 어느 날 갑자기 되는 것이 아니다. 평소 본원을 함양해 사욕이 끼어들지 못하도록 해야 한다. 여호(黎湖) 박필주(朴弼周 1665-1748)는 이를 다음과 같이 말했다.

> 반드시 평상시에 마음을 평안히 기르는 공부가 있어야 합니다. 그래서 본원을 텅 비고 고요하게 한 뒤에야 사려가 함부로 발동하지 않습니다. 또 사려가 발하더라도 절도에 맞게 됩니다. 그렇지 않으면 이 마음이 달아나고 일어나서 한결같이 그칠 때가 없을 것입니다. 잠시 편안하고 고요하고자 하더라도, 어찌 그렇게 할 수 있겠습니까? 맹자가 이 때문에 야기(夜氣)의 설을 말한 것입니다.……그렇지만 이른바 마음을 편안히 기르는 공부라는 것도 그냥 되는 것이 아닙니다. 반드시 의리를 알고 터득함이 명백해서 거기에 길들여짐이 있어야 합니다. 대개 천하의 이치에는 지(知)와 행(行) 둘이 있을 따름입니다. 생각에 그것을 행하려 함이 있으면, 반드시 먼저 그것을 앎이 있어야 합니다. 앎이 시행되는 바는 또한 사물에 있을 따름입니다. 사물이 아니면 실로 그 앎을 쓸 곳이 없게 됩니다. 『대학』의 치지(致知)·격물(格物)과 『중용』의 '벗어날 수 있다면 도가 아니다[可離非道]'라고 한 것이 모두 그 때문입니다.[盖必有平日恬養工夫 使本源虛靜 然後思慮不妄發 發亦中節 不然則此心之走作 一向無已時 雖欲有頃刻寧靜 其可得乎 孟子爲此發夜氣之說……雖然 所謂恬養工夫者 亦非徒然 又必有義理之知得明白而馴致之 盖天下之理 惟有知行二者 思有以行之 必先有以知之 而知之所施 又只在物上 非是物 則實無所用其知 大學之致知格物 中庸之可離非道 皆爲是也] (朴弼周,『黎湖集』권5, 疏,「申辭贊善仍陳戒疏 五月」)

저자는 마음의 본원을 텅 비고 고요하게 해야 생각이 함부로 발동하지 않고, 생각이 발동해도 절도에 맞게 된다고 하고 있다. 그래서 도학자들은 본원함양을 제일 중요한 공부로 생각한 것인데, 그 공부의 핵심이 바로 경(敬)이다. 외경하는 마음을 한 순간도 잊지 않는 것이 경공부이다.

# 53.
## 근언공부(謹言工夫)

謹言 乃爲學第一工夫
恭嘿小心 發必以時

말을 삼가는 것이
학문을 하는 제일공부이다.
공손히 묵묵히 마음을 작게 하며
말을 할 땐 반드시 제때에 해야 한다.

불가에서는 말을 하지 않고 수행하는 묵언공부(默言工夫)가 있다. 그런데 유가에서도 예전에는 묵언공부가 있었다. 나도 말을 잘못한 자괴감에 시달리다 며칠 동안 말을 하지 않기로 결심한 적이 여러 번 있다. 그러나 남과 더불어 사는 세상에서 말을 하지 않기란 참으로 어렵다. '입을 꿰매다' '입을 틀어막는다' 하는 말을 우리는 흔히 듣는데, 이는 모두 말실수 때문에 생긴 것들이다.

마음이 드나드는 관문 중에서 입과 귀와 눈이 가장 중요한 관문이다. 그래서 남명 조식은 심성수양을 도표로 그린 「신명사도(神明舍圖)」에서, 구관(口關)·이관(耳關)·목관(目關)을 도성의 세 관문으로 그렸다. 공자는 말과 행동에서 늘 말보다는 행동을 민첩하게 할 것을 주문했다. 말에는 실수가 있게 마련이므로 특별히 입조심을 시킨 것이리라.

다음은 동명(東溟) 김세렴(金世濂 1593-1646)이 경상도 현풍현(玄風縣) 향교에 쓴 학규 중 일부이다.

> 말을 삼가는 것이 학문을 하는 제일의 공부다. 공손히 묵묵히 마음을 작게 하며 말을 할 땐 반드시 제때에 해야 한다. 스스로 경의(敬義)의 실제 일을 체득하는 것이 오로지 이 말에 달려 있다. 더구나 이 말이 만사가 일어나는 핵심인 데 있어서랴. 범문정공(范文正公:范仲淹)은 말을 삼가고 침묵을 지켜 입으로 남의 시비를 말하지 않았으며, 호오봉(胡五峯:胡宏)은 남의 불선을 말하는 것으로 지극한 경계를 삼았으니, 이 모두 본받을 만하다. 조정의 이해와 관청의 득실과 타인의 과오나 악행에 대해서는 절대로 말하지 말라. 또한 음란한 내용, 여자에 관한 이야기, 어지럽고 신이한 이야기, 괴이하고 힘센 사람들의 일화, 길거리와 골목에서 떠도는 말은 모두 입에 올리지 말라.[謹言 乃爲學第一工夫 恭嘿小心 發必以時 體當自家敬義實事 專在於此 況是樞機 戎好所係 范文正謹嘿 口不言人是非 胡五峯以言人不

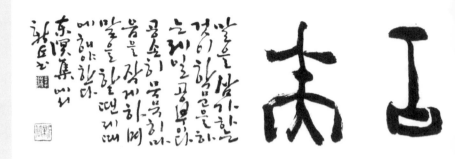

· 근언공부(謹言工夫) 〈윤효석 작〉

善爲至戒 皆所可法 至如朝廷利害 官府得失 他人過惡 絶不得言 若淫媟女色
亂神怪力 街巷鄙俚之說 皆不可出諸口)(金世濂,『東溟集』권6, 雜著,「玄風縣
學規」-學規及鄕約 筵臣有白于上者 上命頒于列邑-)

　범문정공과 호오봉은 송나라 때 학자들이다. 남의 시비나 불선을 말
하지 않는 것은 매우 어려운 일로, 공부하는 사람의 중요한 일에 속한
다. 도학자들의 말을 거울로 삼으면, 요즘의 코미디는 참으로 볼 것이 못
된다. 지나친 도덕주의나 순결주의는 때론 인간의 진술한 감정을 옥죄어
숨 막히게 할 때도 있다. 그러나 오늘날처럼 도덕과 순결을 헌신짝처럼
취급하는 세상에는 이것이 보석처럼 귀한 것인 줄 알아야 한다. 그런데
오늘날 세상에는 이를 가르치는 사람이 너무 적다.

　오늘날에는 아마도 말을 적게 하라고 가르치는 부모는 거의 없을 것이
다. 그런데 무심코 던지는 말로 인해 남들에게 얼마나 많은 상처를 입히
는가. 평생 그 말실수로 남에게 해를 끼치는 것을 생각해 보면 지옥에 떨
어질 정도로 많을 것 같다. 또 말을 잘못해서 자신은 얼마나 큰 자괴감

을 느끼는가.

그러나 꼭 말을 해야 할 때 입을 다물어서는 안 된다. 조선 선비들이 목숨을 초개처럼 여기며 임금과 상관에게 상소(上疏)나 상언(上言)을 한 것이 얼마나 많았던가. 말을 삼가라는 것은 말을 하지 말라는 뜻이 아니다. 함부로 하지 말고 신중하게 하라는 뜻이다.

공자는 '말은 어눌하게 행동은 민첩하게 하라[訥於言而敏於行]'고 가르쳤는데, 말을 어눌하게 한다는 것은 더듬거린다는 뜻이 아니다. 말을 잘못하는 사람처럼 함부로 하지 않는 것으로, 꼭 필요한 말만 하라는 것이다.

또 하나 말을 삼가기 위해서는 마음을 작게 해야 한다. 마음을 작게 하면 긴장하게 되고, 결국 말을 함부로 하지 않게 된다. 그러니 말을 적게 하는 공부는 소심(小心)에 있다 해도 과언이 아닐 것이다.

54.

## 독서공부(讀書工夫)

讀書工夫 苟不有渙然脗然者
則終爲茫昧無得 而不可謂之讀矣

독서공부는
환해지고 합치되는 바가 있지 않으면
끝내 까마득하여 터득함이 없으니,
그것은 독서라고 말할 수 없다.

책을 읽는 방법은 책에 따라 다양할 수 있다. 건성으로 보아 넘기는 책도 있을 수 있고, 매우 정밀하게 읽어야 할 책도 있다. 또한 통독을 하지 않고 부분적으로 읽어도 되는 책이 있고, 처음부터 끝까지 다 읽어야 비로소 통하는 책도 있다.

여기서 말하는 독서공부는 경서를 말한다. 경서는 성인의 말씀이나 현인이 전한 것을 기록해 놓은 책이다. 따라서 그 속에는 깊은 진리가 담겨 있다. 그것을 알기 위해서는 글의 내용이 내 마음에 환히 와 닿는 경지에 이르러야 한다. 그래야만 비로소 본뜻을 터득하게 된다.

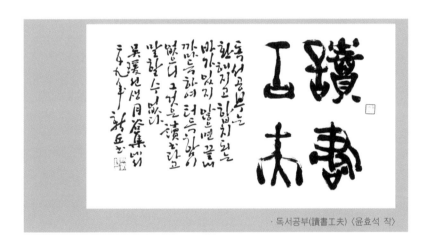

· 독서공부(讀書工夫) 〈윤효석 작〉

『논어』 같은 경서는, 나이가 들어 읽으면 한 해가 다르게 새로운 맛이 난다. 그리고 어떤 구절에 대해서는 자신도 모르게 마음에 와 닿아 '바로 이런 뜻이로구나!'라고 탄성을 지르는 경우도 있다. 이런 경지가 바로 화석과 같은 경서의 문자가 비로소 나의 것이 되는 순간이다. 죽은 책 속의 문자를 통해 성인의 마음과 만나는 것이 진짜 공부이다.

월곡(月谷) 오원(吳瑗 1700-1740)은 이런 경지를 다음과 같이 말했다.

독서공부는 환해지고 합치되는 바가 있지 않으면 끝내 까마득하여 터득함이 없으니, 그것은 독서라고 말할 수 없습니다.[讀書工夫 苟不有渙然脗然者 則終爲茫昧無得 而不可謂之讀矣](吳瑗, 『月谷集』권11, 書,「與洪君素樸丁酉」)

독서의 목적을 깨달음에 두고서 한 말이다. 소설이나 시집을 이처럼 읽을 필요는 없겠지만, 경전은 이렇게 읽어야 맛을 느낄 수 있다. 수백 번, 아니 수천 번을 읽으면 맛이 더 난다. 오래된 간장이 그 오묘한 맛을 더하듯이.

# 55.
## 자세히 독서하라

逐不憚屈其至敏　而從事極鈍工夫
開口第一義曰　仔細讀書

주자는 드디어 자신의 지극히 영민함을 굽히고,
지극히 둔한 공부에 종사하길 꺼리지 않으셨다.
그리하여 입만 열면 제일의 의리로
'자세히 독서하라'를 말씀하셨다.

송나라 때 학문은 의리학(義理學)이다. 이는 한대(漢代) 이후의 훈고학(訓詁學)이 본지(本旨)를 탐구하지 않고 자구(字句)의 주석에 치우친 것을 반성한 데서 나온 새로운 학풍이다. 송대 학자들은 의리발명을 사명으로 생각하였다. 그래서 독자적인 깨달음을 중시했다. 주자가 '자세히 독서하라'고 한 말은 경서의 내용을 '그냥 그러려니' 하고 받아들이지 말고, 자세히 꿰뚫어서 그 속에 담긴 의리를 발명해야 한다는 말이다.

왜 이런 말을 했을까? 이런 말을 한 본래의 의도는 무엇일까? 이런 의문을 계속 던지며 독서를 해야 성인의 마음을 만날 수 있다. 그래서 주자는 일부러 노둔한 공부 방식을 택한 것이다. 그리고 다른 사람들에게도 그처럼 정밀하게 독서하길 권한 것이다.

다음 인용문은 삼연(三淵) 김창흡(金昌翕 1653-1722)이 이덕수(李德壽 1673-1744)에게 보낸 편지이다.

> 그러나 주자는 일찍이 '의리는 무궁하고 인간의 소견은 유한하다'고 스스로 말하였습니다. 그리고서 자신의 지극히 영민함을 굽히고 지극히 둔한 공부에 종사하길 꺼리지 않았습니다. 그리하여 입만 열면 제일의 의리로 '자세히 독서하라'를 말하였습니다. 대개 마음을 비우고 기질을 평온히 하고서 의심나는 것을 빼놓고 그 나머지 의리를 구하여 완미하고 사색하는 요점을 삼으며, 차례차례 하나씩 극진히 하여 점진적으로 넓혀나가 쌓아가는 기초를 삼아야 합니다. 한 꺼풀을 벗기면 또 한 꺼풀이 가로막고 있으며, 한 절을 이해하면 또 한 절을 만나게 됩니다. 두텁지 않은 지혜로 틈을 비집고 들어가니, 내가 그와 함께 마음을 비우고 굽이굽이 찾아들어가야 합니다. 침잠이 부족하면 또 푹 잠겨 두고, 익힘이 부족하면 더 무르익히고, 씹는 것이 부족하면 다시 싫도록 음미하여 융회관통해서 지극한 경지를 만나면, 위로부터 성현이 세상에 가르침을 세우신 뜻이 가지와 가지가 서로 마주하고 잎과 잎이 서로 합당하게 됨을 비로소 볼 수 있을 것

입니다. 이때 경전의 뜻을 풀이하고 구두를 바로잡는 일이, 세심하게 헤아리는 데서 나오지 않음이 없을 것입니다. 그러면 범상하게 보이던 한 글자의 뜻이 혹 수백 수천 자로 풀이하는 경우도 있을 것입니다. 그런 뒤에 의리가 정밀해지고 정확해져서 아무리 어려운 상황에 처하더라도 부서지지 않을 것입니다. 비록 공자(孔子)나 증자(曾子)가 다시 태어나고, 자사(子思)와 맹자(孟子)의 혼령이 있다고 하더라도 빙그레 웃으시며 허여하지 않을 수 없을 것입니다. 요컨대 거칠고 천박하고 구애되는 소견으로 쉽게 자기 설을 주장해서는 안 됩니다.[然朱子嘗竊自謂義理無窮 人見有限 遂不憚屈其至敏而從事極鈍工夫 開口第一義曰仔細讀書 蓋虛心平氣 闕疑而求之 以爲玩索之要 循序致一 以漸而廣焉 以爲積累之基 剝一膜 又一膜隔焉 解一節 又一節遇焉 以無厚入有間 吾與之虛而委蛇 浸涵之不足 又游泳之 溫燖之不足 又醞郁之 咀嚼之不足 又厭飫之 融而通之 會其有極 則始見從上聖賢垂世立敎之意 枝枝相對 葉葉相當 於是 作爲訓義 正其句讀 莫不從其細心斟秤上出來 尋常一字之訓 或至於百千易藁者有之 夫然後義精理確 顚撲不破 雖孔曾復起 思孟有靈 亦將莞爾而笑 不得不點頭 要不可以粗淺拘滯之見 容易立說破也](金昌翕, 『三淵集』 권22, 書, 「與李德壽」)

중간 부분의 '침잠이 부족하면 또 푹 잠겨 두고, 익힘이 부족하면 더 무르익히고, 씹는 것이 부족하면 다시 싫도록 음미하여 융회관통해서 지극한 경지를 만나면'이라고 한 대목은, 자세히 독서하는 학인의 자세를 섬세하게 제시한 것이다. 더 깊이 침잠하고, 더 푹 익히고, 싫증이 나도록 씹고 음미해서 융회관통해야 진리를 만날 수 있다. 그렇지 않으면 껍데기만 아는 것이 된다.

한 때 '껍데기는 가라'고 외치던 시절이 있었다. 위선자가 판을 칠 때 그런 외침이 나타난다. 그러나 어디 정치판만이 그러하랴. 학문의 세계에도 껍데기가 많다. 문 안으로 들어가 보지도 못한 채, 문 밖에서 서성이며 소리치는 사람들이 얼마나 많던가. 그래서 학계 내부에서는 수시로 학문의 세계를 정화시키기 위해 '껍데기는 가라'라고 외치는 사람이 필요하다. 껍데기들이 많으면 그 사회는 좀먹게 되기 때문이다. 껍데기가 득세하기 전에 그들이 발을 붙이고 세력을 확장하지 못하도록 해야 한다. '껍데기는 가라!!'

# 56.

## 한 글자도 그냥 지나치지 말라

所讀之冊 則隨所讀一一硏究
從頭至尾 一字不放過
使之寸亦吾寸 尺亦吾尺

책에서 읽은 것은
읽은 바를 따라 하나하나 연구하여
처음부터 끝까지
한 글자도 그냥 지나치지 말아서
한 치를 나아가도 나의 한 치가 되게 하고,
한 자를 나아가도 나의 한 자가 되게 하라.

아래 인용문은 윤증(尹拯 1629-1724)의 편지인데, 박문공부(博文工夫)와 약례공부(約禮工夫)에 대해 말한 것이다. 박문약례(博文約禮)는 『논어』에 보이는 문구인데, 박문은 폭넓게 독서를 하는 것이고, 약례는 독서한 것 중에서 자신에게 절실하고 긴요한 것을 뽑아 내 몸을 예에 맞게 단속하는 것이다. 즉 박문은 지식을 넓히는 공부이고, 약례는 내 몸으로 실천해 체득하는 공부이다.

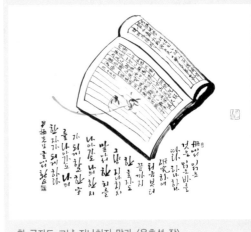

· 한 글자도 그냥 지나치지 말라 〈윤효석 작〉

윤증은 약례공부를 강조하면서 책에서 읽은 내용을 하나하나 연구하여 한 글자도 지나치지 말고 나의 것이 되도록 체득하라고 권면하고 있다.

　　형께서는 늦게 공부를 하였으니 박문공부에 대해서는 따라갈 수 없습니다. 그러니 약례공부에 뜻을 두어야 합니다. 일상생활 속의 모든 일에 대해 반드시 법도를 구해 그것을 따라 실천하십시오. 책에서 읽은 것은 읽은 바를 따라 하나하나 연구하여 처음부터 끝까지 한 글자도 그냥 지나치지 말아서, 한 치를 나아가도 나의 한 치가 되게 하고, 한 자를 나아가도 나의 한 자가 되게 하십시오. 그런 뒤에 앎은 날로 더욱 진보되고, 행위는 날로 더욱 견고해져서 표리가 서로 구제하여, 늦게 깨달아 성취하기 어렵다는 탄식이 없게 될 것입니다.[兄旣晚學 於博文之功 不可追補 唯當加意於約禮工夫 日用事事 必求規矩 而循蹈之 所讀之冊 則隨所讀一一硏究 從頭至尾 一字不放過 使之寸亦吾寸 尺亦吾尺 然後知日益進 行日益固 表裏交濟 而庶無

198

· 공부(工夫) 〈윤효석 작〉

晚悟難成之歎矣] (尹拯, 『明齋遺稿』 권14, 書, 「答羅顯道 十月十五日」)

　이는 지식의 자기화를 강조한 말이다. 피상적 앎이 아니라, 앎을 온전히 내 것으로 만드는 공부를 일상에서 하나하나 해 나가라는 것이다.

　현대 학문은 효제(孝悌)·충신(忠信)처럼 인류와 도덕에 관한 공부가 아니어서 실천궁행이 어렵다. 학자가 논문으로 쓴 것은 학문의 이론적 탐구이기 때문에 실천할 수 없는 것이 대다수이다. 그러나 인격완성을 위주로 하는 옛날의 학문은 앎이 실천을 통해 완성되는 특징이 있다. 그러므로 실천이 없는 앎을 극도로 경계한다.

　예전에는 경전을 공부하는 것이 실천과 실용에 이바지하기 위함이었는데, 오늘날에는 실용만을 강조하고 있다. 조선시대에는 학문이 조금이라도 이론화 경향을 보이면, 실천을 강조하는 비판이 제기되었다.

　또한 실천은 앎을 통해 자신을 완성하는 것이고, 실용은 사회적으로 소용되는 것이어서 그 차원이 다르다. 나를 도덕적 주체로 완성시키는 공부와 사회에 공헌하는 공부는 모두 중요하고 필요한 것이다. 그런데 오늘날은 나를 완성하는 실천공부가 너무도 왜소하다. 왜 현상만 보고 자신은 돌아보지 않는가? 왜 조선후기의 실용을 추구하는 실학에만 매달리고, 조선중기의 실천궁행을 중시한 실천에는 아무도 눈을 돌리지 않는가?

아무리 소리쳐도 아무도 돌아보지 않는다. 그래도 나는 소리칠 것이다. 실용도 필요하고 실천도 필요하다고. 아니 오늘날에는 오히려 실천이 더 필요하다고.

## 57.
## 몸과 마음으로 하는 독서

讀書 不體貼向身心上做工夫
雖盡讀天下之書 猶無益也

독서를 할 적에
지식을 내 몸에 붙여
몸과 마음을 향한 위에서
공부를 해 나가지 않으면
천하의 책을 다 읽더라도
오히려 무익할 것이다.

이수광(李睟光 1563-1628)의 『지봉유설(芝峯類說)』에는 다음과 같은 말이 있다.

　　설문청(薛文淸:薛瑄)이 말하기를 "독서를 할 적에 지식을 내 몸에 붙어 몸과 마음을 향한 위에서 공부를 하지 않으면 천하의 책을 다 읽더라도 오히려 무익할 것이다."라고 하였다. 나는 생각건대, 학문을 하면서 몸과 마음에서 능히 터득함이 있지 않으면, 이른바 '사업이 노망할 뿐이다'라고 하거나 '독서가 거칠고 소략하다'고 하는 것일 뿐이니, 어찌 말할 것이 있겠는가?[薛文淸曰 讀書不體貼向身心上做工夫 雖盡讀天下之書 猶無益也 余謂 爲學而不能有得乎身心 則所謂事業鹵莽而已 所謂讀書矗略而已 烏足道哉](李睟光,『芝峯類說』권5, 儒道部,「學問」)

설문청은 명나라 때 학자로 조선시대 학자들에게 널리 알려진 유명한 사람이다. 그는 독서할 적에 지식을 내 몸과 마음으로 체득할 것을 중시

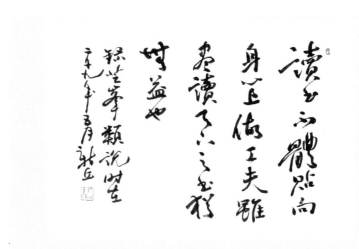

· 몸과 마음으로 하는 독서 〈윤효석 작〉

하는 발언을 많이 하였다. 이수광은 이 말에 동조하며 학문을 하면서 몸과 마음으로 터득하지 못하는 것은 노망할 뿐이라고 하여, 지식의 자기화를 강조하고 있다.

내 몸과 지식이 따로따로인 것을 '서자서 아자아(書自書 我自我)'라고 한다. 책은 책대로 나는 나대로 별개가 되어 있다는 말이다. 독서를 하면서 머릿속으로 딴 생각을 할 때 이런 말을 한다. 지식과 내가 분리되어 따로 존재하게 되면, 그것은 나의 지식이 아니다. 그래서 지식을 내 몸에 붙여야 하고, 그 다음에는 몸과 마음으로 깨달아야 한다. 천하의 책을 다 보는 것이 중요한 것이 아니라, 그것을 내 것으로 만드는 것이 중요한 것이다.

# 58.

# 발분하여 스스로 힘써 굳세고
# 고달픈 공부를 하라

讀書亦幾何
非發憤自勵做得堅苦工夫 終無所成就

독서는 어떻게 해야 하는가,
발분하여 스스로 노력해
굳세고 고달픈 공부를 하지 않으면
끝내 성취하는 것이 없게 될 것이다.

이는 퇴계학맥을 이은 대산(大山) 이상정(李象靖 1711-1781)의 동생 소산 (小山) 이광정(李光靖 1714-1789)이 아들에게 보낸 편지에 나오는 말이다. 이 광정은 독서법으로 발분을 거론한 뒤, 굳센 마음으로 고달픔을 참아가며 독서하지 않으면 성취할 수 없다는 점을 간곡하게 타이르고 있다.

> 독서는 또 어떻게 해야 하겠느냐? 발분하여 스스로 노력해 굳세고 고달픈 공부를 하지 않으면 끝내 성취하는 것이 없게 될 것이다. 또 한갓 글을 외우고 읽는 것으로는 불가하다. 글의 뜻을 조용히 음미하며, 의리에 침잠해야 한다. 낮에는 글을 읽고 밤에는 그 뜻을 생각하면 거의 가망이 있을 것이다.[讀書亦 幾何 非發憤自勵做得堅苦工夫 終無所成就 又不可徒然誦讀 從容乎文義 沈潛 乎義理 晝讀而夜思之 則庶乎可望](李光靖, 『小山集』 권7, 書, 「寄兒」)

공부할 적에는 발분하는 것이 중요하다. 분(憤)은 마음을 뜨겁게 하는 것이니, 발분은 열정적으로 독서에 임하는 태도이다. 자려(自勵)는 남이 시켜서 하는 공부가 아니라 스스로 힘쓰는 자발적인 공부이다. 그런데 그 다음에 나오는 의지를 견고하게 하고 괴로움을 참아가면서 하는 공 부를 더 추가하고 있다.

정리해 보자. 열정적인 태도, 자발적인 공부, 의지를 견고히, 괴로움을 견디며. 이렇게 공부를 해야 성취할 수 있다. 아들에게 이렇게 자상하게 일러주는 아버지가 되면 그 집안에 저절로 학자가 나올 것이다. 공부가 제일 쉽다고 하는 사람도 있고, 제일 어렵다고 말하는 사람도 있다. 어찌 되었건 이 네 가지를 충실히 하지 않고서 학문을 성취하는 사람은 없다. 이 인용문 말미의 '낮에는 독서를 하고 밤에는 그 뜻을 생각하라'는 말 은 귀 기울여 들을 만하다. 독서와 사색, 이 양자를 낮과 밤에 적절히 배 분한 것이다.

## 59.
# 차기공부(箚記工夫)


讀書有疑 箚記工夫 最爲着實
不待問人 而後來自曉處 亦多矣

독서를 하다가 의심이 들면
메모하는 공부가
가장 착실한 것이 된다.
그러면 남에게 묻기를 기다리지 않고서도
훗날 스스로 깨닫는 점이 많을 것이다.

예나 지금이나 떠오르는 생각을 그때그때 기록해 두는 습관은 매우 중요하다. 특히 공부하는 사람에게는 반드시 필요하다. 공부하는 사람은 자다가도 꿈속에서 얻어지는 것이 있다. 그때 벌떡 일어나 기록해 두어야 한다. 그렇지 않으면 아침에 까마득히 잊어버리게 된다. 성호(星湖) 이익(李瀷 1681-1763)은 이런 메모

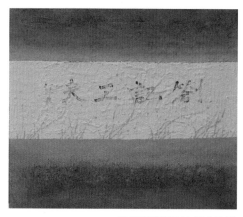

· 차기공부(箚記工夫) 〈윤효석 작〉

가 습관화되어 질서(疾書)라는 거질(巨帙)을 저술하였다. 질서는 떠오르는 생각을 얼른 적어놓는다는 뜻이다.

더구나 독서를 하다가 의심이 생기면, 그것은 반드시 기록해 두어야 한다. 그래서 훗날 선생이나 동학을 만나 물어서 그 뜻을 확실히 알고 넘어가야 한다. 그런 의문을 기록해 놓지 않으면 나중에는 그 의문 자체도 잊게 된다. 그러나 의문을 기록해 두면, 나중에 다시 그 의문에 대해 궁리를 하게 되고, 언젠가는 스스로 터득하는 경우도 있게 된다. 아래 인용문은 윤증(尹拯 1629-1724)이 메모하는 공부가 가장 착실한 것이라고 한 말이다.

독서하다 의심이 있으면 메모하는 공부가 가장 착실한 것이 됩니다. 그러면 남에게 묻기를 기다리지 않고서도 훗날 스스로 깨닫는 점이 많을 것입니다. 이에 대해 힘을 써야 합니다.[讀書有疑 箚記工夫 最爲着實 不待問人 而後來自曉處 亦多矣 須於此勉焉](尹拯,『明齋遺稿』권25, 書,「答李壽聃 己丑至月二十六日」)

의문을 메모해 두면 문제의식을 계속 갖게 된다. 그래서 계속 궁리를 하게 된다. 그러나 메모를 해 놓지 않으면 일회성 의문으로 끝날 가능성이 높다. 의문은 남에게 질정을 구해 해결할 수도 있지만, 스스로 터득하는 경우도 많다. 메모는 바로 의문을 기록으로 남겨 화두를 놓지 않게 하는 수단이다.

· 독서하다 의문이 들면
  메모하라 〈윤효석 작〉

# 60.
## 손 가는 대로 메모하라

凡看書有疑 或遇事有疑
隨手劄記 以問於人

책을 보다가 의심이 생기거나
일을 하다가 의심이 들면
손이 가는 대로 메모를 해 두었다가
남에게 물어보라.

讀書有疑 隨手劄記 見朋友輒問

독서하다가 의심이 생기면
손 가는 대로 메모해 두었다가
친구를 만나거든 바로 물어보라.

명재(明齋) 윤증(尹拯 1629-1724)은 메모를 하는 차기공부(箚記工夫)에 대
해 그 어떤 학자보다도 절실함을 깨달았던 듯하다. 그래서인지 그의 글
에는 이 점에 대해 언급한 문구가 자주 보인다. 아래 인용문도 이런 점
을 절실하게 말한 것이다.

　　무릇 책을 보다가 의심이 생기거나 일을 하다가 의심이 들면 손 가는 대
로 메모를 해 두었다가 남에게 물어보십시오. 터득하는 것이 있으면 또한
메모했다가 뒤에 살펴보는 자료로 삼으십시오. 메모하는 공부는 매우 좋
습니다. 의심이 있거나 터득함이 있는데 이를 방치하면 잊어버리게 되며,
끝내는 득력할 곳이 없게 됩니다. 시험 삼아 노트 한 권을 마련해 이런 공
부를 해보는 것이 어떻겠습니까? 훗날 만났을 때, 그대가 공부한 것을 알
수 있을 것입니다. 옛날 사계(沙溪) 선생께서 이런 공부를 하셨습니다. 스
승이나 벗들에게 들은 것을 하나하나 기록해 둔 것이 오늘날 전하는 『경
서변의(經書辨疑)』입니다. 이는 후학들이 본받아야 할 점입니다.[凡看書有疑
或遇事有疑　隨手箚記　以問於人　如有所得　亦須箚記以爲後考　箚記工夫甚好
若有疑有得　仍復置之　則因而忘之　終無得力之地矣　試作一冊子　爲此工夫　如
何　他日相見　亦可以知君之用功矣　昔沙溪先生爲此工夫　凡所聞於師友者　一一
記之　今經書辨疑　是也　後學之所當法也](尹拯,『明齋遺稿』권29, 書,「與族子
元敎」)

　　윤증은 독서를 하다가 의문이 나는 점을 메모할 뿐만 아니라, 독서하
다가 터득한 것도 메모하라고 주문한다. 그러면서 의문이나 자득이 있는
데 메모해 두지 않으면 득력할 곳이 없게 된다고 하고 있다. 그리고 사계
(沙溪) 김장생(金長生 1548-1631)이 그런 식으로 메모하여 남긴 것이 그 유명
한 『경서변의』임을 언급하고 있다.
　　또 그는 이런 메모습관을 두고 공부를 쌓아가는 방법이라고 역설하고 있다.

독서를 하다가 의심스러우면 손 가는 대로 메모해 두었다가 벗을 만나거든 바로 질문을 하십시오. 그러면 비록 자기보다 못한 사람일지라도 그 의문을 능히 풀어줄 수 있으며, 또한 다른 책을 보다가 저절로 이해가 되는 경우도 있습니다. 이것이 고인이 이른바 쌓아가는 공부입니다. 그러니 그 요점은 범범하게 그냥 지나치지 않는 데 달려 있을 따름입니다.(讀書有疑 隨手箚記 見朋友輒問 則雖不如己者 或能解得 且因看他書 自有了解處 此古人所謂積累工夫也 要在不放過耳(尹拯, 『明齋遺稿』 권24, 書, 「答李公達 癸酉九月五日」)

독서를 하다가 그때그때 떠오르는 것을 메모해 둔 독서록은 공부의 밑천이다. 이런 방법을 통해 김장생은 『경서변의』라는 경전해석서를 만들었고, 이익은 『성호사설』이라는 총서를 저술하였다. 이를 보면 메모가 얼마나 중요한지를 실감하게 된다. 저자는 이런 메모습관을 하나하나 축적해 가는 것을 공부의 중요한 요령으로 보고 있다.

오늘날에도 가끔씩 문인들의 독서록이 책으로 출판되어 나온다. 독서록은 자기발견이자, 자기성찰의 도구이다. 자료를 많이 읽는 공부를 하는 사람은 처음 자료를 읽을 적에 떠오르는 생각을 여백에 빼곡하게 메모해 두어야 한다. 그래야 그것이 쌓여 문제의식이 된다. 그리고 그것을 간추리고 정리해서 좋은 글을 만들게 된다. 좋은 글은 그냥 나오는 것이 아니다. 이런 메모를 통해 깨달음이 오고, 그런 깨달음을 통해 생겨지는 것이다.

# 61.

# 사색공부(思索工夫)

其工夫　則以思索爲根本

그의 공부는 사색(思索)으로 근본을 삼았다.

· 사색공부(思索工夫) 〈윤효석 작〉

조선시대 성리학자들은 사색공부를 그리 강조하지 않았다. 16세기 남명(南冥) 조식(曺植)은 자득(自得)을 매우 중시하여 밤에 사색할 것을 강조하였는데, 이는 지식을 실천하기 위한 체득을 염두에 두었기 때문이다. 따라서 조식이 사색을 중시한 것은 진리 자체의 탐구를 위한 것이 아니라, 피상적 지식의 자기화를 위한 것이었다.

그런데 일반적으로 말하면 사색은 궁리(窮理)와 통한다. 이치를 궁구하기 위해 사색을 하는 것이다. 조선시대 학자 가운데 사색공부를 특히 강조한 이는 졸수재(拙修齋) 조성기(趙聖期 1638-1689)이다. 그는 모든 공부의 근본을 사색으로 삼았다. 이는 아마도 자득을 중시하는 그의 학문관에서 연유한 것이리라. 「행장(行狀)」에는 그의 공부에 대해 다음과 같이 말하고 있다.

    그의 공부는 사색(思索)으로 근본을 삼았다. 일찍이 자신이 평소에 공부하는 일을 스스로 말하여 다른 사람들에게 권유하기를 "나는 젊은 시절 지식과 소견이 매우 천박하고, 타고난 자질과 본성이 매우 둔하였다. 스스로 생각해 보니, 도모할 바가 없었다. 그래서 '이 이치를 반드시 생각해 터득할 수 있다'고 하는 말만을 깊이 믿었다. 항상 천지만물의 이치를 궁구하여 선왕들이 만든 제도의 근원에 도달하려 하였다. 우주를 포괄하고 고금을 관통하여 일상생활에 조처하고 사업에 드러내 일생 학문의 표준으로 삼았다. 서화담(徐花潭:徐敬德)이 벽에다 물명(物名)을 써 놓고 삼년 동안 고심한 것과 관자(管子:管仲)가 생각하고 또 생각하여 귀신에 대해서도 능히 통달했다고 한 말에 대해, 매우 기뻐함이 있어서 항상 가슴속에 새겨두고 힘쓰고 있다."고 하였다.[其工夫 則以思索爲根本 甞自言其平日用工之事 以勸人曰 僕少時知見極淺 資性極鈍 自度無所猷爲 而唯深信是理之必可以思得也 常以窮天地萬物之理 達皇王制作之源 該括宇宙 通貫古今 措之於日用 發之於事業 爲一生學問之標準 而於花潭徐氏書物名壁上 三年苦思 及管子思之又思之鬼神克通之語 深有所說 常自服膺勉勵(趙聖期,『拙修齋集』권12, 附錄, 行狀)

조성기는, 이 세상의 이치는 사색을 통해 모두 터득할 수 있다는 확고한 신념으로 공부를 한 듯하다. 그래서 그에게는 사색이 공부의 핵심으로 등장하고 있다. 철학자다운 발상이다.

여기서 말하는 조성기의 사색공부는 이미 선현들에 의해 밝혀진 진리의 자기화보다는, 아직 밝혀지지 않은 의리에 대한 새로운 발명을 위한 것이다. 그 이유는 위 인용문에 서경덕(徐敬德 1489-1546)이 여러 물명(物名)을 벽에 써 붙여놓고 수시로 들여다보며 궁리한 것을 추종하고 있기 때문이다.

따라서 조성기의 사색공부는 서경덕이 추구했던 방식의 사색공부이지, 조식이 몸으로 실천하기 위해 자득을 추구한 것과는 다르다. 조성기나 서경덕의 사색은 철학자로서 이 세상의 이치를 궁리하는 것으로, 새로운 이치를 발명하기 위한 것이다. 반면 조식의 사색공부는 이미 밝혀진 진리를 자기화하는 것이다. 조식은 실천궁행을 위해 그것을 필요로 했고, 조성기는 의리 발명을 위해 그 공부를 택한 것이다.

# 62.
## 사색공부는 밤에 더욱 전일하게 하라

無多著睡 思索工夫 於夜尤專

잠을 많이 자지 말라.
사색공부는 밤에 더욱 전일하게 해야 한다.

· 무다착수(無多著睡) 〈윤효석 작〉

　조선 중기 도학자 조식(曺植)은 학자들에게 항상 말하기를 "잠을 많이 자지 말라. 사색공부는 밤에 더욱 전일하게 해야 한다."고 하였다.[南冥曺先生嘗語學者曰 無多著睡 思索工夫 於夜尤專](李瀷, 『星湖全集』 권8, 海東樂府, 「惺惺子」)

　이 말은 조식의 문인이나 사숙인(私淑人)의 문집에서 자주 나타나는 말이다. 조식은 제자들에게 학자가 잠을 많이 자서는 안 된다고 누차 말하였다. 『논어』에도 공자의 문인 번지(樊遲)가 낮잠을 자다가 공자에게 호되게 꾸지람을 듣는 일화가 등장한다. 잠을 많이 자는 게으른 태도로는 어떤 일도 성취하기 어려움을 깨우쳐주는 말이리라.

　그런데 조식은 잠을 많이 자지 말라는 것과 아울러 사색공부를 강조하고 있다. 특히 사색공부는 밤중에 더욱 전일하게 해야 한다고 말하고 있다. 요즘은 밤도 낮과 마찬가지로 환하지만, 예전에는 등잔불이나 촛불 아래서 글자도 분간하기 어려웠다. 그러니 자연히 밤은 독서보다는 사색하기에 알맞은 시간이었다. 그런데 일반인들은 긴긴 겨울밤을 온갖 상념에 사로잡혀 보내기 일쑤다. 오늘날 사람들이 로또복권을 사 놓고 당첨이 되면 어디다 그 돈을 쓸까를 공상하는 것과 같다. 그래서 옛말에 '하룻저녁에 수십 칸의 기와집을 짓는다'고 했다.

그러나 이 시간이 학자들에게는 낮에 독서한 내용을 곰곰이 연역하며 그 뜻을 되새기는 사색공부를 하기에 제격이었던 것이다. 조식은 그런 공부를 수십 년 동안 했던가 보다. 그래서 제자들에게 특히 그런 공부법을 권유하고 있다. 밤에 천정을 쳐다보고 허튼 망상을 하기보다는, 낮에 읽었던 문장을 되새김질하며 그 깊은 뜻을 연역해 본다면, 그 영양가는 참으로 클 것이다.

# 63.
## 연정담사(研精覃思)

謝絶世故 端坐一室 左右圖書 研精覃思

세상사를 사절하고
한 칸 방안에 단정히 앉아
좌우에는 도서를 쌓아두고서
정밀히 연구하고 깊이 사색하셨다.

이는 회재(晦齋) 이언적(李彦迪 1491-1553)의 공부하는 자세를 말한 것이다. 아래는 그의 「행장」 중 일부인데, 그가 공부하던 것이 눈에 선히 보이는 듯하다.

선생은 27세 때 다섯 편의 잠(箴)을 지으셨으니, 외천잠(畏天箴)·양심잠(養心箴)·경신잠(敬身箴)·개과잠(改過箴)·독지잠(篤志箴)이다. 30세 때에 또 입잠(立箴)을 지으셨다. 그 말씀이 모두 옛 성현이 몸소 실천하시고 마음으로 터득하신 절실히 긴요한 뜻이었다. 그 가운데 일상생활의 동정 사이에서 조존(操存)하고 성찰(省察)하라는 것과 시세에 순응해 물러나 은거할 적에는 분노를 다스리고 욕심을 막아 개과천선하라는 내용은, 선생이 실제로 일삼은 바가 있어서 빈 말이 아니었다. 벼슬을 그만두고 귀향하여 고을 서북쪽 자옥산(紫玉山) 밑에 터를 잡으셨다. 바위와 계곡이 빙 둘러 기이한 것과 시내와 못이 맑고 깨끗한 것을 사랑하시어, 그곳에 집을 짓고 사셨다. 그 집의 이름을 독락당(獨樂堂)이라 하였다. 소나무·대나무와 꽃·풀을 주위에 심고, 날마다 그 안에서 시를 읊조리고 낚시질을 하며 노니셨다. 세상사를 사절하고 한 칸 방안에 단정히 앉아 좌우에는 도서를 쌓아두고서 정밀히 연구하고 깊이 사색하셨다. 고요한 가운데서 공부를 하였으니, 전날에 비해 더욱 깊고 전일하였다. 그런 뒤에 전에 듣고서 아직 깨닫지 못한 것들이 비로소 마음으로 융합하고 정신으로 회통하며 친절하여 징험함이 있는 듯하였다. 화평하고 담박한 지취로써 기르고, 오랜 세월 동안 쌓아가셨다. 성리설에 정신을 침잠할 적에는 성현들이 진덕(進德)·수업(修業)한 방도를 따르시고, 고명한 데에서 마음을 완미할 적에는 솔개가 하늘에 날고 물고기가 연못에서 뛰는 가운데 천리가 유행하는 오묘함을 즐기셨다.[年二十七而作五箴 畏天也 養心也 敬身也 改過也 篤志也 三十而又作立箴 其言皆古聖賢躬行心得切要之旨 其操存省察於日用動靜之間 懲窒遷改於遵養時晦之際 固已實有所事而非空言也 其罷歸也 卜地於州西北紫玉山中 愛其巖壑環奇 溪潭潔淸 築室而居之 名其堂曰獨樂 益樹以松竹花卉 日嘯詠釣游

於其間 謝絶世故 端坐一室 左右圖書 研精覃思 靜中下功夫 比之前時 尤深且
專一 然後向來有聞而未甚契者 始若心融而神會 親切而有驗焉 養以沖恬之趣
積以歲月之久 潛神性理 遵聖賢進修之方 玩心高明 樂鳶魚流行之妙(李彦迪,
『晦齋集』附錄,「晦齋李先生行狀」)

16세기 도학자들은 일상생활 속에서 자신의 몸과 마음을 수양하기 위
해 잠(箴)이나 명(銘)을 지어 처소 곳곳에 붙여 두고서 늘 마음이 해이해
지지 않도록 하였다. 이언적은 27세 때 외천잠(畏天箴)·양심잠(養心箴)·경
신잠(敬身箴)·개과잠(改過箴)·독지잠(篤志箴)을 짓고, 30세 때에 입잠(立箴)
을 지었다. 이를 보면, 그의 성향이 어떠한지를 알 수 있다. 심성을 기르
고 처신을 공손히 하기 위해 젊어서부터 각별한 의지를 드러낸 것이다.
이렇게 해서 명망을 얻은 것이다.

위 여섯 가지 잠명을 통해 다시 생각해 보자. 첫째가 하늘을 두려워하
기이다. 나는 요즘 사람들이 건방져진 이유를 하늘을 바라보지 않기 때
문이라고 생각한다. 하루 종일 벽에 갇혀 살다 보니, 하늘을 잃어버린 것
이다. 인간은 하루도 하늘을 바라보지 않으면 안 된다. 하늘은 신이 아니
다. 하늘은 나의 근원이며 고향이다. 그래서 매일 우러러야 자신의 본원
을 잃지 않을 수 있다. 하늘을 두려워하지 않으면 그 다음에는 못할 짓
이 없다. 그래서 흉악무도한 범행을 저지르는 것이다. 하늘이 나를 보고
있다고 생각하면 어찌 그런 일을 하겠는가. 그래서 예전에 흔히 하던 말
이 '대월상제(對越上帝)'이다. 늘 상제(上帝)를 대하듯이 마음을 가지라는
것이다.

둘째가 마음을 기르기이다. 마음은 양심(良心)이다. 선량한 마음은 누
구나 타고 난다. 그러나 일상생활 속에서 그것을 잊고 지내기 일쑤이다.

그것은 부단히 길러가야 한다. 그래야 주체가 확립되어 흔들리지 않는다. 가만 놔두어서는 안 된다.

셋째는 몸을 공경하게 하기이다. 마음이 먼저지만, 몸도 마음 못지않게 닦아야 한다. 마음이 몸을 통해 드나들기 때문에 몸을 닦지 않으면 마음이 그에 끌려 다니게 된다. 온갖 유혹과 욕망을 극복하려면 수신을 해야 한다.

이언적은 그 다음에 허물을 고치는 것을 경계하는 잠, 뜻을 돈독히 하는 잠, 서 있을 때의 처신을 경계하는 잠 등을 지었다. 이렇게 끝없이 자신을 기르고 닦고 살피고 경계하는 것이 옛날의 공부였다.

오늘날은 어떤가?

독자 스스로 이에 견주어 돌아볼 일이다.

# 64.
# 체험공부(體驗工夫)


更加體驗功夫 則所得於心者 始可爲自得

다시 체험공부를 더하면
마음으로 터득한 것을
비로소 자득할 수 있을 것이다.

정관재(靜觀齋) 이단상(李端相 1628-1669)은 체험공부를 강조했다. 그는 경서를 읽다가 마음으로 터득한 것이 있으면 그것을 몸으로 체험해야 완전히 자득할 수 있다는 점을 아래와 같이 말하고 있다.

대개 일찍이 스스로 생각건대, 학문하는 도는 또한 하나의 법규에 너무 구애될 필요는 없습니다. 초학자들이 독서하는 차례는 선유들이 정해놓은 논의가 있으니, 참으로 단계를 뛰어넘을 수 없습니다. 그러나 독서할 적에 덕으로 들어가는 문과 길을 조금 알면, 다른 길로 갈 의혹이나 염려가 없을 것입니다. 그러면 박문(博文)을 먼저하고 약례(約禮)를 뒤에 하지 않을 수 없습니다. 저의 처음 생각은 이와 같을 따름입니다. 다만 생각건대, 책은 다 볼 수 없고, 사물의 이치도 다 궁구할 수 없습니다. 그런데 지금 병을 앓고 있는 몸의 정력으로는 결코 미칠 수 없는 점이 있음을 압니다. 그래서 공부를 팽개치고 다시 마음을 두지 않았습니다. 그리고 곧장 약례로 나아가 마음을 부화하게 하는 걱정이나 면하고자 합니다. 다만 생각건대, 『주역』·『춘추』 등을 읽지 않으면 하늘과 사람, 체와 용의 묘한 이치에 통달할 길이 없으니, 유자가 되어 이를 모르면 매우 부끄러운 일입니다. 이런 책을 읽은 뒤에 비로소 사서(四書) 및 『근사록』·『소학』·『심경』 등의 책을 가지고 다시 체험공부를 더하면 마음에서 얻은 것을 비로소 자득할 수 있을 것입니다. 대개 하늘과 인간이 한 가지 이치의 묘함이라는 점에 대해 소견이 명백하게 되면, 내 마음으로 체득하여 자득하는 것이 더욱 친절하고 명백해질 수 있기 때문입니다.[蓋嘗自念 爲學之道 亦不必太拘一規 初學所讀次第 旣有先儒定論 固不可躐等 而然稍知門路 庶無他岐之惑之慮 則亦不可不先博而後約 生之初意 只是如此 以爲書不可不盡見 物不可不盡格 而今則已知病中精力 決有所不及者 固已放下 不復留意 必欲徑趣於約 以免浮泛之患 而第念若不讀易與春秋等書 則無以達天人體用之妙 爲儒而不知此 亦可愧之甚 讀此後 始又以四書近小心經等書 更加體驗功夫 則所得於心者 始可爲自得 蓋旣於天人一理之妙 所見明白 則體驗自得於吾心者 尤可親切而明白故也](李端相, 『靜觀齋集』 권12, 「與朴和叔」)

224

독서를 통해 얻은 지식을 경험을 통해 완성하는 것이다. 독서를 통해 마음으로 터득한 것이 있지만 그것만으로는 앎이 완성되었다고 할 수 없다. 그것을 실제 경험을 통해 자득해야 온전히 자기의 것이 된다.

요즘 체험이라는 말이 유행한다. 그런데 이 글에서 말하는 체험과는 거리가 멀다. 체험은 앎을 몸으로 직접 느끼는 것인데, 앎이 완숙하게 무르익은 뒤에 해야 효과가 있다. 그렇지 않고 지식도 온전히 갖추어지지 않은 상태에서 맛보기식으로 하는 체험은 약효가 거의 없다. 요즘은 시골에 가서 하룻밤을 묵으며 물고기도 잡고 떡메도 쳐보고 흙손질도 해보는 것을 농촌체험이라 한다. 이것도 몸으로 경험하는 것이니 체험이라 할 수 있지만, 이 글에서 말하는 체험과는 의미가 매우 다르다.

그러나 체험문화는 오늘날 꼭 필요하다. 특히 선비문화체험은 속되고

· 체험공부(體驗工夫) 〈윤효석 작〉

225

저질스러운 우리의 정신문화를 성숙시켜주고 고품격으로 만들어주는 데 크게 기여할 것이다. 나는 선비문화가 다시 살아나서 우리나라가 다시 동방예의지국으로 불리는 것이, 백범 김구 선생이 그렇게 소망하던 문화강국이 되는 길이라고 생각한다. 선비문화는 고품격 지식인의 삶의 양식인 것이다.

문제는 선비문화를 어떻게 현대화할 것인가 하는 점이다. 우리는 우리의 우수한 전통문화인 선비문화를 현대화하여 세계문화를 선도할 수 있는 새로운 문화를 만들어야 한다. 이것이 우리가 살 길이니, 우리 모두 이를 깊이 고민해야 한다.

# 65.
# 학자의 체험공부

學者工夫　不但在章句誦說之間
日用應接之際　隨事精察　隨處體驗

학자의 공부는
경서의 장구를 암송하고 해설하는 데 있을 뿐만 아니라,
일상생활 속에서 일에 응하고 사물을 접할 적에
일에 따라 정밀히 살피고
곳에 따라 몸으로 체험하는 데 있다.

학자들이 추구해야 할 공부는 경전의 문구를 암송하고 그 뜻을 잘 해석하는 것이 첫 번째이다. 그러나 공부는 거기에서 그치는 것이 아니다. 그 의미를 현실생활 속에서 반추해 자득하는 것이 더 중요하다. 바로 경험을 통해 지식을 완성하는 것을 말한 것이다. 이에 대해 퇴계학통을 이은 밀암(密庵) 이재(李栽 1657-1730)는 다음과 같이 전하고 있다.

> 일찍이 말씀하기를 "학자공부는 단지 장구를 암송하고 해설하는 데 있지 않으니, 일상생활의 일에 응하고 사물을 접할 적에 일에 따라 정밀히 살피고 곳에 따라 몸으로 체험해야 한다. 먼저 '거처할 적에는 공손히 하고, 일을 집행할 적에는 공경히 하며, 말은 충신(忠信)하게 하고, 행실은 독경(篤敬)하게 하라'라는 데에서 공부를 해, 거의 따르고 지키는 바가 있어서, 본성을 보존하고 인을 구하여 상하로 통하는 도를 삼고자 함이 있어야 한다. 공자 문하의 가법이 본래 이와 같다."라고 하였다.[甞曰 學者工夫 不但在章句誦說之間 日用應接之際 隨事精察 隨處體驗 而先從居處恭執事敬忠信篤敬上做工夫 庶幾有所指循據守 爲存性求仁徹上徹下之道 孔門家法本自如此] (李玄逸, 『葛庵集』附錄, 권4, 家傳, 「先府君家傳」)

이 내용은 이재의 부친 갈암(葛庵) 이현일(李玄逸 1627-1704)이 한 말이다. 여기서 말하고 있는 '거처공(居處恭)'·'집사경(執事敬)'과 '언충신(言忠信)'·'행독경(行篤敬)'은 모두 『논어』에 나오는 말이다. 거처할 적에는 공손히, 일을 집행할 적에는 공경히, 말은 충성스럽고 믿음직스럽게, 행동은 독실하고 공경하게. 이는 처신·행사·말·행동에 관한 마음가짐을 말한 것이다.

공손하고 공경한 마음, 진실하고 신의 있는 마음은 인류문화의 보배로, 꽃보다 더 아름다운 것이다. 우리는 왜 마음을 향기롭게 하고, 마음을 아름답게 가꾸는 일은 하지 않고서 몸과 얼굴만 다듬고 있는가? 얼굴

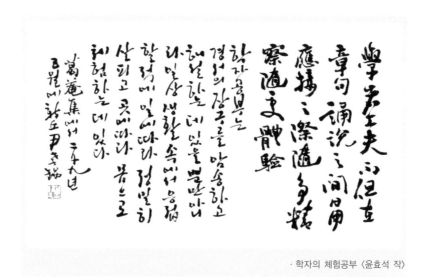

· 학자의 체험공부 〈윤효석 작〉

을 가꾸고 몸을 가꾸면서 왜 마음은 가꾸지 않는가?

여기서 말하고 있는 네 가지는 모두 실제 생활 속의 일이다. 마음가짐을 말한 것이지만 그것은 몸을 통해 행하는 것이다. 그래서 일상에서 익숙하도록 하는 공부를 몸으로 체험하라고 가르치고 있다.

# 66.
## 자주공부(自做工夫)

人之爲學 專在自做工夫 不可徒靠師友

사람이 학문을 할 적에는
오로지 스스로 하는 공부에 달려 있으니,
스승이나 벗에게 의지해서는 안 된다.

자주공부(自做工夫)라는 말은 요즘 거의 사용하지 않는 죽은 말이다. 자주(自做)는 스스로 행한다는 뜻으로, 남에게 의지하지 않고 스스로 공부하라는 말이다. 공부는 처음에 스승에게 배워야 하고, 동학에게도 도움을 받아야 한다. 그러나 궁극적으로 진리를 깨닫는 길은 혼자서 걸어가야 한다. 그래서 스승을 지남(指南)이라고 하는 것이다. 스승은 의혹을 풀어주고 길을 안내해 주는 이정표에 불과하다. 진리에 도달하는 길을 걸어가는 것은 공부하는 사람 당사자이다.

모르는 것이 있으면 혼자서 끙끙거리며 해결해 보려 하지 않고, 곧장 선생에게 쪼르르 달려가 물어보거나 벗에게 물어보는 태도는 매우 바람직하지 못하다. 그렇게 하면 그 순간은 의문이 풀리지만, 그 지식은 곧 잊어버리게 되어 영원히 나의 것이 되지 않는다. 힘들게 스스로 찾은 지식만이 영원히 잊혀지지 않고 자기의 것이 된다. 그래서 공부는 남의 도움을 받을 때도 있지만, 결국 혼자서 묵묵히 해 나가는 것이 최선이다. 남의 도움을 받을 경우는 자신의 깨달음을 증명할 때나 답답함을 토론할 적에 유용하다.

아래 인용문은 도암(陶庵) 이재(李縡 1680-1746)가 이 점에 대해 언급한 것이다.

그러나 사람이 학문을 할 적에는 오로지 스스로 하는 공부에 달려 있으니, 단지 스승이나 벗에게 의지해서는 안 됩니다. 눈앞에 강론하고 토론하는 사람이 없을지라도 자기 분수에 맞게 사물에 나아가 이치를 궁구하고 공경한 마음을 유지해 본성을 기르는 방도가 끊어지는 때가 있게 해서는 불가합니다. 이와 같이 해서 오랫동안 쌓아나가 내가 죽기 전에 한번 만나볼 수 있다면, 의문점이 있었던 것을 서로 질정하여 저절로 성대하게 토론하게 될 것입니다. 그러면 나에게만 유익함이 있는 것이 아니라, 반드시 저들에게도 유익함이 있을 것입니다.[然人之爲學 專在自做工夫 不可徒靠師友 目下雖無人講討 自己分上窮格持養之方 不可有間斷時節 如此積累之久 使僕 未死之前 得與一見 則有疑相質 自可沛然 卽是不有益於我 必有益於彼者](李 縡,『陶菴集』권13, 書,「答權生揆」)

인생도 혼자서 걸어가는 길이지만, 공부는 더욱 그렇다. 스승의 고마움을 잊어서는 안 되겠지만, 스승은 나의 미혹을 풀어주는 역할이나 길을 일러주는 역할을 하는 데 불과하다. 진리를 터득하고 높은 경지에 오르는 것은 본인이 직접 한 걸음씩 걸어서 올라야 한다. 그래서 공부는 오로지 혼자서 하는 것이다. 이를 일찍 깨닫고 나면 혼자서 조용히 독서하고 사색하는 공부가 순순히 잘 될 것이다.

# 67.
# 신고공부(辛苦工夫)

顧以冷淡生活 爲辛苦工夫

다만 냉담한 생활로
눈물 나고 고달픈 공부를 삼아야 한다.

신고공부(辛苦工夫)는 맵고 쓴 공부다. 공부에 무슨 매운 맛이 있고 쓴 맛이 있겠는가마는, 공부의 어려움이 그렇다는 것이다. 공부는 힘들고 어렵다. 그래서 대부분의 사람들이 하지 않는다. 공자 문하에서 호학자로 이름난 사람이 안회(顏回) 혼자였다는 사실이 이를 증명해 준다. 그러나 이 맵고 쓴 공부는 그만큼의 기쁨을 안겨준다. 즉 얼마나 매웠는지, 얼마나 고달팠는지에 따라 그 보답은 정직하게 되돌아온다.

이황의 문인 금계(錦溪) 황준량(黃俊良 1517-1563)은 다음과 같이 신고공부를 말하고 있다.

다만 냉담한 생활로 눈물 나고 고달픈 공부를 삼아야 합니다. 학문을 좋아하는 돈독한 마음이 참으로 입이 불고기를 좋아하는 것과 같지 않으면 반드시 그 길을 오래 갈 수 없습니다. 산을 오르는 데 비유하자면, 각자 노력해야 하니, 어찌 다른 사람이 인도해 주길 기다리겠습니까? 또한 어찌 다른 사람이 도와줄 수 있는 것이겠습니까?[顧以冷淡生活 爲辛苦工夫 非好學之篤 眞如芻豢之悅口 則亦未必久於其道也 譬如上山 各自努力 豈待他人之誘 而亦豈他人之所能助也](黃俊良,『錦溪集』권4, 雜著,「與迎鳳諸賢書」)

· 신고공부(辛苦工夫) 〈윤효석 작〉

저자는 냉담한 생활로 신고공부를 삼으라고 권하고 있다. 공부를 하다 보면 편안한 것은 하나도 없다. 썰렁하고 서글픈 것들뿐이다. 그런 환경

속에서 눈물이 나고 뼈를 깎는 듯한 고통이 있어야 학업이 성취된다.

　황준량은 이런 맵고 쓴 공부를 산에 오르는 것에 비유해, 결국 혼자 노력해 걸어 올라야 한다는 점을 강조하고 있다. 산에 오르는 것은 이정표의 안내를 받을 수는 있지만, 내가 스스로 걸어서 오르지 못하면 스승과 벗이 대신할 수 없다. 애써 걸어 올라야 그 높은 경지에서 활달한 마음과 넓은 안목을 키울 수 있다. 산에 오르기 힘들어 하인을 시킨다면, 자신의 시야는 한 골짜기에 머물 것이다. 숨을 헐떡거리며 높은 산에 오르지 못하면 결코 넓은 세상을 바라볼 수 없다.

# 68.
## 좌우에서 근원을 만나는 공부

居安資深 左右逢原 方是眞讀書人 方有眞得力處

마음을 편안한 데 두고
깊숙한 곳에 자리 잡고 공부해
좌우에서 근원을 만나야
바야흐로 진정한 독서인이 될 것이며,
진정으로 힘을 얻는 점이 있을 것이다.

이 말은 퇴계학맥을 잇고 퇴계학을 새롭게 정립한 대산(大山) 이상정(李象靖 1711-1781)이 한 말이다. 이 문구 가운데 '좌우에서 근원을 만나야' 라는 말은 참으로 가슴에 와 닿는다. '좌우'는 자기 주변이다. 자기가 살고 있는 일상의 주변에서 진리의 근원을 만나야 한다. 앞에서 언급했듯이 도가 내 발밑에 있는 것을 보아야 한다. 내 주위의 모든 사물에서 이치가 드러나 보일 때, 공부는 상등의 경지에 이른 것이리라.

독서공부는 또한 대부분 연찬하고 고찰하고 비교하여 대조하는 데 있었고, 정당한 의리에 대해 체인하고 완미하고 조용히 함영하는 맛은 적었습니다. 그러므로 전날 가볍고 얕은 소견을 헤아리지 못하고 구구한 소견을 감히 진달하였는데, 가슴속에 담아두고 계신지 어떤지 모르겠습니다. 지금부터는 다행히 전날 한결같이 부응하던 영쇄한 글의 뜻을 쓸어버리고, 정당한 도리를 진실로 이해하고 절실하게 체험하는 것만을 취할 것입니다. 글을 보다가 꿰뚫어 아는 데에 이르고, 실천을 하다가 순순히 무르익는 데 이르면 점점 성현의 말씀과 묵묵히 합치되는 점이 있을 것입니다. 마음을 편안한 데에 두고, 깊숙한 곳에 자리 잡고 공부해 좌우에서 근원을 만나야 진정한 독서인이 될 것이며, 진정으로 힘을 얻는 곳이 있을 것입니다. 그러니 널리 의리를 찾아 그것을 가지고 담설을 하는 자들과는 곧바로 같지 않을 것입니다.[讀書工夫 又多在鑽研攷索比校磨勘處 而於正當義理 少體認玩索從容涵泳之味 所以前日不量輕淺而敢進區區之見 未知留在意中否 今後幸掃去前日一副當零碎文義 只認取正當道理 慤實理會 眞切體驗 看得到透徹處 行得到純熟處 漸與聖賢言語 有默相契處 居安資深 左右逢原 方是眞讀書人 方有眞得力處 與尋覓旁邊義理把持以資談說者 直是不同](李象靖,『大山集』권32, 書,「答崔仲久 己卯」)

이 글에서는 진정한 독서인에 대해 말하고 있다. 글을 꿰뚫어 보는 안

목, 의도하지 않아도 저절로 행해지는 자연스러운 실천, 그런 경지에 이르러야 진정한 득력처가 있다는 말이다.

우리는 흔히 '득력(得力)'이라는 말을 많이 한다. 힘을 얻었다는 뜻이다. 이는 소리공부를 하는 사람이 득음(得音)한 것과 유사하다. 공부하는 사람이 상등의 경지에 올라 학문의 힘이 생긴 것을 말한다. 저자는, 이런 진정한 독서인은 독서를 통해 의리를 분변하거나 남들과 학문을 토론하는 사람과는 비교가 되지 않는다고 말하고 있다.

예리하게 분석하고, 정밀하게 논변하는 것은 공부자세로 꼭 필요하다. 그러나 그것이 전부는 아니다. 예전 사람들의 시각으로 보면, 그것은 초보다. 초보도 그냥 초보가 아니고 왕초보. 그러면 진정한 독서인이 되기 위해서는 무엇을 어떻게 해야 할까? 이 글에서 각자 답을 찾아야 하지 않을까 싶다.

이 글 첫머리에 나오는 연찬(研鑽)·고색(攷索)·비교(比校)·마감(磨勘)은 그야말로 독서를 통한 지적탐구일 뿐이다. 그렇지만 그 뒤에 보이는 체인(體認)·완색(玩索)·종용(從容)·함영(涵泳)은 탐구한 지식을 자기의 것으로 만드는 체득의 과정이다. 이 둘을 상호 비교하면 단순히 지적탐구를 하는 것과 지식을 자기화하는 것이 다름을 알 수 있다.

이치를 캐 들어가는 연찬(研鑽)과 탐구한 이치를 내 몸으로 인지하는 체인(體認), 이치를 고찰하고 찾는 고색(攷索)과 탐구한 이치를 완미하는 완색(玩索), 이치를 상호 비교해 교열하는 비교(比校)와 탐구한 이치를 조용히 무르익히는 종용(從容), 반복해서 다듬는 마감(磨勘)과 이치에 푹 잠겨 있는 함영(涵泳), 이것을 크게 분류하면 지(知)와 행(行)이다. 즉 진리탐구와 그것을 자기화하기 위한 자기실천이다. 후자처럼 자기실천을 통해 좌우에서 근원을 만나야 진정한 독서인이 되는 것이다.

## 69.

# 긴요하며 절실하고 가까운 공부

千萬愼攝 以勿傷於食色 爲緊要切近工夫

천만 가지로 삼가고 조심하여
음식과 여색에 마음을 상하게 하지 마는 것으로
긴요하며 절실하고 가까운 공부로 삼아야 한다.

'긴요한 데에 마음을 쓰라'는 말씀과 연관된 이 말은 참으로 남자들에게 의미가 있는 말이다. 몸과 마음을 해치는 가장 큰 욕망이 앞에서 언급한 식욕·색욕이다. 이 식욕·색욕에 빠져 마음을 상하게 하지 말게 하는 것, 그것이 긴요하며 절실하고 내 몸에 가장 가까이 해야 할 공부이다. 긴요(緊要)는 '매우 중요하다'는 뜻이고, 절근(切近)은 '절실하고 내 몸에 가깝다'는 의미이다. 꼭 필요하고 내 몸에 가장 절실한 공부가 바로 식욕과 색욕에 마음을 빼앗기지 않는 것이다.

우계(牛溪) 성혼(成渾 1535-1598)은 아들에게 편지를 보내 다음과 같이 말해주고 있다.

> 너는 남의 집에 있을 적에 침식을 평소처럼 해서는 안 된다. 천만 가지로 삼가고 조심하여 음식과 여색에 마음을 상하게 하지 마는 것으로 긴요하며 절실하고 가까운 공부를 삼아야 한다. 말을 하기는 매우 쉽지만, 실천을 하기는 매우 어렵다. 너는 이 점에 대해 조금 알고 경력이 있으니, 절실하고 정밀한 공부에 능히 스스로 노력해야 할 것이다.[汝在他人家 寢食恐不如平日也 千萬愼攝 以勿傷於食色 爲緊要切近工夫 言之甚易 行之甚難 汝於此稍知經歷 而能自致於切密工夫耶](成渾, 『牛溪集』 續集 권5, 簡牘, 「與子文濬」)

식욕과 색욕은 인간이면 누구나 없을 수 없다. 밥을 먹지 않고 살 수가 없으며, 맛난 음식을 보면 입맛을 다시지 않을 수 없다. 인간의 욕구 중에 가장 큰 것이 식욕이다. 그 다음이 이성에 대한 욕망이다. 예쁜 사람을 보면 자신도 모르게 눈길이 간다. 애써 피하지만 그래도 마음이 끌린다. 그것이 인지상정이다.

이런 욕망은 자연스럽고 당연한 것이다. 다만 이를 통제하고 절제할 수 있는 주체가 있어야 한다. 그것이 공부를 통해 갈고 닦은 도덕적 주체로서의 마음이다. 이런 공부를 정밀하게 하지 않으면 식욕과 색욕에 끌려가게 된다. 대부분의 사람들이 그렇다. 그리고 그에 빠져 마음이 상하면, 모든 것이 수포로 돌아간다.

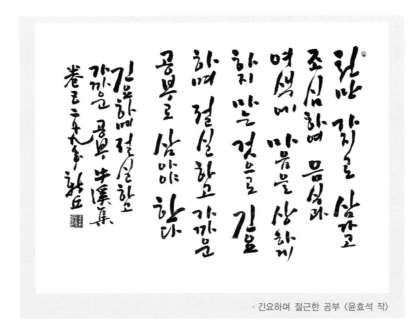

· 긴요하며 절근한 공부 〈윤효석 작〉

# 70.
# 긴요한 곳에만 마음을 쓰라


程子之不飮茶不看畵　皆用心於緊要處故耳

정자(程子)가 차를 마시지 않고

그림을 보지 않은 것은

모두 긴요한 곳에만 마음을 썼기 때문이다.

나는 『심경(心經)』을 읽다가 정자(程子)는 긴요한 곳에만 마음을 써서 차를 마시지도 않고, 그림을 감상하지도 않았다는 말을 보고서 절로 탄식을 하고 말았다. 우리는 얼마나 많이 잡다한 것에 마음을 빼앗기고 있는가? 영화·연극은 물론, 대중가수건 성악가건 저명한 사람이 공연을 하면 모두 가서 보아야 문화인이라고 생각하는 우리는, 얼마나 많은 시간을 빼앗기고, 얼마나 많은 정신을 소비하고 사는가? 그러고서도 정작 우리의 정신과 지혜는 왜 옛날 사람만 못한 것일까?

나는 현대인이 옛날 사람만 못한 가장 큰 이유가 마음을 하나로 수렴해 가는 공부가 없기 때문이라고 생각한다. 모든 것을 다 잘 하는 만능인은 역설적으로 말하면 잘하는 것이 하나도 없는 사람이다. 다시 말해 전문적인 자기 분야를 개척하지 못한 사람이다. 이런 사람은 자신의 정체성을 정립하지 못한 사람이다. 이런 사람은 죽고 나면 아무것도 남길 것이 없다.

그림을 좋아하면 하루 종일 그림만 들여다본다고 한다. 도자기도 마찬가지다. 차를 마시는 것은 나쁠 것이 없지만, 여러 사람이 어울려 차를 마시면 많은 시간을 허비하게 된다. 정자는 차에 마음을 빼앗기지 않기 위해서 차를 마시지 않았겠지만, 차를 마시고 잡담이나 하면서 귀한 시간을 허비하고 싶지도 않았을 것이다.

정자처럼 살면 너무 각박하다. 그러나 그런 마음은 참으로 우리를 경각시키지 않는가? 우리는 얼마나 많은 시간과 정력을 허튼 데에 낭비하고 있는가? 그러면서 정작 자신이 주로 해야 할 일은 얼마나 등한하게 여기고 있는가?

예로부터 우리나라 관리는 그럭저럭 세월만 보낸다는 말이 많았다. 지금도 아마 상당수는 그럭저럭 시간을 때우는 식으로 일을 하는 사람이 있다고 본다. 특히 학문을 업으로 하는 사람이 세월이나 보내면서 아무런 성취도 하지 못한다면, 이는 시위소찬(尸位素餐)하는 일임을 자각해야 한다. 역사를 두려워하고, 후생을 두려워해야 한다. 당대에는 호된 꾸지람을 면할지라도 사후에는 반드시 따가운 비판을 받게 되어 있으니, 또한 두렵지 않은가.

아래 인용문은 삼연(三淵) 김창흡(金昌翕 1653-1722)이 한 말인데, 의미가 심장하다.

> 선생께서 말씀하시기를 "마음을 씀이 긴요해야 한다는 말을 깊이 생각해야 한다. 예컨대 정자(程子)가 차를 마시지 않고, 그림을 보지 않은 것들이 모두 긴요한 곳에 마음을 쓴 까닭이다. 장횡거(張橫渠)는 책을 보는 법이 지극히 정밀했다. 심지어 역사서를 무익하다고 여겼으니, 그 마음을 씀이 긴요했음을 알 수 있다. 대개 장횡거는 자질이 좋지 않기 때문에 공부의 세밀함이 이와 같았다. 오늘날의 학자들은 하루 종일 출입하며 잡다한 말을 하길 좋아한다. 잡된 부류들을 따라다니며 잡서 보기를 좋아하니, 그것이 몸과 마음을 다스리는 조그만 일에도 무슨 유익함이 있겠는가? 더구나 젊은 시절에는 사업이 매우 많으니, 조금의 시간도 아껴야 한다. 집안에 있을 때 어버이를 섬기고 어른을 섬기며 일상생활 속에서 응대하는 것 외에는 옛 성현의 책을 가져다 반복해 읽으며 꿰뚫어 보아야 하니, 어느 겨를에 한가로이 찾아다니며 이야기를 나눌 틈이 있겠는가? 정직하고 진실되며 많이 보고 들어 알고 있는 한두 명의 유익한 벗 이외는 교유를 허용하지 말고, 일심을 수렴하여 긴요한 곳에 마음을 쓰는 것이 옳다."고 하셨다.[先生曰 用心緊要之說 當更深思 如程子之不飮茶不看畵 皆用心於緊要處故耳 橫渠看書之法極精 至以史書爲無益 則其緊要 可知 盖橫渠資質不好 故工夫細密如此 今學者 喜出入終日 打雜話 與雜類追逐 好看雜書者 何益於身心一分事乎 況少年時 事業甚多 正宜愛惜分陰 居家事親事長日用應對之外 將古聖賢書 反復融看 何暇作閑尋訪閑言語乎 一二直諒多聞友外 更不容交遊 只收

斂一心 用之於緊要處 可也](金昌翕,『三淵集拾遺』권31,「語錄」)

　정자가 차를 마시지 않고 그림을 구경하지 않은 것은 유명한 일화이
다. 이와 마찬가지로 유명한 또 하나의 일화가 횡거(橫渠) 장재(張載 1020-
1077)가 역사책을 읽지 않았다는 일화이다. 역사는 국가의 흥망성쇠와 치
란을 알 수 있는 현재를 비추는 거울이다. 그래서 유학자들은 경전 다음
으로 역사를 중시했다. 경서로 날줄을 삼고 역사서로 씨줄을 삼는다는
'경경위사(經經緯史)'라는 말을 보면, 그런 의식을 여실히 알 수 있다.

　그런데 장재는 역사서조차도 무익하다고 해서 읽지 않았다. 오로지 경
서만 보았다는 것이다. 그렇다면 역사서보다도 하위에 있는 제자백가 및
시문집은 당연히 보지 않았을 것이다. 그런데 하물며 사람들을 만나 잡
담이나 할 시간이 어디 있겠는가.

　많은 친구를 사귀어 인맥이 넓은 것을 현대사회에서는 귀중한 자산이
라고 한다. 그러나 내 마음을 잡고 다스리지 않아 주체가 바로 서지 않으
면, 그것들이 무슨 소용이 있으랴. 그래서 긴요한 곳, 즉 마음을 다스리
고 몸을 닦는 데 마음을 쓰라고 성현들은 강조하고 있는 것이다.

# 71.

## 학문을 할 적에는 고원하고 기이하고 현묘한 생각을 하지 말라

爲學 莫把作高奇玄妙想

학문을 할 적에는
고원하고 기이하고 현묘한 생각을
하지 말아야 한다.

유가의 학문은 철저히 현실에 바탕을 두고 있다. 따라서 사후의 일이나 저승의 세계나 고원하고 기이하고 현묘한 것을 추구하지 않는다. 지금 여기서 내가 무엇을 할 것인가를 생각하는 것이 유학의 본령이다.

퇴계 이황은 이 점을 다음과 같이 말했다.

> 학문을 할 적에는 고원하고 기이하고 현묘한 생각을 하지 말아야 한다. 또한 본분과 명분과 이치에 의지해 절실하고 가깝고 낮고 평이하고 명백한 공부를 해야 한다. 이치를 궁구하고 체험하여 오랫동안 축적해 나가면 자연히 날마다 그 높고 깊고 멀고 큰 것을 보게 될 것이니, 궁구할 수 없었던 점을 이에 터득하게 될 것이다.[爲學 莫把作高奇玄妙想 且當依本分名理上 做切近低平明白底功夫 研窮體驗 積之之久 自然日見其高深遠大 而不可窮處 乃爲得之](李滉, 『退溪集』 권41, 「心無體用辯」)

이황은 고원하고 기이하고 현묘한 생각을 하지 말고, 자신의 본분과 명분에 맞게 그리고 이치에 따라 절실하고 가깝고 낮고 평이하고 명백한 공부를 하라고 주문하고 있다. 공부는 내가 서 있는 지금의 여기로부터 하는 것이다. 내 수준에 맞게 내 키에 맞게 내 능력에 맞게 해야 한다. 이것이 절실하고 낮고 평이하고 명백한 공부이다.

그런데 대부분의 사람들은 이런 공부를 달갑게 여기지 않는다. 매일 보고 듣고 하는 일이기 때문에 흥미가 없다. 그래서 고원하고 기이하고 현묘한 것을 추구한다. 『중용』에 색은행괴(索隱行怪)라는 말이 있다. 은미한 것이나 찾고 괴이한 것이나 행한다는 뜻이다. 이는 평범하고 정상적인 것에 염증을 느끼기 때문이다. 꼭 우리 사회에서 특종을 찾으려고 노력하는 언론인들과 같다. 왜 우리는 군이 특종에 매달려야 하는가? 묻고 싶다.

· 고원하고 기이하고
현묘한 생각을 하지 말라
〈윤효석 작〉

　신문만 그런 것이 아니다. 텔레비전이나 라디오도 마찬가지다. 일상적인 것의 아름다움과 의미는 아무도 거들떠보지 않는다. 알려지지 않은 것, 특이한 것만을 찾아 나선다. 나는 이런 풍조를 엽기문화(獵奇文化)라고 한다. 우리 사회에는 이 엽기문화가 너무도 깊이 침투해 있다. 이를 하루 빨리 버려야 우리 사회는 상식이 있고, 정상적인 가치를 소중히 생각하는 건강한 시민사회가 될 수 있다.

　언론이나 방송 매체에서 이제는 제발 엽기적이지 말기를 간곡히 권한다. 국가의 미래를 위해 우리는 정상적인 것을 소중히 여기는 생각을 길러가야 한다. 물은 무색무취하지만 그 어느 음료보다 필요하다. 왜 물이나 밥과 같은 가치를 무시하고, 별난 것만 찾아서 정신을 어지럽히는가? 언론과 방송계의 인사들은 이런 점에 자각이 있기를 간절히 바란다.

# 72.
# 벗과 함께 강론하는 공부

**朋友講質　最是學者切要工夫**

붕우와 더불어 강론하고 질정하는 것은
학자의 절실하고 긴요한 공부 가운데
가장 중요한 것이다.

흔히 몇몇이 모여 함께 책을 읽는 모임을 말하는 스터디는 초급 학자들에게 매우 유익할 수 있다. 학문을 하다 보면 누구나 자기 편견에 빠져 합리적이고 객관적인 사고가 결여되는 경우가 있다. 또한 자신이 터득한 것을 벗들에게 질정해서 객관적 타당성을 검증할 필요도 있다. 이런 등등의 이유 때문에 예나 지금이나 모여서 함께 책을 읽고 토론하는 것은 매우 중요한 공부라고 하겠다.

벗은 절차탁마를 위해 꼭 필요한 존재이다. 그래서 늘 도반(道伴)을 필요로 한다. 연못은 혼자 있을 때보다 둘이 붙어 있어야 서로 정화작용을 잘하기 때문에, 벗이 함께 공부하여 서로 도움을 받는 것을 이택(麗澤)이라한다. 그래서 좋은 도반은 스승과 같다.

아래 인용문은 명재(明齋) 윤증(尹拯 1629-1724)의 편지인데, 벗과 함께 강론하고 질정하는 것을 학자들의 긴요한 공부로 중시하는 말이다.

벗과 더불어 강론하고 질정하는 것은 학자의 절실하고 긴요한 공부 가운데 가장 중요한 것입니다. 그러므로 주자는 장식(張栻)과 여조겸(呂祖謙) 두 선생과 왕복하며 질정을 하였으니, 두 선생이 미안하게 여기는 바에 대해 질책하였을 뿐만 아니라, 자기의 잘못에 대해서도 그 이유를 분명히 말하여 조금도 숨기지 않았습니다. 여조겸 선생에 대해서는 사후에도 그의 유폐(流弊)에 대해 추가로 논하여 조금도 관용하지 않았습니다. 그것은 그와 같이 하지 않으면 도가 밝혀지지 않는 점이 있다고 생각했기 때문입니다. 주자가 벗들에게 준 편지를 보면 그 점을 알 수 있습니다. 이는 후인들이 본받아야 할 바가 아니겠습니까?夫朋友講質 最是學者切要工夫 故朱子於張呂二先生 往復鐫責 非但二先生之所未安 譙督不置 亦於自己所失 明言其所以 不少隱諱 至於呂先生 則於其身後 亦追論其流弊 不少假借 以爲不如是道有所不明也 其見於知舊書尺者 可見矣 此非後人之所當法耶(尹拯,『明齋遺稿』별집 1, 書,「與懷川-四書」)

주희는 호남성의 장식(張栻 1133-1180), 절강성의 여조겸(呂祖謙 1137-1181)과 도의(道義)로 교유하였는데, 때로는 여러 차례 편지를 왕복하며 치열하게 논쟁을 하기도 하였다. 그러면서 상호 학문이 발전하였다. 벗 사이에 이런 풍조가 형성되면, 개인은 물론이고 그 시대 학풍이 크게 진작된다. 주희·장식·여조겸 같은 학자들이 지방 곳곳에 거주하며 개성 있는 학풍을 형성하여 서로 도움을 주는 분위기가 오늘 우리나라에 다시 일어났으면 좋겠다.

· 붕우강질(朋友講質) 〈윤효석 작〉

# 73.
# 미발시(未發時)의 공부

且當未發之時　其所謂工夫者
只是整衣冠尊瞻視　儼然若思而已

또한 마음이 아직 발하지 아니하였을 때에는
그 이른바 공부란 것이
단지 의관을 정제하고 보는 것을 높게 하여
엄숙히 생각하듯 할 따름이다.

이는 남당(南塘) 한원진(韓元震 1682-1751)이 한 말이다. 한원진은 송시열(宋時烈)-권상하(權尙夏)로 이어지는 율곡학맥을 이은 학자로, 주자학에 정통하여 주자의 초년설과 만년설의 이동(異同)을 분변해 정설(定說)을 확정하고, 경학에 있어서도 주자의 설에 근거해 후대의 잘못된 설을 정밀하게 논변한 큰 학자이다. 성호(星湖) 이익(李瀷 1681-1763)과 동시대를 살았지만, 전혀 다른 학문성향을 보이고 있는 인물이다.

우리는 그 동안 실학에만 주목해 조선시대 학자들의 주자학적 성과에 대해 눈길을 주지 않았다. 그런데 한원진의 경학적 성과는 주자학을 더욱 심화시킨 점에서, 중국보다 앞서 있다. 이는 조선의 학문이 세계 최고의 수준이었음을 증명해 주는 것이다.

한원진은 마음이 아직 발하기 전의 공부에 대해 다음과 같이 구체적으로 말하고 있다.

주자의 장구(章句)에 "비록 보고 듣지는 못하지만 또한 감히 소홀히 하지 않는다."고 하였습니다. 성인에게 소홀히 함이 있음을 말하면 그만이지만, 성인에게도 소홀히 하지 않음을 말하면 '소홀히 하지 않는다'는 것이 어찌 공부가 아니겠습니까? 다만 소홀히 하지 않도록 하는 바가 일반 학자들과 같지 않을 따름입니다. 단지 성인이 학자들과 같지 않은 점만 보고서 문득 성인은 원래 소홀히 하지 않음이 없다고 한다면, 어찌 지나치게 고원한 데로 흐르는 것이 아니겠습니까? 또한 미발시(未發時)에는 그 이른바 공부란 의관을 정제하고 보는 것을 높게 하여 엄숙히 생각하듯 할 따름입니다. 털끝만큼이라도 의도를 가지고 힘쓰려고 하면 바로 이발(已發)에 해당되어 미발이 될 수 없습니다.[章句曰 雖不見聞 亦不敢忽 謂聖人有忽則已 謂聖人亦不忽 則不忽者 豈非工夫耶 但其所以不忽者 與學者不同耳 只見其與學者不同 便謂其聖人元不是不忽者 則豈不流於過高耶 且當未發之時 其所謂工夫者 只是整衣冠尊瞻視儼然若思而已 纔有一毫着意思勉者 便已涉乎已發而

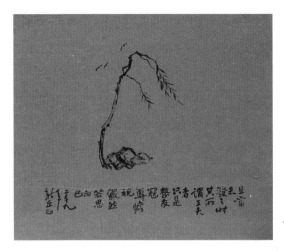

· 미발시(未發時)의 공부
〈윤효석 작〉

不得爲未發矣](韓元震, 『南塘集』 권15, 書, 同門往復, 「答沈信夫 十月」)

'마음이 아직 발하기 전에 어떻게 공부를 하느냐' 하는 문제는, 학자들 사이에서 논란이 많았던 사안이다. '과연 마음이 움직이기 이전에 공부가 있을 수 있는가?' 하는 의문은 누구나 자연스럽게 제기할 수 있다. 그런데 한원진은 미발시(未發時)에도 공부가 있다고 본다. 그 공부는 의관을 정제하고 보는 것을 높게 하고 엄숙히 무엇을 생각하듯이 하는 것이라고 하였다. 그러나 조금이라도 인위적인 의식을 하게 되면 그것은 미발이 아니라 이발(已發)이 된다는 점을 지적하고 있다.

유학에서는 선불교의 참선과 유사한 형태의 미발시 공부를 정좌공부(靜坐工夫)라고 한다. 이 정좌공부에 대해 구체적으로 어떻게 하는 것인가 하는 문제는 한 마디로 언급할 수 없다. 다만 여기서 한원진이 말한 '의관을 정제하고 보는 것을 높게 하며 엄숙히 무엇을 생각하듯이 하는 것'이 곧 정좌공부의 구체적 모습이다.

# 74.
# 이황(李滉)의 근고공부(勤苦工夫)

李滉 一生勤苦學問功夫 老而益篤

이황(李滉)은
일생 동안 학문공부를 부지런히
그리고 고달프게 했는데,
늙어서도 더욱 독실히 하였다.

퇴계 이황의 제자 중에서 좌장격인 월천(月川) 조목(趙穆 1524-1606)은 스승의 학문에 대해 아래와 같이 임금에게 아뢰었다.

신의 스승 신(臣) 이황(李滉)은 일생 동안 학문공부를 부지런하고 고달프게 했습니다. 늙어서도 더욱 독실하게 하여 주렴계(周濂溪: 周敦頤)·정자(程子) 이래 여러 유자들의 정전(正傳)을 깊이 터득하였습니다. 그러므로 시문과 논변에 드러난 것들이 모두 인심을 착하게 하고 세도를 부지하는 것들로, 앞 시대 성현의 마음을 계승해 후대의 몽매한 사람들을 깨우쳐주는 내용입니다.[臣師臣李滉 一生勤苦學問功夫 老而益篤 深得濂洛以來諸儒之正傳 故其發於詩文論辨者 皆所以淑人心而扶世道 承前聖而啓後蒙也](趙穆, 『月川集』권2, 「丙戌辭職疏」)

이황은 우리나라를 대표하는 학자로 세계적인 석학이다. 석학은 성인의 자질을 가지고 태어나는 것이 아니라, 평생토록 힘들고 고달픈 공부를 통해 완성되는 것이다. 우리는 훌륭한 사람을 보면, 그 사람의 훌륭한 성취만을 생각하고, 그가 피나는 노력을 어떻게 했는지는 돌아보지 않는다. 모든 것이 그렇지만, 특히 학문은 얼마나 진실한 마음으로 각고의 노력을 했는가에 따라 정직하게 그 성과가 나타난다.

조목은 스승의 학문이 천성으로 이루어진 것이 아니라, 피나는 각고의 노력을 통해 이루어진 것임을 말하고 있다. 그런데 이 글에서 '늙어서도 더욱 독실하였다'는 말은 읽는 이의 눈을 번쩍 뜨게 한다. 나이가 들어서 공부를 계속하는 사람은 찾아보기 드물다. 대체로 60세가 지나면 이런저런 핑계로 공부를 하기보다는 가르치길 좋아한다. 또한 말이 많아진다. 그것은 그만큼 지식이 많다는 것을 반증하기도 한다.

그러나 공부를 하지 않고 가르치기만 하면, 그의 학문은 거기에서 정

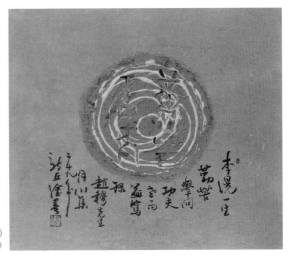

· 이황의 근고공부(勤苦工夫)
〈윤효석 작〉

체되고 만다. 그래서 죽을 때까지 교육보다 공부에 더 힘을 기울여야 이
황이나 조식 같은 대학자가 될 수 있다고 나는 확신한다. 대부분의 학자
들이 오류십이 넘으면 공부에서 손을 떼기 때문에 큰 학자가 되지 못하
는 것이다. 학자가 되려면 가르치길 좋아하기보다는 공부하길 좋아해야
한다. 이는 만고불변의 이치일 것이다.

조식은 61세에 삼가(三嘉)에서 지리산 천왕봉이 바라보이는 덕산(德山)으
로 이사를 하였다. 천왕봉을 도반으로 삼아 말년의 마지막 공부를 하고
싶었던 것이다. 물론 찾아오는 제자들을 만나 학문을 토론하기도 했다.
그러나 그는 자신이 교과과정을 개설해 문도들을 가르치지는 않았다. 그
저 제자의 물음에 답을 할 뿐이었다. 그리고 그는 하늘에 닿아있는 천왕
봉을 바라보며 자신의 정신적 키 높이를 그 정상까지 끌어올리려고 남들
이 모르는 공부를 무던히도 하였다.

주자의 편지에 '태산의 정상은 태산에 속하지 않는다[泰山頂上 不屬泰

山'는 말이 있다. 태산을 오르는 일은 학문에 비유하자면 추구해야 할 공부이다. 그러나 그 정상에 서면 더 이상 공부가 아니다. 그래서 태산에 오르는 것은 사업(事業)에 비유하고, 태산의 정상에 서는 것은 도체(道體)에 비유해, 정상은 태산에 속한 것이 아니라고 한 것이다.

남명 조식이 61세에 공부를 새롭게 하기 위해 천왕봉이 보이는 산속으로 찾아들었다는 감동적인 이야기를 접하면서, 나는 정신이 번쩍 들었다. 나도 61세가 되어 남들에게 가르치기보다는 공부의 완성을 위해 새로운 변화를 추구할 수 있을까? 5백 년 전 61세는 지금의 71세와 마찬가지이다. 정년퇴직을 하고 다시 자신을 새롭게 하는 공부를 하겠다고 새로운 다짐을 하는 사람이 지금 세상에는 얼마나 될까?

# 75.
# 조식(曺植)의 성성자(惺惺子)

鼠守穴而不動 雞伏卵而無忘

쥐가 쥐구멍을 지키며 움직이지 않듯이,
닭이 알을 품고 그 마음을 잊지 않듯이 하라.

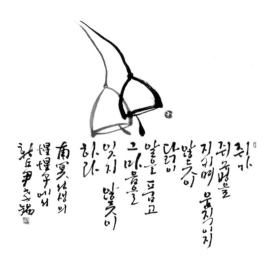

　남명 조식은 성성자(惺惺子)라는 쇠방울을 차고 다니며 자신의 마음을
경각시킨 것으로 유명하다. 후대 성호 이익은 남명의 성성자에 주목해
다음과 같이 악부시를 지었다.

　　성성자여! 대인 선생이 공경하고 존중하시던 것.
　　마음이 있으면 입으로 하는 말에 허물이 있나니,
　　마음이 움직일 때 반드시 살펴야 하고,
　　살필 적에는 반드시 말을 살펴야 하네.
　　움직일 때 살피면 두려움을 알게 되어,
　　말하는 것도 이에 두려워하게 되지.
　　처음부터 움직임을 따라 고쳐 나가길 구해야,
　　끝내 허물이 없기를 기약할 수 있으리.
　　밖으로 신체를 단속하지 않으면서,
　　어찌 안으로 마음을 곧게 하길 바라랴.

쥐가 쥐구멍을 지키며 움직이지 않듯,

닭이 알을 품고 그 마음을 잊지 않듯,

군자가 정중하게 움직일 때 옥이 울리듯,

쟁반에 물이 가득 찬 그릇을 받들듯,

정(靜)을 주로 함을 근본으로 삼아야,

본체가 확립되고 작용이 행해지리.

우뚝하니 빛나는 선생의 기상과 절개,

연못에 임한 듯 살얼음을 밟는 듯한 데서 길러진 것.

행동거지에 조금의 잘못이라도 있으면,

문득 마음에서 먼저 경계를 하셨네.

밥 먹을 정도의 짧은 시간에도 어김이 없었고,

어려운 상황 속에서도 여기에 마음을 두셨네.

선생이 선생이 되신 까닭,

오직 이 성성자 때문이리.

惺惺子 大人先生所敬尊 有心有口過 動必察 察必言 察則知懼 言乃惕然 始要從改 卒期無愆 苟外體之不飭 豈內直之可望 鼠守穴而不動 雞伏卵而無忘 如玉鏘鳴 若槃奉盈 主靜爲本 體立用行 維嵬赫之氣節 必臨履中養來 纔差失於擧止 輒先警于靈臺 岡終食之或違 宜造次之於是 先生所以先生 維惺惺子 (李瀷, 『星湖全集』 권8, 海東樂府, 「惺惺子」)


조식의 성성자는 조선 선비의 심성수양공부가 얼마나 철저했는지를 단적으로 보여준다. '성성(惺惺)'은 마음이 밤하늘의 별처럼 반짝반짝 빛나는 것을 말한다. 즉 정신이 몽롱하지 않고 총총히 밝게 깨어있는 것을 말한다. 쇠방울은 딸랑거리는 소리를 낸다. 조식은 그 방울소리를 들으며 자신의 마음을 경각시켰다. 그래서 잠시도 흐린 상태에 빠지지 않게 하였다. 참으로 묘한 소품이다.

이익은 조식의 이런 공부를 우리나라 선비공부의 한 가지 특징으로 드러내 노래한 것이다. 아마 이 세상에 이런 도구를 사용해 심성을 수양한 사람은 거의 없을 것이다. 그래서 만약 마음공부 올림픽이라는 것이 열린다면, 조식은 중국의 쟁쟁한 학자들을 제치고 우승을 차지할 듯하다. 우리나라 공부의 대표선수로 조식과 이황을 내보내면 이황은 주자와 겨루어볼 만하고, 조식은 안회와 금메달을 다툴 것이다. 이 얼마나 가슴 벅찬 일인가.

· 성성자(惺惺子) 〈윤효석 작〉

# 76.
# 송시열(宋時烈)의 궤좌공부(跪坐工夫)·
# 과언공부(寡言工夫)


晚年雖甚和平　跪坐工夫益篤　而膝未嘗伸
寡言工夫益熟　而言未嘗多

<선생은> 만년에 매우 화평하셨지만,
꿇어앉는 공부는 더욱 돈독해서
무릎을 펴신 적이 없으셨으며,
말을 적게 하는 공부는 더욱 익숙해서
말을 많이 하신 적이 없으셨다.

우암(尤庵) 송시열(宋時烈 1607-1689)의 문인이 송시열의 공부자세를 기록해 놓은 말인데, 오늘날 사람들에게 경각심을 심어주기에 충분하다. 또한 이런 자세가 바로 조선시대 대유(大儒)들의 학문자세였음을 엿볼 수 있게 해 준다.

선생께서는 젊어서부터 몸가짐이 엄하고 단정하셨으며, 앉을 적에는 반드시 꿇어 앉으셨고, 말을 하실 적에는 반드시 적게 하셨다. 남들이 가까이 하기를 어렵게 여기면 더욱더 공경히 하셨다. 만년에 매우 화평하셨지만, 꿇어앉는 공부는 더욱 돈독해서 무릎을 펴신 적이 없으셨으며, 말을 적게 하는 공부는 더욱 익숙해서 말을 많이 하신 적이 없으셨다. 일찍이 스스로 말씀하시기를 "나의 본성은 말을 많이 하질 못한다. 그러므로 기뻐할 만한 사람을 만나더라도 안부를 묻는 것 외에는 다시 말이 없었다."고 하셨다.[先生自少持身嚴正 坐必跪 言必寡 人難近而益致恭 晚年雖甚和平 跪坐工夫益篤 而膝未嘗伸 寡言工夫益熟 而言未嘗多 嘗自言 '吾性本不能多言 故雖逢可喜人 而寒暄外更無語也'](宋時烈,『宋子大全』附錄 권18, 語錄, 崔愼 錄)

'마음이 화평하였다'는 말은 마음이 발하고 난 뒤 모두 절도에 맞아 치우치지 않았기 때문이다.『중용』에 희노애락이 발하여 절도에 맞는 것을 화(和)라 하였으니, 그 경지에 이르렀다고 보인다. 이 역시 마음공부가 매우 높은 경지에 이른 것을 의미하며, 현대인들이 따라갈 수 없는 점이다.

그런데 이 인용문에서 눈길을 끄는 것이 꿇어앉는 공부와 말을 적게 하는 공부이다. 송시열은 젊어서부터 꿇어앉기를 일상화했고 말을 할 적에는 극도로 말을 자제했는데, 말년에는 더욱더 그런 모습을 보였다는 것이다.

한번 생각해 보자. 노인이 하루 종일 꿇어앉아 책을 읽고 있다. 꿇어 앉으면 마음이 해이해지지 않는다. 저절로 경건해진다. 공부하는 사람의 자세로서 제격이다. 말을 적게 하면 실수가 줄어들 것이며, 꼭 필요한 것 외에는 허튼소리나 너스레를 떨지 않을 것이다. 말을 많이 하는 것은 어떤 경우에도 바람직하지 못하다. 문제의 핵심을 정확하게 알면 절대로 말을 많이 하지 않는다. 한 마디 말로 정곡을 찔러 더 이상의 군더더기 말이 필요 없게 된다. 장황하게 설명을 하는 것은 핵심이 무엇인지 모르기 때문이다. 그러므로 중언부언하고 이리저리 끌어다가 설명을 하려고 하는 것이다.

꿇어앉는 공부는 정신을 해이하게 하지 않고 마음을 공경하게 한다. 늘 앞에 스승이 계시다고 생각하는 것이다. 말을 적게 하는 공부는 명료한 핵심에 도달하여 변죽을 울릴 필요가 없기 때문이다. 이 정도가 되면 도에 가까이 다가간 것이다.

# 77.
# 임상덕(林象德)의 수묵공부(守默工夫)

近以守默爲工夫

나는 근래에
침묵을 지키는 것으로 공부를 삼는다.

노촌(老村) 임상덕(林象德 1683-1719)은 자신의 학문방법에 대해 겸손하게 다음과 같이 말했다.

구구한 나는 반평생 동안 학문에 실득(實得)이 없었습니다. 작은 일이나 큰일이나 이치를 살피고 의리를 구하는 방도에 스스로 마음을 두어 감히 어지러이 돌아다니지 않았지만, 진실한 마음을 가득 채우지 못했으니, 오히려 입이 부끄럽습니다. 그러므로 근래에는 침묵을 지키는 것으로 공부를 삼고 있습니다.[區區半生 學無實得 雖於小事大事 竊自有意於觀理求義之方 不敢胡亂做出 而孚誠未實 尙口爲愧 故近以守默爲工夫](林象德, 『老村集』 권 7, 書, 「答堂兄德重 乙未」)

임상덕은 마음을 가득 채우지 못한 점을 반성하며 입을 닫고 말을 하지 않는다고 했다. 이 얼마나 무서운 말인가. 그처럼 공부를 한다면 오늘날 사람은 입을 열 사람이 하나도 없을 것이다. 임상덕이 침묵을 지키는 것으로 공부를 삼은 것은, 끊임없이 자신에게 돌이켜 반성을 했기 때문일 것이다. 이는 진정한 공부에 대한 절실한 자기반성문이다.

우리는 반성문을 어린 시절만 쓰고 그 뒤에는 거의 쓰지 않는다. 그러나 반성문은 오히려 어른에게 더 필요하다. 공자의 제자 증삼(曾參)은 매일 세 가지를 반성하는 것으로 공자의 도를 물려받았다. 그의 공부는 오로지 반성, 또 반성에 초점이 있었던 것이다. 그가 한 반성은 남을 위해 처신할 적의 진정한 마음, 벗과 사귈 적의 신의, 스승에게 배운 것을 그때그때 익히기 등이었다. 말을 적게 하며 매일 이런 반성을 한다면 증자(曾子)의 반쯤은 되지 않을까?

# 78.
## 조성기(趙聖期)의 사색공부(思索工夫)

探索初 雖放失 苟能思之 思之 又重思之
在書冊而目之所接 心之所感 固當思之
在日用而耳之所聽 目之所見 亦必思之

이치를 탐색할 처음에는
그것을 잃어버렸더라도
진실로 능히 그것을 생각하게 되면
또 생각하고, 또 거듭 생각해야 합니다.
서책을 볼 적에는
눈이 접하는 바와 마음이 느끼는 바에 대해
참으로 생각해야 합니다.
일상생활 속에서는,
귀로 듣는 바와 눈으로 보는 바에 대해
반드시 생각해야 합니다.

앞에서 언급했듯이, 졸수재(拙守齋) 조성기(趙聖期 1638-1689)는 우리나라 학자 중에는 사색공부를 가장 강조한 인물이다. 그의 사색공부에 관한 언설은 아래 인용문을 통해서 자세히 알 수 있다.

이치를 탐색할 적에는 그것을 잃어버렸더라도 진실로 능히 그것을 생각하게 되면 또 생각하고 또 거듭 생각해야 합니다. 서책을 볼 적에는 눈이 접하는 바와 마음이 느끼는 바에 대해 참으로 생각해야 합니다. 일상생활 속에서는, 귀로 듣는 바와 눈으로 보는 바에 대해 반드시 생각해야 합니다. 몸과 마음, 일이나 사물, 크고 작은 것, 정밀하고 거침, 허와 실의 고르지 못한 것을 가리지 말고 마음에 의심이 있거든 생각하여 그 점을 밝혀야 하며, 마음에 막힘이 있으면 생각하여 그 점을 통달해야 합니다. 만물이 이 세상에 가득하여 무궁한 줄 알면, 오직 생각하여 그것을 궁구할 수 있습니다.

만사가 내 앞에 어지러이 다가와 온갖 가지로 변하는 줄 알면, 오직 생각해 그것을 관통할 수 있습니다. 독서를 할 적에는 오직 그 근본이 되는 점을 생각하고, 사물을 접할 적에는 오직 그 근본이 되는 점을 생각해야 합니다. 이 마음으로 하여금 생각하지 않게 하면 그만이지만, 생각하게 할 경우 터득하지 못하면 그냥 덮어두지 않아야 합니다. 이 마음으로 하여금 생각이 없게 하면 그만이지만, 생각해도 능히 무소불통의 경지에 이르지 못할 경우에는 그만두지 말아야 합니다. 내 한 마음의 생각으로 하여금 천지 만물의 무궁한 변화를 꿰뚫어 알게 할 수 있으니, 내가 생각하기 전에는 참으로 몽매한 한 사람에 불과하지만, 이미 생각한 뒤에는 바로 밝고 깨달은 통달한 사람이 될 것입니다. 생각하여 이와 같은 경지에 이르면, 그 효과가 무궁할 것입니다.

다만 이 생각하는 공부는 스스로 힘을 얻기 전에는, 범인의 심정이 대부분 무사한 데 안일하여 그럭저럭 세월이나 보내며 게을리 하게 됩니다. 그래서 몸이 마음을 번거롭게 하려 하지 않고, 마음도 번거로움을 능히 참지 못합니다. 거친 마음과 부화한 기상은 생각하고자 해도 저절로 생각할 수 없게 하며, 혹 생각이 나더라도 저절로 정밀하게 살필 수 없게 합니다. 내 생각으로는, 이때의 공부가 오직 '면강(勉强)' 두 자에 달려 있습니다. 대개 마음은 본디 살아 있는 것이어서 본래 생각하기를 좋아합니다. 다만 안일하고 게을러 스스로 편하고자 하는 습관과 마음을 수고롭게 하고 번거로움을 인내하는 난관에 대해 걱정스러울 뿐입니다. 생각할 때를 당해서도 스스로 생각하려 하지 않고, 무엇을 생각하더라도 스스로 그 한량(限量)을 지극히 하지 않으면, 이럴 때는 반드시 힘쓰기를 그만두지 말아서, 막연히 생각이 없고 무덤덤하게 살피지 않는 고질적인 습관과 안일한 병폐를 끊어야 합니다.

만약 그 본래 생각하기를 기뻐하는 본체를 북돋우고 발휘하면, 그에 순응해 어기는 바가 없고, 그를 인도해 쉽게 도달할 수 있을 것입니다. 모든 일은 반드시 생각하고자 하지 않는 것을 가려 버리고, 생각하고자 하는 것을 택해 생각해야 합니다. 오직 기쁘고 노하고 사랑하고 미워할 적에, 마음이 동하게 되면 쉽게 생각하는 바가 있을 것이니, 생각이 쉽게 일어나는 것을 맞아 잘 이용해서 일상적인 감정으로 사물을 따라가는 생각을 하지 않으면, 문득 군자가 사리를 살피는 생각을 하게 될 것입니다. 오직 고요하고 한가할 적에 마음은 생각이 없을 수 없으니, 또한 생각을 가장 잘 할 수 있습니다, 그러니 그럴 때 공부를 하기 쉬운 점을 이용해 맹렬히 성찰하십시오. 그래서 아침과 한낮에 의심하고 난해하게 여겼던 일들을 이때에 세세히 연역하고 깊이 탐구하여 얼음이 풀리듯 표적이 격파되듯 해야 합니다. 그래서 나의 본래 능히 생각하는 마음의 기관으로 하여금 사물에 따라 관조하는 깊은 공부를 힘쓰게 해야 합니다.

생각하는 것이 한 가지 일뿐만이 아니어서 쌓여 천 가지 만 가지 많은 일에 이르고, 생각하는 것이 하루뿐만이 아니어서 쌓여 천일 백일의 오래됨에 이르러, 끝내 사물이 다가올 적에 나는 생각이 없고자 하여도 마음이 절로 생각이 없을 수 없고, 나는 그 생각을 극진히 하지 않고자 해도 생각이 스스로 그 한량을 극진히 하는 경지에 이르면, 생각하는 공부가 거

· 조성기의 사색공부 〈윤효석 작〉

기서 완성될 것입니다. 따라서 오늘 이치를 잃어버린 근심을 어찌 걱정할
것이 있겠습니까? 그렇다면 오늘 탐색하는 초기에 이치를 잃어버릴까 근심
하는 것은 익숙하지 못하고 오래도록 하지 못하기 때문인 것입니다.

[探索初 雖放失 苟能思之思之 又重思之 在書册而目之所接 心之所感 固當
思之 在日用而耳之所聽 目之所見 亦必思之 不擇身心事物大小遠近精粗虛實
之不齊 心若有疑 則思而明之 有塞 則思而通之 知萬物之盈乎天地者無窮 而
惟思可以窮之 知萬事之紛乎吾前者百變 而惟思可以貫之 讀書而惟思爲之本
接物而惟思亦爲之本 使是心不思則已 思之不得則不措 使是心無思則已 思而
不能到無所不通之域則不止 使吾一心之思 足以橫貫天地萬物無窮之變 使吾
未思之前 固是蒙闇之一夫 及其旣思之後 便成明悟之通人 思而至此 可見其
效之無窮矣 但此思之工夫 自其未得力之前 則凡人之情 率多安於無事 因循
偸惰 身不欲勞心 心不能耐煩 蠱心浮氣 雖欲思而自不能措思 雖或思而自不能
精審 僕以爲此際工夫 惟在於勉强二字 蓋心本活物 本來好思 但患於偸惰自

271

便之習 勞心耐煩之難 雖當思而自不欲思 雖思之而自不能極其限量 此則必須
勉强不已 以絶其漠然無慮頑然不省之痼習偸患 若其培植發揮其本來喜思之本
體 則亦須順之而無所拂 導之而使易達 凡事必揀其不欲思者而舍之 擇其所欲
思者而思之 惟喜怒愛惡之際 心旣爲所動 易有所思則迎其思之易生而善用之
不爲常情徇物之思 而輒爲君子觀理之思 惟岺寂閑靜之時 心不能無思 亦最能
善思 則因其時之用工之易而猛省焉 使朝晝所疑所難之事 至是而無不細繹深
究 氷解的破 以吾本來能思之心官 勉强其隨物照管之深工 思之非但一事 積而
至於千萬事之多 思之非止一日 積而至於千百日之久 終至於事物之來 吾雖欲
無思 而心自不能無思 吾雖欲不極其思 而思自能盡其限量 則思之工夫至此而
成 而今日放失之憂 有何足慮乎 然則今日探索之初患放失者 只是不熟故耳 不
久故耳](趙聖期, 『拙修齋集』 권6, 書, 「答林德涵書」)

조성기는 사색을 학문의 요체로 삼은 사람이다. 그러기에 이치를 탐색
할 적에 그 묘맥(苗脈)을 놓쳤더라도 포기하지 말고 능동적으로 생각하고
또 생각하라고 한다. 인간이 다른 동물과 다른 점이 사고능력이라고 한
다. 이 생각하는 힘이 인류의 문명을 발전시킨 것은 두 말할 것이 없다.
그런데 가닥을 잡고서 이리저리 생각을 하고 또 다른 방법으로 생각을
하다보면, 엄두도 내지 못했던 것을 풀 때도 있다. 어떤 일을 기획할 적
에 처음에는 막막하여 아무것도 떠오르지 않지만 생각하고 정리하고 또
생각하면서 그 윤곽이 드러난다. 저자는 이 점을 실감했기에 능동적으
로 거듭 생각하라 하고 있는 것이리라.

그 다음 독서를 할 적에 눈이 접하는 바와 마음으로 느끼는 바에 대
해 생각을 하라 하였다. 눈으로 글을 읽을 적에 생각이 없다면 글과 나
는 따로 놀게 된다. 마음으로 느끼는 감동도 그대로 지나치고 나면 아무
소용이 없다. 그것을 자기의 것으로 만들어야 한다. 그러기 위해 생각하
고 또 생각하는 것이 필요하다.

저자는 다시 일상생활 속의 모든 일에 대해서는 그냥 지나치지 말고 그때그때 생각할 것을 권하고 있다. 눈으로 보고 귀로 듣는 것, 모든 감각기관을 통해 느끼는 것들을 무심히 흘려보내지 말고 생각하라는 것이다. 눈으로 꽃을 보고 생각하기, 눈으로 청산을 보며 생각하기, 눈으로 강아지를 보고 생각하기, 이런 모든 것들이 다 생각하기이다. 귀로 새소리를 듣고 생각하기, 귀로 신음소리를 듣고 생각하기도 마찬가지이다. 이렇게 생각을 하면 거기에서 얻어지는 것이 있게 된다.

'생각할 사[思]' 자는 전(田)과 심(心)이 합쳐진 글자이다. 사람의 마음이 밭에 가 있는 것이다. 농부가 밭에 씨를 뿌린 뒤에는 새가 쪼아 먹지는 않을까, 비에 씻겨 내려가지는 않을까, 온갖 생각이 다 든다. 이처럼 마음이 늘 밭에 가 있어 자나 깨나 걱정을 하는 것이 생각이다. 그래서 마음이 이성에 가 있으면 그리움이 되고, 마음이 이치를 탐구하는 데 가 있으면 사색이 된다.

# 79.

# 주자(朱子)의 진실공부(眞實工夫)

朱先生爲學功夫　惟眞實理會　眞實通貫
故亦自然眞實涵養　眞實踐履

주선생의 학문하는 공부는
오직 진실하게 이해하고
진실하게 관통하는 것이었다.
그러므로 또한
자연히 진실하게 함양하고,
진실하게 실천하였던 것이다.

진실(眞實)이라는 말은 '참된 마음으로 가득 채우다'라는 뜻이다. 즉 거짓이 조금도 없는 마음을 진실무망(眞實無妄)이라 하고, 그것을 성(誠)이라 한다. 성(誠)은 도학자들이 추구하던 최고의 목표이다. 『중용』의 요지는 한 마디로 성(誠)이라 하는데, 이는 곧 하늘의 도[天道]이다.

『중용』은 성인의 가르침으로, 인간이 하늘의 도에 오르는 길을 말한 것이다. 그래서『중용』에는 사람에 대해 알기[知人]와 하늘에 대해 알기[知天]가 나오며, 사람이 선을 택해 굳게 잡고 지켜서[擇善固執] 천리(天理)에 합하는 것을 인간의 길[人道]이라고 하고 있다. 이 인간의 길이 바로 자신의 마음을 성되게 하는[誠之] 것이다. 이것이 천도에 오르는 공부이다.

다음은 우암(尤庵) 송시열(宋時烈 1607-1689)이 주자의 공부에 대해 말한 것이다.

> 삼가 주선생(朱先生:朱子)의 학문하는 공부를 살펴보건대, 오직 진실하게 이해하고, 진실하게 관통하였다. 그러므로 또한 자연히 진실하게 함양하고 진실하게 실천하여, 마음을 붙잡고 보존하기를 날마다 더욱 견고히 하고, 확충해 채워나가기를 날마다 더욱 원대하게 하는 데에 이르렀다. 그러니 우리들도 노력하기를 진실하게 하여 능히 주선생이 한 것처럼 한다면, 어찌 밖을 향해 부화(浮華)하게 떠돌아다니는 폐단이 있겠는가[竊觀 朱先生 爲學功夫 惟眞實理會 眞實通貫 故亦自然眞實涵養 眞實踐履 以至於操而存之 日益固 擴而充之 日益遠 苟用力眞實 能如先生之爲 則寧有向外浮泛之弊哉](宋時烈,『宋子大全』권93,「答金仲和 己未六月十一日」)

진실을 계속 말하고 있는 것은 조금도 거짓이 없음을 말한다. 100% 순금 같은 마음으로 글을 이해하고, 그 뜻을 관통하였다는 것이다. 그래서 1%의 빈틈도 없는 공부를 하였다는 것이다. 그런 학문공부를 통해 진리를 얻고 나서 역시 그런 진실성으로 함양을 하고 실천을 하여 존양하고 확충해 나감으로써 원대한 경지에 이르렀다는 것이다.

도(道)는 길이다. 인도(人道)는 인간이 마땅히 걸어가야 할 길이다. 자동차가 길에서 벗어나면 운행할 수 없다. 마찬가지로 인간도 인간이 걸어가야 할 길에서 벗어나면 더 이상 인간으로서의 삶을 영위할 수 없다. 그래서 『중용』에서는 "이 길은 잠시도 벗어나서는 안 된다. 벗어날 수도 있다면 그것은 진정한 길이 아니다.[道也者 不可須臾離也 可離 非道也]"라고 하였다.

인간의 길은 하늘에 합하는 것을 목표로 하기 때문에 평상시에는 그 길이 보이지 않는다. 그래서 인생의 길은 어떤 가수의 노랫말처럼 알 수가 없다. 특히 젊은 나이에 인생의 길은 보이지 않는다. 그러나 하늘에 닿은 높은 산에 오른다고 가정해 보면, 그 길을 그나마 찾을 수 있다. 산이 아무리 험해도 정상에 오를 수 있다. 그래서 잘 보이지 않는 인생의 길을 산에 오르는 것에 비유하면 그 노정(路程)이 그려지기 시작한다. 산은 보이지 않는 길을 보이게 해 주는 스승이 될 때가 있다.

# 80.
# 진실심지 각고공부(眞實心地 刻苦工夫)

**眞實心地 刻苦工夫**

진실한 심지(心地)에서
뼈를 깎듯 고달픈 공부를 하라.

'진실심지 각고공부(眞實心地刻苦工夫)'는 주자의 문인 황간(黃榦)이 한 말이다. 이 말은 조선시대 도학자들에게 매우 절실하게 받아들여졌다. 진실한 마음자세와 각고의 공부. 마음의 진정성과 뼈를 깎는 노력, 이 둘이 합쳐져야 학문을 성취할 수 있다는 말이다. 아래 인용문은 한준겸(韓浚謙 1557-1627)의 문집에 보이는 문구이다.

　　또 '진실한 심지에서 각박하고 고달픈 공부를 하라[眞實心地刻苦工夫]'는 여덟 자를 문 위 벽에다 걸어 두고 항상 정신을 번쩍 들게 하였다.[又以眞實心地刻苦工夫八字 揭之楣壁 恒加惕念](韓浚謙, 『柳川遺稿』, 行狀, 「秀才李君行狀」)

조선시대 학자들은 이처럼 이 8자를 써서 벽에 걸어두고 늘 눈길을 주었다. 이희조(李喜朝 1655-1724)가 지은 이기홍(李箕洪 1641-1709)의 「행장」에는 다음과 같은 말이 있다.

· 진실심지(眞實心地)
　각고공부(刻苦工夫)
　〈윤효석 작〉

을사년(1665년) 회덕(懷德)으로 가서 동춘당(同春堂: 宋浚吉) 선생을 배알하였는데, 선생이 '진실심지 각고공부(眞實心地刻苦工夫)'라는 8자를 써서 권면하였다. 또 우암(尤庵: 宋時烈) 선생을 배알하였는데, 선생은 거경(居敬)·궁리(窮理)의 방법을 가르쳐주셨다.[乙巳 拜同春先生于懷德 先生書眞實心地刻苦工夫八字以勉之 又謁尤菴先生請學 先生敎以居敬窮理之方](李箕洪, 『直齋集』권10, 附錄, 李喜朝 撰「行狀」)

이기홍이 송준길을 찾아가자 '진실심지 각고공부' 8자를 써 주어 학문 자세로 삼게 했고, 송시열을 찾아가자 거경·궁리의 방법을 일러주었다는 내용이다. 이처럼 조선중기 도학자들에게는 '진실한 마음'과 '각고의 공부'가 공부하는 사람들의 마음자세였던 것이다.

아래 인용문은 녹문(鹿門) 임성주(任聖周 1711-1788)가 형에게 보낸 편지이다.

앞의 서찰에서 말씀하신 '진실심지 각고공부(眞實心地刻苦工夫)'라고 하는 것이 바로 변별해 보여주는 점입니다. 이른바 '진실심지'란 공자께서 말씀하신 '충신(忠信)을 주로 하라'라는 것으로, 저의 편지에 이른바 '뜻을 세우라[立志]'라는 것입니다. 이른바 '각고공부'란 곧 『대학』의 팔조목에서 벗어나지 않으니, 제가 이른바 '마음으로 스승을 삼아 부지런히 대업에 힘쓰라'는 것입니다. 이것이 두 방면의 공부이기는 하지만 머리와 꼬리가 서로 의지하고, 체와 용이 서로 발하고, 근본을 세워 가지에 도달하여 함께 행하면서 어긋나지 않는다면 이른바 '성인이 되는 요점이 여기에 있다 여기에 있다'고 한 말일 것입니다.[前書所敎眞實心地刻苦工夫云者 正是八字打開處也 所謂眞實心地者 卽孔子所謂主忠信 而弟書所謂立志者也 刻苦工夫者 卽不外乎大學八條目 而弟之所謂以心爲師 勉勵大業者也 此雖兩邊工夫 而頭尾相資 體用互發 立本達支 並行不悖 則所謂作聖之要 其在斯乎 其在斯乎](任聖周, 『鹿門集』권10, 書,「上三兄」)

진실심지(眞實心地)는 조금의 거짓도 없이 진실로 가득한 마음을 말한다. 그런 참된 마음으로 다시 뼈를 깎는 듯한 고통을 참으며 공부를 하라는 것이다. 순정한 마음과 각고의 노력, 이 두 가지 요소가 반드시 필요하다는 말이다. 이 8자를 써 붙여 놓고서 '나는 순정한 마음으로 공부를 했는가?' '나는 각고의 노력으로 공부를 했는가?'를 매일 반성한다면, 학문적 성취는 이루 헤아릴 수 없이 클 것이다. 만약 이렇게 10년 동안 공부를 하면, 모두 이름난 학자가 될 것이다. 이 세상에 이런 노력 없이 큰 학자가 된 사람은 단 한 사람도 없다.

# 81.
## 공부(工夫)는 각고(刻苦)하게,
## 심지(心地)는 진실(眞實)하게

工夫 能刻苦而後 可以進德修業 日造乎高明
心地 能眞實而後 可以篤志務實 不騖乎虛僞

공부는 능히 뼈를 깎듯 고달프게 한 뒤에야
덕에 나아가고 학업을 닦아
날마다 고명한 데로 나갈 수 있다.
심지가 능히 진실한 뒤에야
뜻을 돈독히 하고 실질을 힘써
허위로 치달리지 않을 수 있다.

윤동수(尹東洙 1674-1739)는 '진실심지 각고공부'를 다음과 같이 풀이하고 있다.

>    옛날 황면재(黃勉齋: 黃榦)가 학문하는 도에 대해 논하면서 말하기를 "진실한 심지에서 각고의 공부를 하라."고 하였다. 대개 공부는 능히 뼈를 깎듯이 고달프게 한 뒤에야 덕에 나아가고 학업을 닦아 날마다 고명한 데로 나가게 된다. 심지가 능히 진실한 뒤에야 뜻을 돈독히 하고 실질을 힘써 허위로 치달리지 않게 된다. 이는 『주역』에서 '스스로 자신의 의지를 강하게 하여 잠시도 그치지 않는다[自强不息]'는 것으로 건괘(乾卦)의 덕을 삼은 까닭이니, 군자가 자신을 성되게 하는 것을 귀히 여기는 이유이다.[昔黃勉齋論爲學之道曰 眞實心地刻苦工夫 蓋工夫 能刻苦而後 可以進德修業 日造乎高明心地 能眞實而後 可以篤志務實 不驚乎虛僞 此易之所以以自强不息爲乾之德而君子之所以必誠之爲貴也](尹東洙, 『敬庵遺稿』 권8. 序, 「趙冶谷三官記序」)

이는 '진실심지 각고공부'를 윤동수가 명료하게 풀이한 말이다. 이를 현대적으로 설명하면 다음과 같다. 공부는 남이 시키지 않고 능동적으로 뼈를 깎는 듯한 괴로움을 참으며 고달프게 한 뒤에야, 덕에 나아가거나 학업을 닦아 날로 높고 밝은 경지로 나아갈 수 있다. 마음은 능동적으로 진실 되게 한 뒤에야 의지를 돈독하게 하고 실질을 힘써 허위로 치달리지 않을 수 있게 된다.

이 글의 핵심 중 하나는 능동적인 공부다. 능동은 수동의 반대니, 남이 시켜서 억지로 하는 공부가 아니라, 자발적으로 하는 공부다. 그래야 효과가 있고 성취가 빠르다. 또 하나의 핵심은 뼈를 깎는 고통스런 노력을 기울여야 고명한 경지에 이를 수 있다는 말이다. 즉 그냥 얻어지는 공짜는 없다는 말이다. 공부는 정직하다. 노력한 만큼의 성과가 있게 된다. 그것도 노력을 하되 진실하게 하지 않으면 효과는 확 줄어든다. 공부를 하면서 딴 생각을 하면 그렇다. 그래서 그런 노력과 함께 진실한 마음을 강조한 것이다.

진실한 마음은 삿되고 잡된 생각이 끼어들지 않는 오롯한 마음이다. 순정한 마음이다. 이는 진지한 마음자세를 말한다. 진지하지 않으면 틈이 생기고, 틈이 생기면 바람이 들어가게 되어 있다. 바람이 들어가면 풍화작용이 일어나듯이, 안정되지 못하고 요동을 치게 되고 불안하게 된다. 시냇가에 가 보면, 너럭바위에 물길이 생기거나 항아리 모양으로 움푹 패인 곳을 발견하게 된다. 이는 바위틈에 물이 스며들어 길을 내고 다시 모래 같은 것들이 물을 따라 흐르며 끊임없이 갉아냈기 때문에 생긴 것들이다. 모래 한 알이 반석을 갉아내듯, 사람의 마음도 미세한 인욕에 의해 구멍이 나는 것이다.

요약하자면, 공부는 '진실한 마음으로 각고의 노력하기'이다. 이 둘 중에 어느 하나라도 부족하면 효과는 반감하고 만다. 진지한 자세를 갖고 뼈를 깎는 듯한 노력을 기울이는 것이 참된 공부이다.

· 공부는 각고하게 심지는 진실하게 〈윤효석 작〉

## 82.
# 공부에는 많은 말이 필요치 않다

古者 做功夫不多說 克己復禮 便去實做

옛날에는 공부를 하는 데
말을 많이 하지 않았습니다.
극기복례를 말하면
실제 극기복례하는 공부를
바로 해나갔습니다.

율곡(栗谷) 이이(李珥 1536-1584)의 경연일기(經筵日記)에는 다음과 같이 말했다.

　　임금께서 석강(夕講)에 나오셨다. 이이(李珥)가 나아가 『대학연의』를 강하였다. 안자(顔子)의 극기복례에 이르러 이이가 아뢰기를 "사람의 본성은 본디 선하니, 순수하게 선한 것이 천리(天理)입니다. 단지 자신의 사욕이 그것을 가리기 때문에 천리가 회복되지 않는 것입니다. 자신의 사욕을 극복해 물리치면 그 본성을 온전히 하게 됩니다. 안자는 이치를 궁구하는 것이 평소에 밝아 천리와 인욕을 흑백 보는 것처럼 분명히 하였습니다. 그러므로 곧장 극기복례에 종사해 털끝만큼이라도 분명치 않은 의문이 없도록 하였습니다. 오늘날 사람들은 예전 사람들처럼 궁리공부가 없이 곧바로 극기를 하려 하니, 어떤 것이 사욕[己]이 되고 어떤 것이 예가 되는지 모릅니다. 혹반대로 자신의 사욕으로 천리를 삼는 경우도 있습니다. 이것이 바로 격물치지를 『대학』의 처음 공부로 삼는 까닭입니다. 또한 옛날에는 공부를 하는 데 말을 많이 하지 않았습니다. 극기복례를 말하면 바로 실제의 극기복례하는 공부를 했습니다. 그러므로 단지 '극기복례' 네 자만으로도 성인이될 수 있었습니다. 오늘날에는 말이 매우 많아졌지만 원래 실제의 공부가없습니다. 그러므로 또한 실제의 효과가 없는 것입니다."라고 하였다.[上御夕講 李珥進講大學衍義 至顔子克己復禮處 珥曰 人性本善 純是天理 只是己私爲蔽 故天理未復 若克去己私 則全其性矣 顔子窮理素明 天理人欲 如見黑白 故直從事於克己復禮 無毫髮未瑩之疑 今人從前無窮理功夫 直欲克己 則不知何者爲己 何者爲禮 或有反以己私爲天理者矣 此所以格物致知爲大學之始功也 且古者 做功夫不多說 克己復禮 便去實做 故只此四字可以作聖 今者 言語儘多 而元無實功 故亦無實效矣](李珥, 『栗谷全書』 권29, 「經筵日記 二」 萬曆三年乙亥 今上八年)

이이는 극기복례(克己復禮) 4자만으로도 성인이 될 수 있다고 했다. 앞에서 언급했듯이, 예(禮)에는 일[人事]과 이치[天理]가 다 들어 있다. 그런데 극기복례를 말할 경우에는 '자신의 사욕을 물리쳐 극복하고 본원의 천리로 돌아가다'는 뜻으로 보아야 한다. 인욕을 막고 천리를 보존하는 것이 성리학의 심성수양론이니, 천리의 본원으로 돌아가면 천도인 성(誠)에 이른 것이다. 그 경지에 오르면 성인이 된다.

어찌 생각하면, 성인이 되는 것은 별 것 아니다. 자신의 사욕을 극복하기만 하면 되니까. 그런데 이 육신을 통해 발하는 인욕(人欲)을 극복하기란 여간 어려운 일이 아니다. 견물생심(見物生心)이라고 했듯이, 좋은 것이나 아름다운 것은 보면 소유하고 싶어진다. 물욕(物欲)이 일어나는 것이다. 그래서 인욕과 물욕을 물리치기 위해 끊임없는 노력을 해야 한다.

그 노력은 마음이 움직이기 전에 하늘을 두려워하듯이 공경한 마음을 유지하는 것과 마음이 움직이면 잠시도 한눈을 팔지 않고 움직이는 마음을 주시하여 악으로 흘러가지 않도록 성찰하는 것이다. 그리고 악으로 향하는 기미가 발견되면 바로 물리치는 용단이 필요하다. 극기복례의 극기는 바로 그런 인욕과 물욕으로 향하는 마음의 기미를 물리치는 것이다. 공자의 제자 안회가 이런 일을 능히 했다. 그래서 남명 조식 같은 이는 안회를 본받는 것을 평생의 사업으로 삼고 공부를 했다. 그리하여 그의 목표는 오로지 '안회처럼 되기를 바라다'는 의미로 희안(希顔)이라 하였다. 우리도 이제 다시 '안회를 꿈꾸며'를 외쳐보자.

# 83.

# 맹장(猛將)이 한 번에 적을 무찌르듯이

如猛將用兵　直是麌戰一陣
如酷吏之用法　深刻都沒人情

<공부는>

날랜 장수가 병사를 지휘할 적에
곧장 한 번 진을 쳐서 적을 무찌르는 것 같이,
혹독한 관리가 법을 적용할 적에
심각하게 하여 전혀 인정이 없는 것 같이
해야 한다.

성호(星湖) 이익(李瀷)은 치지(致知)의 지적탐구와 함양(涵養)의 심성수양 공부를 병행하는 것이 원칙임을 말하면서도, 초학자들에게는 치지공부가 우선임을 말하였다. 앞 시대 도학자들과는 다른 생각이다. 그는 치지공부를 독서(讀書)와 궁리(窮理) 두 가지로 보면서, 독서할 때의 공부법으로 조용히 완미하는 것만이 능사가 아님을 지적하고 있다.

그리고 그는 조용히 완미하는 것보다는 쏜살같이 달려 나가는 '취진(驟進)'의 방법을 제시하였다. 또한 그런 독서방법으로 지식을 추구할 적에는 사나운 장수가 적을 한 번에 무찌르는 것처럼 느리게 하지 말고 단번에 신속하게 해야 효과가 있다고 하였다.

치지(致知)와 함양(涵養)은 둘 다 병행해야 할 공부이다. 그러나 초학자에게는 치지가 먼저다. 치지는 독서하고 궁리하는 것으로 요점을 삼는다. 그러니 어찌 전적으로 함양에만 의존할 것인가? 주자의 말에 "사람들은 독서할 적에는 조용히 완미해야 한다고 말을 한다. 그러나 이는 스스로 태만하려는 구실이다."라고 하였다. 종일토록 빈둥대는 데도 그것을 조용히 완미하는 것이라 한다면, 도리어 공부를 하는 바가 없게 될 것이다. 그러므로 그렇게 탄식한 것이다. 이럴 때는 '취진(驟進)' 두 글자가 가장 좋다. 〈독서는〉 모름지기 이렇게 해야 한다. 〈공부는〉 맹장(猛將)이 병사를 부릴 적에 한 번 진을 쳐서 적을 무찌르는 것처럼, 혹독한 관리가 법을 적용할 적에 심각하게 하여 전혀 인정이 없는 것처럼 해야 한다. 모름지기 한 매[棒]를 때리면 한 줄기의 흔적이 나타나고, 손바닥으로 치면 손바닥의 자국이 생기듯이 하는 것이, 곧 공부에 힘을 쓰는 절도다. 그렇지 않고 마치 큰 돌을 굴릴 때, 오늘 한 번 흔들고 내일 다시 한 번 흔들고, 또 그 다음날 다시 한 번 흔든다면, 이와 같이 하기를 수천 날 하더라도 그 돌을 움직일 가망이 없을 것이다. 반드시 1푼이 움직일 때 더욱 힘을 써 떠밀어서 2푼이나 3푼에 이르게 하고, 계속해서 10푼에 이르도록 하여 괴고 일으켜 구르도록 하여야 바야흐로 효과가 있다. 내가 일찍이 이를 시험해 보았다.[致知涵養是兩下功夫 在初學 致知爲先 致知者 讀書窮理爲要 豈可專靠於涵養 朱子曰 '人言讀書 當從容玩味 此乃自怠之一說' 若徜徉終日謂之從容 却無做工夫處 故因歎 驟進二字 最下得好 須是如此 如猛將用兵 直是鏖戰一陳 如酷吏之用法 深刻都沒人情 須是一棒一條痕 一摑一掌血 此乃用力節度 不然 如運大石 今日掀動一番 明一掀動一番 又明日如此 雖百十日 無轉動之期 必也從一分動時 益用力推推 得二分三分 至十分 撐起 期於飜轉過 方是有效 余嘗驗之](李瀷,『星湖僿說』권13, 人事門,「驟進工夫」)

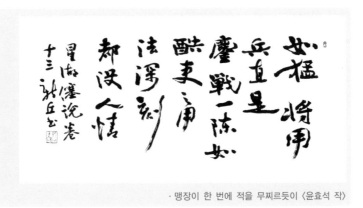

· 맹장이 한 번에 적을 무찌르듯이 〈윤효석 작〉

이 인용문 후반부에 보이는 '큰 돌을 굴리는 일'을 비유로 든 것은 무척 흥미진진하다. 차근차근 쌓아나가는 공부의 측면에서 보면, 매일매일 조금씩 하는 것이 옳을 듯한데, 여기서 말하는 공부는 그런 공부가 아니다. 이익이 여기서 말하고자 하는 공부는 취진공부(驟進工夫)이다. '취진'이라는 말은 '말이 빠르게 달려 나간다'는 뜻이니, 느릿느릿 더디게 하는 공부가 아니다. 몰아서 치달리듯이 맹렬하게 추진해 나가는 공부를 말한다. 이런 공부도 반드시 필요하다. 이익은 특히 초학자들에게 이런 공부를 권하고 있다.

그래서 이익은 이런 취진공부를 큰 바위를 굴리는 것에 비유하고 있다. 큰 바위를 굴릴 적에는 힘을 한꺼번에 몰아 써야 한다. 그렇지 않고 조금씩 흔들어서는 영영 그 바위를 굴릴 수 없다. 그래서 맹장이 단번에 적을 물리치듯이 하라고 한 것이다.

힘차게 내달리는 공부를 할 적에는 맹장이 단번에 적을 물리치듯이 맹렬한 기세가 필요하고, 또 혹독한 관리가 각박하게 법을 적용하여 전혀 인정이 없듯 매몰차게 해나가야 한다. 고시공부를 할 적에 이런 자세로 해야 한다. 그렇지 않고, 이것저것 기웃거리고 천천히 걸어가듯이 하면 성공할 확률은 매우 낮다.

# 84.
## 맹렬히 살피고 견고하게 지켜라

又思道理須是猛省堅守　方有實得

또 도리는 맹렬히 살피고 견고하게 지켜야
바야흐로 실득함이 있다고 생각했다.

창계(滄溪) 임영(林泳 1649-1696)도 아래 인용문처럼 맹렬하게 살피고 견고하게 지키는 공부를 강조하고 있다.

부친께서는 더위를 잡수서서 매우 괴로워하셨다. 아침부터 한낮까지 곁에서 모셨고, 낮에는 잠시 물러나 쉬었다. 피곤하여 누워 있다가 문득 율곡(栗谷) 선생의 성정(性情)의 설을 보았다. 그 설에 성정의 사이 움직이고 고요한 기미에 털끝만큼의 사사로운 생각도 용납하지 말면 모두 대중지화(大中至和)가 유행하고 관통해서 하나의 틈도 없게 될 것이라고 하였다. 그런데 지금 나는 혈기에 부림을 받아 흙덩이나 나무토막 같은 모습으로 혼매하게 피곤하다고 누워있으니, 삶의 이치가 거의 멈춘 것이 아닌가? 화들짝 놀라 일어나 한참동안 앉아 있었다. 또 도리는 맹렬히 살피고 견고하게 지켜야 바야흐로 실득함이 있다고 생각했다. 범범하게 관조하면 있는 듯 없는 듯하여 끝내 근거할 만한 것이 없음을 매양 걱정할 것내. 처음에는 모름지기 완전한 신고(辛苦)의 공부를 해야지, 자유로운 경지에 오른 사람처럼 조용히 자기 마음대로 해서는 불가하다. 이연평(李延平:李侗)이 주자(朱子)에게 말하기를 "처음에는 온통 도리로 자신을 감싸야 한다. 그러면 점점 도리와 하나가 되어 풀려나갈 것이다."라고 하였으니, 바로 이와 같이 해야 한다. 학자들은 자신을 거두어 도리 속에 집어넣고서 전전긍긍해야 바야흐로 진보함이 있을 것이다. 이런 자세로 마음을 보존하면 기세가 자못 베풀어지고 왕성해짐을 느낄 것이다.[父親感暑頗苦 朝晝侍側 晝暫退休 困憊僂仰 忽因見栗谷性情之說 見性情之間 動靜之機 不容一毫私意 皆是大中至和 流行貫通 無一間隙 今爲血氣所使 昏然憊臥 如土木形骸 無乃生理幾息耶 蹶然起立良久 又思道理須是猛省堅守 方有實得 若但泛然照管 則每患若亡若存 終無可據 初間須下得十分辛苦功夫 不可從容自在 如化之之人也 李延平謂朱子 初間被道理纏縛 漸能融釋 正是如此 學者須是收斂在道理中 戰戰兢兢 方有進 以此存心 覺得氣勢頗張王](林泳,『滄溪集』권25,「日錄 丁巳」)

이치를 맹렬하게 살피라는 말은 범범하게 보고 넘어가지 말라는 것이며, 조용히 느긋하게 해서는 안 된다는 말이다. 이연평의 말을 인용한 것도 흥미롭다. 처음 공부하는 사람은 자신을 도리 속에 집어넣어야 한다는 것이다. '도리로 나를 감싸라'는 말은 그 속에 푹 잠겨야 한다는 뜻이다.

그러나 여기서 그치는 것이 아니다. 그 뒤의 "학자들은 자신을 거두어 도리 속에 집어넣고서 전전긍긍해야 바야흐로 진보함이 있을 것이다."라는 말은 더 시선을 끈다. 도리 속에 자신을 집어넣는 것으로는 안 된다. 그 속에서 전전긍긍해야한다. 전전긍긍은 '어이할고'를 끝없이 생각하는 것이다. 한 순간도 긴장을 풀지 않는 것이 전전긍긍이다. 전쟁을 할 때 긴장을 풀고 한눈을 팔면 어찌 되겠는가? 도리 속에서 그런 마음으로 공부를 해야 한다는 것이다.

# 85.
## 존덕성(尊德性) · 도문학(道問學)

大抵尊德性道問學 譬如車輪鳥翼之不可廢一

대저 존덕성과 도문학의 공부는

비유하자면

수레의 두 바퀴,

새의 두 날개 중

어느 하나를 폐할 수 없는 것과 같다.

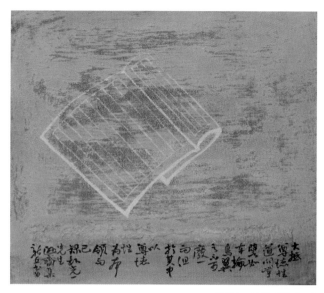

· 존덕성·도문학 〈윤효석 작〉

　존덕성(尊德性)과 도문학(道問學)은 『중용』에 나오는 말로, 학문의 두 축
이다. 존덕성은 심성수양에 관한 공부이고, 도문학은 격물치지에 관한 공
부이다. 전자는 거경공부(居敬工夫)이고, 후자는 궁리공부(窮理工夫)이다.
도문학은 묻고 배우는 것을 말미암는다는 뜻이고, 존덕성은 덕성을 드높
인다는 말이다.

　이 존덕성과 도문학은 수레의 두 바퀴나 새의 두 날개에 비유된다. 즉
둘 중에 어느 하나도 없어서는 안 된다는 말이다. 수레의 두 바퀴 중 하
나가 없으면 수레는 움직일 수 없고, 새의 날개 하나가 부러지면 그 새는
날 수 없다.

　공부도 마찬가지다. 하나는 진리를 탐구해서 도리를 아는 것이고, 하
나는 심성을 수양해 덕성을 드높게 하는 것이다. 이 둘은 상보적인 관계
이다. 따로 하는 것이 아니라 상호 작용을 하면서 성장한다. 곧 수레의
두 바퀴처럼 같이 굴러가는 것이다.

예전에는, 특히 조선시대에는 이 둘을 모두 중시했기 때문에 도문학에 조금이라도 치우치는 경향이 있으면 곧바로 존덕성의 문제를 제기했다. 조식이 이황에게 편지를 보내 손으로 물 뿌리고 비질하는 절도도 모르면서 초학자들이 입으로 천리를 담론한다고 지적한 것이 그 대표적 사례이다.

그런데 오늘날은 전혀 그렇지 못하다. 오늘날에는 입으로는 전인교육을 외치지만, 존덕성이 온전히 빠져 있다. 윤리나 도덕과 같은 과목만으로는 존덕성이 이루어지지 않는다. 임영(林泳)은 '도리에 자신을 집어넣고서 전전긍긍해야 한다'고 했는데, 도덕책을 읽어서 가능하겠는가? 고등학교까지는 온통 좋은 대학에 들어가기 위한 입시준비의 공부이고, 대학에 들어가면 취업을 하기 위한 외국어공부와 시험공부가 전부이다. 그러니 언제 도리 속에 자신을 집어넣고 전전긍긍할 시간이 있겠는가. 그래서 우리 사회는 정신적으로 공황 상태나 다름없다. 경제만 공황에 닥친 것이 아니라, 정신도 공황 상태에 이른 것이다. 그런데 이는 아무도 거들떠보지 않고 있다.

조선후기 박광일(朴光一 1655-1723)은 다음과 같이 말하고 있다.

대저 존덕성과 도문학의 공부는 비유컨대 수레의 두 바퀴나 새의 두 날개 중 어느 하나도 폐할 수 없는 것과 같습니다. 다만 그 중에서 존덕성을 본령으로 할 따름입니다. 지금 고명하신 그대는 전적으로 독서를 폐하시고 정좌(靜坐)만을 일삼아, 자신의 마음속으로 어떻게 하면 제사를 받드는 일에 예를 극진히 할 것인가, 어떻게 하면 장로를 섬기는 데 공손을 극진히 할 것인가, 어떻게 하면 처자식을 양육하고 동생과 조카를 대접할 것인가, 어떻게 하면 향인을 접하고 노복들을 부릴 것인가를 생각하십니다. 날마다 이와 같이 하고, 또 날로 이와 같이 할 따름이라면, 고명하신 그대의 생각하는 바는 바르지만 우리 기질에 의해 가려진 사심(私心)·억탁(臆度)·

생각[思量]에 불과할 따름입니다. 외면으로부터 보면 엄히 바르게 앉아 있지만 그 마음은 이미 혼란스럽고 흔들리는 것입니다. 일에 임할 적에 어찌 의리에 합해 중도에 맞을 수 있겠습니까? 명목은 존덕성이나 실제로는 존덕성하는 바가 아닙니다. 공자께서 말씀하시기를 "나는 일찍이 하루 종일 음식을 먹지 않고 밤새도록 잠을 자지 않고서 생각을 해 보았는데, 유익함이 없었다. 그러니 생각만 하는 것은 배우는 것만 못하다."(『논어』「衛靈公」)라고 하였으니, 공자의 이 말씀이 어찌 후학들이 가슴에 새길 바가 아니겠습니까?[大抵尊德性道問學 譬如車輪鳥翼之不可廢一 而但於其中以尊德性爲本領而已 今高明全廢讀書 只事靜坐 而於自家胸中 以爲何以盡禮乎奉祭祀也 何以致恭乎事長老也 何以育妻子待弟侄也 何以接鄕人御奴僕也 日日如是 又日如是而已 則高明之所思者 雖正 而然不過以吾氣質有蔽之私心臆度思量而已 自外面觀之 雖儼然正坐 而其心已自紛綸膠擾矣 臨事之際 豈能合義而中節乎 名雖尊德性 實非所以尊德性也 夫子曰 吾嘗終日不食 終夜不寐 以思 無益 不如學也 夫子此訓 豈非後學所當服膺者乎(朴光一,『遜齋集』권4, 書,「與鄭永吾德恒 壬戌」)

이는 박광일이 정덕항(鄭德恒)의 공부는 도문학에 해당하는 독서는 전혀 하지 않고, 존덕성에 해당하는 정좌(靜坐)만 하고 있다는 문제점을 지적한 것이다. 도문학을 통해 시비(是非)·사정(邪正)·선악(善惡)·의리(義利) 등의 이치를 정밀하게 강구하지 않고서 존덕성에 관한 공부만 하는 폐단을 언급하고 있는데, 『논어』에 "생각하기만 하고 학문을 하지 않으면 위태하다.[思而不學則殆]"의 경우에 견주어 비판한 것이다.

이 비판을 보면, 도문학과 존덕성이 수레의 두 바퀴처럼 함께 굴러가야 함을 실감할 수 있다. 다 배우고 나서 실천을 따로 하는 것이 아니고, 지식을 배우면서 그 즉시 실천하는 것이다. 그리고 그런 실천을 통해 배움이 다시 진전되는 것이다.

# 86.
## 마음을 잡는 요점

操心之要 只在戒謹恐懼

마음을 잡는 요점은
단지 경계하고 삼가며 두려워하는 데 있다.

조선시대 성리학자들은 마음을 잡는 공부가 그 무엇보다 우선이었다. 그래서 마음을 잡는 요령에 대해 다각도로 궁구했는데, 포저(浦渚) 조익(趙翼 1579-1655)은 다음과 같이 말하고 있다.

> 심술에 절실히 필요한 공부는 단지 마음을 잡고 놓지 않는 것이다. 마음이 달아나고 혼매한 것은 모두 마음을 잡지 않는 데서 연유한다. 마음을 잡으면 이런 걱정이 없다. 마음을 잡는 요점은 경계하고 삼가며 두려워하는 데 있을 뿐이다. 경계하고 삼가며 두려워하는 것은 남들이 보지 않고 자신도 보고 듣지 못하는 때에 나아가 부지런하고 긴절(緊切)하게 노력을 기울여 끊어지지 않게 하는 것이다. 심법의 요점은 많은 말에 있지 않다. 단지 『중용』과 『맹자』의 몇 마디 말이 간략하면서도 극진하다. 대개 성현의 천 마디 만 마디 말씀 중에 지극히 중요한 것을 구한다면 이와 같을 따름이다. 단지 이 한 가지 법이 온갖 성인들이 전한 정맥이니, 다른 데서 구하지 말라. 이를 부지런히 하고 긴절하게 하는 데 있을 따름이다.[心術切要工夫 只在操而不舍 走作昏沈 皆由於舍 操則無此患矣 操心之要 只在戒謹恐懼 戒謹恐懼 須就人所不見 己所不睹不聞之時 勤緊用力 勿令間斷 心法之要 不在多言 只此中庸孟子數語 約而盡 蓋聖賢千言萬語 求其至要 只是如此 只此一法 卽千聖正脈 更莫他求 只在勤緊](趙翼, 『浦渚集』 권20, 雜著, 「心要精擇」)

조익은 마음을 잡고 놓지 말라고 역설하였다. 공자가 "마음은 잡으면 보존되고 놓으면 사라진다.[操則存 舍則亡]"고 한 것처럼, 잠시라도 붙잡지 않고 놓아두면 달아난다. 그래서 인욕이나 물욕에 빠지게 된다. 『중용』에 '선을 택하여 굳게 잡아라[擇善而固執]'라고 하였는데, 이 역시 선이 좋은 것인 줄 알아서 그것을 따른다면 한 순간도 놓치지 않게 굳게 잡으라는 말이다.

이 마음을 잡는 요령에 대해, 조익은 『중용』에 보이는 '경계하고 삼가며 두려워하고 두려워하라[戒愼恐懼]'는 말을 제시하였다. 이는 도에서 잠시도 벗어나지 않기 위한 마음가짐이다. 결국 마음을 잡는 방법은 마음을 한시도 해이하게 하지 않고 긴장하는 것이다. 긴장하고 있을 적에는 병도 침입하지 못하고 아픈 줄도 모른다. 그러나 긴장을 풀면 바로 명이 끊어지기도 한다. 그래서 긴장은 죽을 때까지 놓아서는 안 되는 것이다.

그러나 이는 참으로 지키기 어려운 일이다. 술을 마시고 취하면 긴장감을 잃어버리게 되어 과언을 하고 실수를 하게 된다. 높은 지위에 올랐을 경우에도 마찬가지다. 자기 방식만을 옳다고 여겨 마음대로 하는데, 이는 아랫사람을 두려워하지 않기 때문이다. 또 나이가 들면 긴장을 하지 않는다. 아무에게나 함부로 대하고 낮추어 말한다. 역시 두려워하지 않기 때문이다. 자신의 언행에 잘못이 있음을 두려워하면 절대로 함부로 말하고 행동하지 않을 것이다.

이처럼 긴장은 생명을 살아 있게 하는 명줄과 같다. 그래서 긴장의 끈을 놓으면 망하기도 하고 죽기도 하는 것이다. 나이가 들수록, 지위가 높을수록 더 긴장해야 한다. 또 편안히 거처할 때, 여흥이 일어날 때 더욱 더 긴장해야 한다. 언제나 상제(上帝)를 마주하고 있는 것처럼 삼가고 두려워해야 한다.

그런데 요즘 우리 사회의 유행가는 '상제를 대하는 것처럼'이 아니라, '총 맞은 것처럼'이어서 무한히 슬프다. 긴장감은 없고 그저 아픔만 있을 뿐이다. 이래서는 수준 높은 문명사회를 꿈꿀 수 없다. 긴장하라! 긴장하라!

# 87.
## 하루 동안의 심신(心神) 살피기

日間心神
存在時幾何　流放時幾何
看讀時幾何　放廢時幾何
則或可以自警矣

하루 동안 너의 심신(心神)이
네게 존재하는 때가 얼마나 되고,
네게서 벗어난 때가 얼마나 되며,
책을 보는 시간이 얼마나 되고,
책을 폐지한 시간이 얼마나 되는지를 살피면
혹 스스로 경계할 수 있을 것이다.

이는 하루 사이 마음의 움직임을 점검하는 내용이다. 아래 인용문은 소산(小山) 이광정(李光靖 1714-1789)의 말이다.

> 조용한 한 곳에서 책을 보는 공부에 집중하거라. 심지가 마음 내키는 대로 하며 웃고 농담이나 하는 쪽으로 한결같이 향해 세월을 허비해서는 안 된다. 네가 머무는 며칠 동안 매일같이 마음을 점검해 보거라. 하루 동안 너의 심신(心神)이 네게 존재하는 것이 얼마나 되고, 네게서 벗어난 것이 얼마나 되며, 책을 보는 시간이 얼마나 되고, 책을 폐지한 시간이 얼마나 되는지를 살피면 혹 스스로 자신을 경책(警責)할 수 있을 것이다.[一靜處 著得看讀工夫 不可使心志一向流放笑謔以度日也 汝留在幾日 日日點檢 日間心神 存在時幾何 流放時幾何 看讀時幾何 放廢時幾何 則或可以自警矣](李光靖, 『小山集』 권7, 書, 「答孫秉鐸 丁酉」)

이광정은 마음이 내키는 대로 하는 행위와 웃고 농담하는 것을 극도로 경계하고 있다. 우리는 이런 일에 얼마나 많은 시간을 허비하고 있는가. 요즘 세상에는 농담을 못하면 무미건조한 사람으로 취급되고, 유머감각이 없으면 멍청한 사람처럼 취급된다. 이 또한 슬픈 일이다.

이광정이 매일 마음을 점검해 보라고 하는 말도 귀 기울여 들어볼 말이다. 그가 제시한 대로 하루 동안 심신이 내게 얼마나 보존되어 있었는지, 얼마나 엉뚱한 외물에 마음을 빼앗겼는지, 몇 시간이나 책을 보았는지, 독서를 하지 않은 시간이 얼마나 되는지, 놀이나 유희에 얼마나 시간을 허비하였는지, 차나 마시며 잡담을 한 것이 몇 시간이나 되는지를 살펴본다면 자신을 돌아보는 좋은 계기가 될 것이다.

하루 24시간 가운데 7시간은 잠을 푹 자고, 3시간은 식사를 하고, 3시간은 휴식을 취하면 11시간이 남는다. 이 11시간은 공부를 할 수 있는

· 하루 동안의 심신(心神) 살피기 〈윤효석 작〉

시간이다. 그런데 나는 하루에 몇 시간이나 독서를 하고 공부를 하는가?
각자 매일매일 점검해 볼 일이다.

# 88.
## 신독공부(愼獨工夫)

愼獨功夫　能不愧于屋漏　爲上
能不愧於其妻者　其次也

신독공부(愼獨工夫)는
집안의 은밀한 곳에서도
부끄럽지 않게 하는 것이
상등이고,
자기 아내에게
부끄럽지 않게 하는 것이
그 다음이다.

신독(愼獨)은 『대학』 성의장(誠意章)에 보이고, 『중용』 제1장에도 보인다. 신독은 앞에서 말한 계신공구(戒愼恐懼)와 긴밀한 연관성이 있다. 계신과 공구를 따로 말하면 마음이 움직이건 고요하건 모두 해당이 되지만, 신독과 병칭할 적에는 계신공구는 움직이기 이전의 마음가짐이 되고, 신독은 움직이고 난 뒤의 마음가짐이 된다. 즉 신독은 마음이 발하고 난 뒤 아직 남들은 모르고 자신만 아는 생각이 일어났을 적에, 그 싹튼 생각을 악으로 향하지 않도록 삼가라는 말이다. 신독은 마음이 발하여 생각이 싹튼 뒤의 기미를 살필 때의 마음가짐이다. '삼가라'는 말은 악념(惡念)이 일어나면 바로 물리치라는 뜻이다.

　　아래 인용문은 임숙영(任叔英 1576-1623)의 말이다.

　　　　공이 일찍이 선비의 행실에 대해 논하시기를 "신독공부가 어찌 어렵지 않겠는가? 만약 신독을 능히 한다면 집안의 은밀한 곳에서도 자신에게 부끄럽지 않게 하는 것이 상등이 될 것이다. 선비가 된 사람은 들어앉아 심성을 수양할 적에는 노력해서 지키지만 편안할 적에 잘못을 저지르지 않는 자는 드물다. 자기 아내에게 부끄럽지 않게 하는 것이 그 다음이다. 그러나 능히 그 다음이 되어야 비로소 그 상등을 말할 수 있을 것이다.[公嘗論士行曰 愼獨功夫 豈不難哉 果能愼獨 則能不愧于屋漏 斯爲上矣 凡爲士者 藏修之際 雖若矜持 鮮有不失於燕昵 有能不愧於其妻者 抑其次也 雖然 能爲其次者 始可言其上也](任叔英, 『疏菴集』 言行錄, 「疏菴先生言行錄補遺」〈門人 任有後 撰〉)

　　'집안의 은밀한 곳'은 남들이 나의 행위를 전혀 볼 수 없는 곳이다. 그런 곳에 혼자 있을 적에도 자기 자신에게 부끄러운 마음을 일으키지 않는 것은 스스로 자신을 속이지 않고 극도로 경계하는 마음이다. '아내에게 부끄럽지 않게 하는 것'은 아내와 단 둘이 있을 적에도 부끄러운 짓을 하지 말라는 것이다.

송나라 때 진덕수(眞德秀)는 "홀로 걸어갈 적에는 그림자에게 부끄러운 짓을 하지 말고, 혼자 잘 적에도 이불에 부끄러운 일을 하지 말라.[獨行不愧影 獨寢不愧衾]"고 했다. 아내는 나와 가장 가까운 사람이다. 가장 가까운 사람 앞에서도 부끄러운 짓을 하지 말라고 한 것은 그만큼 친하기에 설만하게 대할 수 있기 때문이다. 그러나 아내도 사람이다. 사람은 지각이 있다. 그런데 사람이 아닌 그림자, 사람이 아닌 이불은 사물이다. 자신이 일상에서 만나는 모든 사물에게 부끄러운 일을 하지 말라는 것은 스스로 자신을 속이지 말라는 깊은 자각을 통해 나온 말이다. 진덕수가 구체적으로 그림자와 이불을 지칭한 말은 더욱 실감이 난다. 나의 그림자에게도 부끄러운 짓을 하지 말자.

# 89.
# 경자공부(敬字工夫)

敬字工夫　乃聖門第一義
徹頭徹尾　不可頃刻間斷

'경(敬)' 자 공부는
성인 문하 제일의 의리이니,
처음부터 끝까지 관통되어
잠시도 끊어져서는 안 된다.

· 경자공부(敬字工夫)
〈윤효석 작〉

경(敬)은 앞에서 살펴본 이황의 글에서 알 수 있듯이, 성학(聖學)의 첫 번째 공부로 위와 아래를 관통하고 처음부터 끝까지 이어지는 것이다. 그래서 포저(浦渚) 조익(趙翼 1579-1655)은 공부할 적에 이 공경한 마음이 잠시도 중단되어서는 안 된다는 점을 다음과 같이 강조하고 있다.

'경(敬)' 자의 공부는 성인 문하 제일의 의리이다. 이는 처음부터 끝까지 관통되어 잠시도 끊어져서는 안 된다. '경(敬)'이라는 한 글자는 진실로 성인 문하의 강령(綱領)으로 존양(存養)의 요법이다. 한결같이 이를 주로 하면, 다시는 마음에 내외(內外)와 정조(精粗)의 사이가 없을 것이다. 마음이 공경하면 온갖 이치가 갖추어지게 된다.[敬字工夫 乃聖門第一義 徹頭徹尾 不可頃刻間斷 敬之一字 眞聖門之綱領 存養之要法 一主乎此 更無內外精粗 之間 敬則萬理具在](趙翼, 『浦渚集』 권19, 雜著, 「朱子論敬要語」)

조익은 성인이 말씀하신 제일의 의리를 경(敬)으로 보고 있다. 그리고 그것이 마음을 보존하고 기르는 요법이라 하였다. 나아가 그는 마음이 공경하면 마음에 온갖 이치가 갖추어지게 된다고 하였다. 그래서 그는

· 경자공부(敬字工夫)
〈윤효석 작〉

경을 한 순간도 마음에서 끊어지게 해서는 안 된다는 점을 강조하고 있다. 이렇게 보면 경은 우리에게 생명이나 다름없는 것인데, 우리는 그 소중한 경을 주목하지 않고 있다.

# 90.
## 군자의 심학(心學)

君子之於心學　其所以喫緊用工者　不過曰敬之一字

군자가 심학(心學)에 대해

긴절하게 공부해야 할 것은

경(敬) 한 글자에 불과하다.

이 역시 위에서 조익(趙翼)이 말한 것과 유사하다. 마음을 다스리는 공부에 있어서는 경(敬)이 가장 긴요한 공부임을 천명한 내용이다. 안민학(安敏學 1542-1601)의 「심학론(心學論)」에는 다음과 같이 말하였다.

> 그러므로 군자가 심학(心學)에 대해 긴절하게 공부해야 할 것은 경(敬)한 글자에 불과하다. 마음에는 동(動)·정(靜)이 있는데, 오직 경(敬)만이 동·정을 관통한다. 학문에는 존양(存養)·성찰(省察)이 있는데 오직 경(敬)만이 존양·성찰을 포함한다. 이는 철두철미한 공부다. 장자(張子:張載)는 말씀하기를 "경(敬) 한 글자는 성학(聖學)의 추뉴(樞紐)이다."라고 하였다. 그러니 심학을 극진히 하려는 자가 오직 경 자 위에서 힘을 기울이면 거의 성학을 이룰 것이다.[是以 君子之於心學 其所以喫緊用工者 不過曰敬之一字 心有動靜 而惟敬可以貫動靜 學有存省 而惟敬可以該存省 此則徹頭徹尾工夫也 張子曰 敬之一字 聖學之樞紐也 欲盡心學者 惟以敬字上着力 則其庶幾乎](安敏學, 『楓崖集』 권2, 雜著, 「心學論」)

경(敬)은 마음이 움직이지 않을 때의 존양이건 움직인 뒤의 성찰이건 모두 필요하다. 그래서 동·정을 관통한다고 말한 것이고, 머리부터 발끝까지 꿰뚫는 공부라고 본 것이다. 송나라 때 학자 장재는 경을 성인학문의 추뉴(樞紐)라 하였다. 추(樞)는 문틀과 문을 연결하는 지도

· 경(敬) 〈윤효석 작〉

리를 말하고, 뉴(紐)는 종틀에 종을 매다는 끈을 말한다. 이는 어떤 사물의 핵심적인 부분을 말한다. 성인이 되기를 추구하는 학문에서 가장 핵심적인 공부가 되는 것이 바로 경이다.

마음을 공경하게 늘 유지하는 것이 동·정을 관통하는 경공부이다. 한 순간이라도 마음을 해이하게 하면 인욕(人欲)에 끌려가고 물욕(物欲)에 가려지게 되기 때문에 마음이 고요할 때나 움직일 때나 경을 유지해야 한다고 말하는 것이다.

# 91.
## 경(敬)

敬是聖學徹上徹下成始成終之道

경(敬)은 성인 학문의
상하를 관통하고 시종을 완성시키는 도이다.

앞에서 이황(李滉)이 언급한 것과 동일한 내용으로, 경공부가 성인 학문에 있어서 상하를 관통하고 시종을 완성시키는 도라는 점을 말한 것이다. 외재(畏齋) 이단하(李端夏 1625-1689)는 다음과 같이 말했다.

　　경(敬)은 성인 학문의 상하를 관통하고 시종을 완성시키는 도입니다.……또한 '경으로써 안을 곧게 한다'고 한 것과 '경은 안을 주로 한다'고 한 것과 '그 마음을 수렴한다'고 한 것과 '마음을 항상 깨어있게 하는 법'과 '오직 두려워한다는 것이 그 뜻에 가깝다'고 한 말들은 참으로 내면의 공부입니다. 그러나 주자는 경을 말하면서 반드시 정제엄숙(整齊嚴肅)과 의관을 바르게 하고 보는 것을 높게 하는 것[正衣冠尊瞻視]으로 우선을 삼았으니, 용모와 사기(辭氣)로 공부하는 가장 절실하고 요점이 되는 것을 삼은 것입니다. 이는 또한 외면에 근거해 말한 것입니다. 만약 사서를 통독하고 숙독하여 의리를 안에서 함양하고, 외면으로 마음을 수렴하기를 주자가 말한 것과 같이 하면, 사물이 다가올 적에 조금도 잘못 대응함이 없어서 내외본말의 공부를 하는 방도에 결점이 없을 것입니다.[敬是聖學徹上徹下成始成終之道……且敬以直內 敬主乎中 其心收斂 惺惺法 惟畏近之等語 固是內裏工夫 然朱子言敬 必以整齊嚴肅正衣冠尊瞻視爲先 而以容貌辭氣 爲加工最切要 是又據其外而言也 若通熟四書 使義理涵養於內 而外面收斂 又如朱子所云 則事物之來 庶少錯應 而外內本末用功之方 可無欠缺矣](李端夏, 『畏齋集』 권6, 書, 「與金久之 丁巳」)

이단하는 경공부를 정시(靜時)의 공부로만 여기는 것을 걱정했다. 그러므로 주자의 말을 빌려 경공부의 한 방법인 정자(程子)의 정제엄숙(整齊嚴肅)과 정의관존첨시(正衣冠尊瞻視)를 선무로 내세운 것이다. 이 두 가지는 외적으로 자세를 가다듬어 마음을 흩어지지 않게 하는 것이다. 몸과 마음을 모두 바르게 하는 데에서 공경한 마음을 유지할 수 있다. 마음은 말할 것도 없지만, 외적인 자세도 마음을 공경히 유지하는 데 반드시 필요하다.

정제엄숙은 자신의 자세를 정돈하고 가지런히 하고 엄정하고 정숙하게 하는 것이다. 그리고 옷과 갓을 바르게 가다듬고 눈을 이리저리 굴리지 않고 바르게 유지하는 것도 마음이 멋대로 치달리지 않게 하는 좋은 방법이다. 그래서 『예기』에서는 구용(九容)과 같은 행동거지를 제시한 것이다. 건들거리며 함부로 말하고 행동하는 점잖지 못한 사람을 보면, 그의 마음이 공경하지 않은 것을 금방 확인할 수 있다. 이래서는 덕 있는 사람이 될 수 없다.

그래서 경은 동·정을 관통할 뿐만 아니라, 상·하를 관통하고 시·종을 완성하는 도이다. 경은 처음부터 끝까지 언제나 유지해야 할 마음이기 때문에 이를 성시성종(成始成終)이라 한다. 이런 마음을 한시도 잊지 않고 붙잡고 지키며 사는 것이 하늘의 도에 합하는 삶이다.

## 92.
# 경(敬)은 두려워하는 것

敬字之意　只是畏懼而已也

'경(敬)'자의 의미는
'두려워한다'는 뜻일 따름이다.

心法之要　不在多言　只在操之一字而已

심법의 요점은 많은 말에 있지 않다.
단지 '잡을 조[操]'자 한 자에 있을 따름이다.

경공부(敬工夫)에 대해, 주자(朱子) 이전 학자들의 설은 대체로 네 가지이다. 정자(程子)는 정제엄숙(整齊嚴肅)과 주일무적(主一無適)을 말했고, 사량좌(謝良佐)는 상성성(常惺惺)을 말했고, 윤돈(尹焞)은 기심수렴(其心收斂)을 말했다. 주자는 이 네 가지를 모두 경공부의 요점으로 수용했다. 우리나라 남명 조식은 주자처럼 이 네 가지를 다 수용하되 그 가운데서 특히 상성성에 더욱 힘을 기울이는 특성을 보인다.

주일무적은 마음이 하나를 주로 하여 다른 데로 달아남이 없다는 뜻이다. 즉 마음을 하나로 집중시키는 것이다. 상성성은 마음을 항상 깨어있게 하여 흐릿하게 하지 않는 것이다. 기심수렴은 방심을 거두어들이는 것이다. 정제엄숙은 앞에서 언급했으므로 다시 말하지 않겠다.

주자는 이 네 가지 경공부 방법을 수용하면서도 거기에 자신의 설 한가지를 더하였다. 그것이 바로 경(敬)자의 뜻을 풀이한 '유외근지(惟畏近之)'이다. 경(敬)의 의미는 '오직 두려워한다는 뜻이 그에 가깝다'라는 말이다. 경은 외경(畏敬) 또는 경외(敬畏)라는 말이 있듯이, 두려워하는 것이다. 경천(敬天)은 하늘을 두려워하는 것이다. 이 두려워하는 마음은 긴장감이다. 긴장감이 있으면 언행을 함부로 하지 않게 된다. 그리고 거짓이아닌 진실을 좇게 된다.

조익(趙翼)은 주자의 이런 설에 대해 다음과 같이 해석하고 있다.

주자는 말씀하시기를 "경(敬)에는 두려워할 외[畏]자의 뜻이 있다."고 하였다. 이 말씀은 매우 정밀하다. 이른바 경은 모두 두려워한다는 뜻이다. 예컨대 '어른을 공경하고 어진 이를 공경한다[敬長敬賢]'고 할 적에, 어른은 그 나이를 존중하고, 어진 이는 그 덕에 복종하는 것이 모두 두려워하는 것이다. 학문을 할 적에 경으로 공부를 삼는 것은, 경을 한 건의 특별한 사업으로 삼아 하는 것이 아니다. 바로 두려워하는 바가 있는 것이다.

무엇을 두려워하는가? 의리를 잃어버릴까를 두려워하는 것이다. 무릇 사람들이 일상생활의 동정어묵(動靜語默)에 자신을 절제하지 않고 스스로 행하는 바를 따른다면, 의리를 잃는 것이 많을 것이다. 경은 의리를 잃는 것을 두려워하는 것이니, 두려워하면 그 때문에 절제를 하게 된다. 예컨대 고요(皐陶)가 말하기를 "두려워하고 두려워하십시오. 하루 이틀 사이에 일의 기미가 만 가지나 닥칩니다."라고 하였으니, 이것은 기미가 많은 것이다. 악의 기미가 생기는 것이 있을까를 염려하기 때문에 그 점을 두려워하는 것이다. 『중용』에도 "도는 벗어날 수 없다."고 하였다. 그러므로 도에서 벗어나는 것을 두려워하는 것이다. 일상의 동정에 모두 도에서 벗어남을 두려워할 만한 점이 있으니, 보지 못하고 듣지 못할 적에 또한 도에서 벗어남을 두려워해야 한다. 그러므로 이럴 때일지라도 항상 두려워하는 것이다. 그러므로 '경(敬)' 자의 의미는 두려워한다는 뜻일 따름이다.

심법의 요점은 많은 말에 있지 않다. 단지 '잡을 조[操]' 자 한 자에 있을 따름이다. 대개 마음을 잡지 않으면 놓아버리게 되고, 놓지 않으면 잡게 된다. 그러니 단지 잡고[操] 놓는[舍] 것이 있을 따름이다. 잡는 것은 노력을 하는 일이고, 놓는 것은 노력을 하지 않는 일이다. 비록 산란할 때일지라도 잡으면 바로 보존된다. 잡을 적에 그 공력을 오래하지 않고 털끝만큼이라도 소홀하여 지속하지 않으면 바로 놓아버리게 된다. 그러면 이 마음이 곧바로 달아난다. 사람의 생각은 가기도 하고 오기도 하며 멀어지기도 하고 가까워지기도 하는데, 생각이 홀연히 어떤 데에 이르면 끊어지지 않고 쭉 이어져 그 생각이 잠시 그치는 때도 없게 된다. 대개 일반인은 마음을 놓아버리고 잡는 것이 없게 된다. 오직 심학(心學)을 하는 사람만이 마음을 잡을 줄 안다. 그러나 능히 잡고서 놓지 않기는 지극히 어렵다. 성현의 마음이 항상 보존되는 것은 마음을 잡고서 끊어짐이 없기 때문이다. 학자의 공부는 오직 심법을 급무로 여기는 것인데, 심법공부는 오직 '조(操)' 자에 힘을 기울이는 일을 부지런히 하여 그치지 말 따름이다. 이 공부가 순숙해지면, 성현의 지위에 이르는 것도 멀지 않을 것이다.

조존(操存)은 유지하며 지키는 것이다. 잡고 지키는 공부는 심법의 제일

· 경(敬) 〈윤효석 작〉

공부이다. 경계하고 삼가며 두려워하는 것이 곧 잡고 지키는 일이다. 조존
공부는 다른 방법이 없다. 그것을 익히길 구할 뿐이다. 오직 부지런히 힘
을 쏟아 밤낮으로 쉬지 않아야 한다. 붙잡을 때는 많고 놓을 때가 적게 되
면 익히는 것이 익숙한 데로 향하게 될 것이다.

　[朱子謂敬有畏字意 此言甚精 凡所謂敬者 皆畏懼意也 如敬長敬賢 長則尊
其年 賢則服其德 皆是畏之也 爲學 以敬爲工夫者 非以敬爲一件別事業而爲之
也 乃有所畏也 何畏也 畏其有失也 凡人日用動靜語默 不自檢制 而從其自行
則其失義理多矣 敬卽是畏其失理 畏則爲之檢制矣 如皐陶云兢兢業業 一日二
日萬幾 是爲幾多 恐有惡幾生焉 故畏之也 中庸亦爲道不可離 故畏其離乎道也
日用動靜 皆有離道之可畏 而至於不睹不聞之時 亦畏其離道也 故雖於此時
常戒懼焉 故敬字之意 只是畏懼而已也 心法之要 不在多言 只在操之一字而已
蓋心不操則舍 不舍則爲操 只有操與舍而已 操 用力事 舍 不用力事也 雖當散

319

亂之時 苟操則便存 操不能久其功 毫忽不續 則便爲舍 此心卽走去 其思慮或
已往或方來 或遠或近 忽然而及 因蔓延不絶 無頃刻止息之時也 蓋凡人有舍
而無操 惟爲心學者 知操之 而能操而不舍 極難也 聖賢之心常存者 其操無間
斷故也 學者工夫 唯心法最爲急務 而心法工夫 唯於操字用力 勤勤不已而已
此工夫苟純熟 則其至聖賢地位 亦不遠矣……操存卽持守也 操守工夫 乃心法
第一工夫也 戒愼恐懼 卽操守之事也……操存工夫 無他曲折 只要習之而已 惟
勤勤着力 不舍晝夜 至於操時多舍時少 則其習爲向熟矣](趙翼, 『浦渚集』 권19,
雜著,「心法要語」)

조익은 경공부를 논하면서 주자 이전 사람들이 말한 네 가지보다 주자
의 '유외근지(惟畏近之)'를 더 중요하게 여기고 있다. 그는 고요(皐陶)가 우
(禹)임금에게 말한 '전전긍긍하며 두려워하십시오[兢兢業業]'라는 말을 빌
어 이를 증명했다. 주자 이전의 경공부 네 가지는 충분히 이해할 수 있
지만, 경(敬) 자의 의미가 선뜻 마음에 와 닿지는 않는다. 그러나 주자의
'두려워하다[畏]'라는 말은 앞에서 말했듯이 외경(畏敬)·경외(敬畏)라는 말
을 통해 이를 더욱 실감할 수 있다. 이를 보면 경공부는 '두려워하기' 즉
'항상 두려워하는 마음을 유지하기'라 하겠다. 이것이 사람을 성인으로
만들어 주는 비법이다.

조익은 심법의 요점으로 공자가 말씀한 '잡으면 보존되고[操則存]'의
'잡을 조[操]' 자를 특별히 강조하였다. 항상 두려워하기 위해서는 마음
을 잡으라는 것이다. 잡으라는 말은 놓지 말라는 것이니, 꽉 붙잡고 놓지
말라는 것이다. 일반인들은 마음을 잡는 것에 대해 아무런 생각이 없다.
이에 대해 각별히 관심을 갖고 끊임없이 추구해 나가야 마음을 붙잡고
지킬 수 있는 것이다. 이를 잘 한 분들이 조선시대 도학자들이다. 그리고
우리 시대에는 그런 분들이 극히 적다. 그래서 도덕이 타락한 것이다.

# 93.
# 공부의 총회(總會)

工夫總會 又在一敬字

공부의 총회는
또한 '경(敬)' 한 자에 있다.

공부가 총체적으로 모이는 지점은 경(敬) 한 글자에 있다는 말이다. 모든 공부의 궁극에는 경이 있음을 이른 것이다. 녹문(鹿門) 임성주(任聖周 1711-1788)는 다음과 같이 말하고 있다.

공부의 총회는 또한 '경(敬)' 한 자에 달려 있습니다. 그러니 넉넉히 노닐며 흠뻑 취하는 것은 이치를 밝히는 법이 되고, 용맹하게 사욕을 없애는 것은 사심을 극복하는 요점이 됩니다. 이것이 실로 종신의 사업이니, 바야흐로 두려워하며 이를 잃어버릴까 두려워할 따름입니다.[工夫總會 又在一敬字 而優遊涵泳 爲明理之法 勇猛消磨 爲克己之要 此實終身事業 方懍然恐失之耳](任聖周,『鹿門集』권3, 書,「與申成父韶」)

임성주는 이치를 밝히는 명리(明理)와 내 몸의 사욕을 극복하는 극기(克己)를 공부의 양대 지표로 보면서도 그 앞에 공부의 총회(總會)로 경(敬) 한 자를 내세우고 있다. 이것이 조선시대 학자들의 사유이다. 공부는 궁극적으로 기질을 변화시켜 도덕적 주체를 확립하는 데 있기 때문이다.

# 94.
# 심지안정(心志安定)

所貴乎學者 以其心志安定 思慮淸明

학자에게 귀한 것은
자신의 심지(心志)가 안정됨으로써
사려(思慮)가 맑고 밝아지는 것이다.

심지가 안정되어야 사려가 맑고 밝게 된다. 심지를 안정시키는 것은 본원공부(本源工夫)이다. 본원공부는 마음을 붙잡고 보존하며 성품을 길러 나가는 것이다. 마음을 붙잡고 보존하는 것은 마음을 수렴하는 것이며, 마음이 밖으로 치달리지 않게 하는 것이다. 마음이 밖으로 향하면 안정될 수 없다. 그래서 가급적 부화한 데에 마음을 쓰지 말아야 한다. 그리고 마음을 고요하고 담박하게 하여야 한다.

서애(西厓) 유성룡(柳成龍, 1542-1607)은 본원공부와 말단공부에 대해 다음과 같이 말했다.

> 선생은 젊어서부터 세상의 학자들이 문장의 뜻만 파악하려는 말단적인 데에 얽매여 본원공부를 하지 않는 것을 걱정하셨다. 그래서 항상 "학자에게 귀한 것은 자신의 심지(心志)가 안정됨으로써 사려(思慮)가 맑고 밝게 되는 것이다. 그런 뒤에 격물치지(格物致知)의 궁리공부(窮理工夫)를 비로소 조처함이 있게 된다. 마음에 배양하고 함축한 힘이 없으면, 이른바 박학(博學)하고 심문(審問)하고 신사(愼思)하고 명변(明辨)하며 성찰(省察)하고 극치(克治)하는 공부가 어디에 의지하고 근거하겠는가?" 라고 하셨다. 선생은 남들과 학문을 논할 적에는 반드시 마음을 수렴하는 것을 제 일건의 일로 삼으셨다.[先生自少時 患世之學者 繳繞於文義之末 而欠却本源工夫 常以爲所貴乎學者 以其心志安定 思慮淸明 然後窮格之功 始有所措 若於心地間 無培養涵蓄之力 則所謂學問思辨省察克治 亦何所憑據哉 其與人論學 必以收於心爲第一件事](柳成龍,『西厓集』권2「年譜」)

본원공부는 심성을 수양해 본원에 이르는 공부이고, 말단공부는 장구(章句)나 외우고 글이나 짓는 행위, 박학다식을 자랑으로 여기는 것 등이다. 이런 말단적인 공부를 조선시대에는 구이지학(口耳之學)·사장지학(詞章之學)·장구지학(章句之學)이라 했다. 또 이런 학문은 남에게 보이기 위한 학문이라 하여 위인지학(爲人之學)이라 칭하며, 자신을 위한 실질적인 공부인 위기지학(爲己之學)과 상대적인 것으로 여겨 천시하였다.

# 95.

## 평심화기(平心和氣)

爲學工夫　須以平心和氣爲主

학문을 하는 공부는
반드시 마음을 평안하게 하고
기운을 조화롭게 하는 것을
위주로 해야 한다.

창석(蒼石) 이준(李埈 1560-1635)은 은은당(隱隱堂) 조린(趙遴 1542-1627)의
「행장」에서 그의 학문공부에 대해 다음과 같이 말했다.

선생은 또 말씀하시기를 "학문을 하는 공부는 반드시 마음을 평안하게
하고 기운을 조화롭게 하는 것을 위주로 해야 한다."고 하셨다.[又曰 爲學
工夫 須以平心 和氣爲主](李埈,『蒼石集』續集 권8, 行狀,「折衝將軍行龍驤衛
副護軍趙公行狀」)

위 인용문은 조린의 말이다. 평소 마음을 붙잡고 보존해 길러나가지
않으면 마음을 평안히 할 수 없다. 성질을 내고 화를 내고 버럭 고함을
지르는 것은 평심이 아니다. 화기(和氣)는 그냥 나오는 것이 아니다. 평소
에 다스리고 기르는 일을 오랫동안 쌓아 나가야 가능하다. 우리는 이 말
의 이면에 있는 화기를 기르는 숨은 노력을 보아야 한다.

평심과 화기, 이것은 오로지 오랜 공부를 통해 길러지는 것이다. 이는
곧 기질을 변화시켜서 이루어지는 것이다.

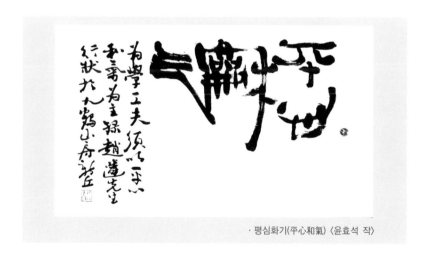

· 평심화기(平心和氣)〈윤효석 작〉

# 96.
## 과욕(寡欲)

寡欲 尤爲切要工夫

욕심을 적게 하는 것이
더욱 절실하고 긴요한 공부가 된다.

욕심을 적게 하는 것을 절실하고 긴요한 공부로 보는 말이다. 이는 도암(陶菴) 이재(李縡 1680-1746)가 쓴 수곡(睡谷) 이여(李畬 1645-1718)의 묘지명 중 일부로, 이여가 한 말이다.

　　공은 일찍이 경연에서 아뢰기를 "사람이 뜻을 세운 것이 견고하지 않으면 만사를 해나갈 수 없습니다. 더구나 임금의 한 마음은 공격하는 자가 많으니, 욕심을 적게 하는 것이 더욱 절실하고 긴요한 공부가 됩니다."라고 하였다. 또 아뢰기를 "한 가지 일이나 한 가지 생각이 천리(天理)에 합하지 않으면 그것이 바로 사욕(私欲)입니다."라고 하였다.[ 公嘗於經筵 言人立志不堅 則萬事不可做 況人主一心 攻之者衆 寡欲尤爲切要工夫 又曰一事一念 不合天理 便是私欲](李縡,『陶菴集』권42, 墓誌,「領議政睡谷李公墓誌」)

맹자는 "마음을 기르는 데에는 욕심을 적게 하는 것보다 더 좋은 것은 없다.[養心莫善於寡欲]"고 했는데, 이여는 과욕을 절실하고 긴요한 공부로 보고 있다.

마음을 기르는 것에 대해 오늘날 우리는 생각이 없다. 마음을 기르는 방법은 여러 가지가 있을 수 있다. 그런데 그 가운데서도 욕심을 줄이는 것은 대단히 좋은 방법이다. 욕심 때문에 얼마나 많은 잘못을 저지르는가. 특히 모든 가치가 도가 아닌 돈에 집중된 오늘날과 같은 물질만능 사회에서 탐욕은 몸과 마음을 병들게 하는 주범임을 자각해야 한다.

과욕(寡欲)은 마음을 담박하게 하며, 마음을 단순하고 순진하게 하는 원동력이 된다. 마음이 순진하고 담박한 것은 그 어떤 자산보다 값진 것이다. 그런 담박함이 때로 무미건조하게 느껴질 때도 있지만, 그런 삶이 가장 행복한 것이다. 그래서 나이가 들수록 더 단순해지려 하고, 순진해지려 하고, 담박해지려 하는 것이 마음을 살찌우는 방법이다.

나는 어느 해 달력에 신용복 선생이 '진보는 단순화입니다'라고 쓴 문구를 보고 경악을 금치 못한 적이 있다. 이 짤막한 한 마디가 나를 매료시켰다. 고도로 정제된 사유에서 나온 이 말을 통해 '단순'이라는 말의 의미를 새삼스럽게 알았다. 마음을 단순하게 하는 것, 그것은 곧 어린 아이의 적자지심(赤子之心)으로 돌아가는 일이다.

# 97.
# 조존(操存)과 과욕(寡欲)

以工夫言之 則操存爲先而寡欲爲後

공부로 말하자면,

마음을 잡고 보존하는 것[操存]이 우선이 되고,

욕심을 적게 하는 것[寡欲]은 나중이 된다.

이는 욕심을 적게 하는 과욕과 마음을 붙잡고 보존하는 조존을 함께 거론한 것이다. 1728년(영조 4년) 2월 29일, 공조 좌랑 윤동원(尹東源 1685-1741)은 소대(召對)에서 다음과 같이 아뢰었다.

　　마음을 붙잡고 보존한 뒤에 바야흐로 과욕의 경계에 도달할 수 있습니다. 공부로 말씀드리자면 조존(操存)이 우선이 되고, 과욕(寡欲)은 뒤가 됩니다. 그러므로 과욕이 어려운 것입니다.[操存然後 方可到寡欲境界 以工夫言之 則操存爲先而寡欲爲後 故寡欲難矣](尹東源,『一庵遺稿』권1,「經筵講義-出堂后日記」)

· 조존과욕(操存寡欲) 〈윤효석 작〉

조존은 마음이 움직이기 이전에 마음을 붙잡고 보존하는 심성수양의 방법이다. 과욕은 마음이 움직인 뒤에 인욕(人欲)을 절제해 중도에 맞게 하는 것이다. 과욕이 더 어렵다고 하는 말은 마음이 움직이고 난 뒤이기 때문에 그렇게 말한 것이다.

　　마음이 움직이기 전에는 마음이 밖으로 달아나지 않도록 꽉 붙잡고 지켜야 한다. 그리고 마음이 움직이고 난 뒤에는 욕심을 적게 갖도록 노력해야 마음이 물욕이나 인욕으로 치닫지 않을 수 있다. 욕심이 적어지면 성찰하고 극기하는 일도 그만큼 적어져서 평탄한 마음이 지속될 것이다.

# 98.
## 정좌(靜坐)

無事則靜坐　母以煩雜思慮　自撓於胸中
有事則應之　事畢則復靜坐

일이 없을 적에는
정좌(靜坐)하여
번뇌와 잡념이 가슴속에서
스스로 일어나지 말게 하며,
일이 있을 적에는
그에 응하고
일이 끝나면
다시 정좌하거라.

정좌(靜坐)는 송나라 때 학자들에게서 나온 말이다. 아마 당시 선불교, 특히 간화선(看話禪)이 유행하는 분위기 속에서 유교 지식인들도 선승들처럼 고요한 가운데 마음을 집중하는 공부를 하였던 모양이다. 그러나 그 구체적인 방법에 대해서는 서책에 잘 나타나지 않는다. 주자의 글에 '비단유백(鼻端有白)'이라는 어구가 있는 것을 두고, 혹자는 선승들이 복식호흡을 하는 것처럼 호흡법이 있었다고도 하지만 확인할 길이 없다.

또한 정자(程子)가 경공부법으로 제시한 주일무적(主一無適)은 '한 마음을 주로 하여 마음이 다른 데로 달아남이 없도록 한다'는 뜻이니, 이는 간화선과 흡사하다. 또한 정제엄숙(整齊嚴肅)은 외적인 행동거지의 단정하고 엄숙함을 말한 것으로, 정좌와 일정하게 연관성이 있다.

조선시대 학자들도 주정공부(主靜工夫)를 강조하며 정좌(靜坐)를 거론한 경우가 허다한데, 구체적인 방법을 말한 것은 쉽게 찾아볼 수 없다. 선불교의 참선을 원용하여 한적하고 고요한 방안에서 조용히 심호흡을 가다듬으며 마음을 오롯이 하는 공부가 있었던 듯하다. 아래 인용문은 명재(明齋) 윤증(尹拯 1629-1724)이 한 말이다.

마음을 보존하는 법이 이른바 경(敬)이다. 일이 없을 적에는 정좌(靜坐)하여 번뇌와 잡념이 가슴속에서 스스로 일어나지 말게 하며, 일이 있을 적에는 그에 응하고 일이 끝나면 다시 정좌하거라. 정좌할 적에는 책을 보는 공부가 있다. 책을 볼 적에 섭렵하여 빨리 보려면 도리어 마음을 흔들리게 할 수 있다. 과정을 세우고 하루의 역량을 헤아려 한 장(章)을 읽든지, 혹은 두세 장을 읽든지 하라. 익숙히 읽고 정밀히 생각하여 심신에 체인하라. 오늘 이와 같이 하고, 내일 이와 같이 하여 그 생각을 잊지도 말고 조장하지도 말면, 자연히 마음이 안정되어 글도 맛이 있을 것이다.[存心之法 所謂敬也 無事則靜坐 毋以煩雜思慮 自撓於胸中 有事則應之 事畢則復靜坐

靜坐時有看書工夫 而看書涉獵欲速 則反以撓心矣 須立課程 一日量力 或一章
或數三章 熟讀精思 體認於身心 今日如此 明日如此 勿忘勿助 則自然心定 而
書亦有味矣](尹拯,『明齋遺稿』권28, 書,「與子行敎 七月二十二日」)

　　윤증은 정좌할 때의 독서공부를 말하고 있다. 번뇌와 망상을 가라앉히
는 것이 정좌라고 하면서, 그럴 적에 책을 보라고 타이르고 있다. 그렇다면
정좌는 승려들이 참선하듯이 앉아 있는 것과 상당히 다르다는 점을 알 수
있다. 책을 보는 정좌는 독서삼매경에 빠져 잡념을 물리치는 것이다.
　　이를 보면 정좌는 선불교의 참선처럼 하는 것이 아니라, 마음을 고요히
하고 앉아서 독서를 하거나 사색을 하는 등 어떤 일에 몰두하는 것이다.

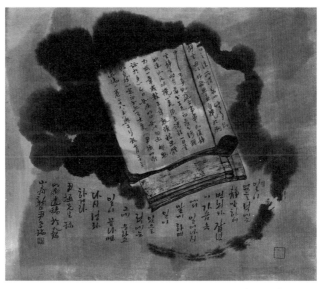

· 정좌(靜坐) 〈윤효석 작〉

# 99.
# 의정인숙(義精仁熟)

須是從利仁上做工夫　到義精仁熟之地

인(仁)을 이롭게 여기는 마음 위로부터 공부를 해 나가,
의(義)가 정밀하고 인(仁)이 익숙해진 경지에 이르러야 한다.

공부를 통해 의리가 정밀해지고 인(仁)의 덕이 익숙해지는 경지에 오르는 것이 학자들이 해야 할 일이다. 선조(宣祖) 때의 경학자 미암(眉巖) 유희춘(柳希春 1513-1577)은 경연에서 임금에게 다음과 같이 아뢰었다.

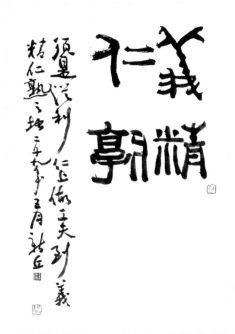

· 의정인숙(義精仁熟)〈윤효석 작〉

> 인(仁)에 편안한 것[安仁]은 성인의 일이고, 인을 이롭게 여기는 것[利仁]은 아성(亞聖)이나 대현(大賢)의 일입니다. 모름지기 인을 이롭게 여기는 마음으로 공부해 의(義)가 정밀하고 인이 익숙한 경지에 이르러야 인에 편안한 맛을 알 수 있습니다. 삼가 바라건대, 전하께서는 존양(存養)하고 성찰(省察)하시는 데 조금도 틈이 생기지 않도록 하십시오.[安仁 聖人之事 利仁 亞聖大賢之事 須是從利仁上做工夫 到義精仁熟之地 安仁之味 亦可知也 伏願存養省察 無少間斷焉](柳希春,『眉巖集』권15,「經筵日記 戊辰」)

이는 유희춘의 『경연일기(經筵日記)』에 나오는 내용이다. '안인(安仁)'과 '이인(利仁)'은『논어』에 보이는 말로, 전자는 성인의 경지이고, 후자는 현인의 경지이다. 유희춘은 임금에게 이인(利仁)의 측면에서 공부를 해 의(義)가 정밀하고 인(仁)이 익숙해지게 되면, 안인(安仁)의 경지를 알 수 있다고 말하였다. 그러면서 존양하고 성찰하여 조금도 끊어짐이 없도록 공부할 것을 당부하고 있다.

의리가 정밀해지고 인이 익숙해져 언제 어디서나 내가 인과 함께 하게 된다면, 이는 성인의 경지에 이른 것이다. 학자들이 목표로 삼아야 할 곳이 바로 의리를 정밀하게 하고 인을 익숙하게 하는 것이다. 의리를 정밀하게 하기 위해서는 독서와 궁리 등 도문학(道問學)의 공부를 부단히 해야 하고, 인을 익숙하게 하기 위해서는 마음을 보존하고 본성을 길러나가는 존덕성(尊德性)의 공부를 부단히 해야 한다.

# 100.
# 동심인성 정의숙인(動心忍性 精義熟仁)

所謂工夫者 卽動心忍性 精義熟仁之事也

이른바 공부란

마음을 경동(驚動)시켜 성질을 참고 견디며,

의(義)를 정밀하게 하고 인(仁)을 익숙하게 하는 일이다.

'공부란 무엇인가'로 이 글을 시작해서 '공부란 무엇을 하는 일인가?'로 이 글을 끝맺는다. 공부란 무엇을 하는 일일까? 독자들은 각자 생각해 보시라. 점수를 잘 받고, 고시에 합격하여 사회적으로 출세하는 것은 옛날 사람의 시각으로 보면, 공부 중에서 가장 말단적인 공부다. 그래서 자신을 위한 진정한 학문을 위기지학(爲己之學)이라 하고, 과거를 위하거나 문장을 뽐내기 위한 것 등 출세를 위한 공부는 모두 위인지학(爲人之學)이라 하여 하찮게 생각했다.

참된 공부는 앞에서 언급했듯이 자신의 기질을 변화시키며 매일같이 자신을 새롭게 변화시키는 공부다. 그런 공부의 구체적 내용이 바로 여기서 말하고 있는 '동심인성 정의숙인(動心忍性 精義熟仁)'이다. 명재(明齋) 윤증(尹拯 1629-1724)은 다음과 같이 말했다.

> 이른바 공부는 마음을 경동(驚動)시켜 성질을 참고 견디며, 의(義)를 정밀하게 하고 인(仁)을 익숙하게 하는 일입니다.[所謂工夫者 卽動心忍性 精義熟仁之事也](尹拯, 『明齋遺稿』 권25, 書, 「答吳遂元癸巳二月二十四日」)

동심인성(動心忍性)은 『맹자』에 나오는 말이다. 『맹자』에서는, 하늘이 순(舜)임금이나 부열(傅說) 같은 성현에게 큰 임무를 맡기려 할 적에는 반드시 그들의 심지를 고달프게 하고, 그들의 근육을 수고롭게 하며, 그들의 배를 굶주리게 하고, 그들의 몸을 궁핍하게 하여, 행하는 일마다 어지럽게 해서 마음을 경동시켜 성질을 참고 견디게 하여 그들이 할 수 없는 능력을 증진시켜 주려고 하는 것이라고 하고 있다.

훌륭한 인격은 온갖 간난(艱難)과 신고(辛苦)를 모두 경험하며 자신의 심성을 수양해 나갈 때 완성할 수 있다는 말이다. 송나라 때 장재(張載)

는 「서명(西銘)」이라는 글에서 '빈천우척 용옥여어성(貧賤憂慼 庸玉汝於成)'이라고 하였다. 즉 가난하고 천하고 근심스럽고 슬프며 우울하고 답답한 삶은 그를 옥처럼 보배로운 사람으로 만들어주기 위해 하늘이 시험을 하는 것이라는 말이다.

이와 같은 생각을 하면, 자신의 마음을 추스르는 데서 그치지 않고 반드시 성현처럼 훌륭한 도덕적 주체를 이룩할 것이다. 이런 점에서 동심인성을 공부로 본 윤증의 말은 참으로 의미가 있다.

또한 동심인성은 의리를 정밀하게 파악할 수 있는 능력을 길러주고, 인을 익숙하게 할 수 있는 힘을 줄 것이다. 그러기에 동심인성을 통해 의리를 정밀하게 하고 인애를 익숙하게 하면 성현의 경지에 오를 수 있다.

◎ **최석기**(崔錫起)

· 1954년 강원도 원주 출생.

· 성균관대 한문교육과 졸업. 동 대학원 문학박사.

· 한국고전번역원 상임연구원 수료, 전문위원 역임.

· 현 경상대학교 인문대학 한문학과 교수.

· 저서로 『선인들의 지리산유람록』·『송원시대 학맥과 학자들』 등 20여 종 있음.
  H.P : 010-5858-0795


◎ **유수종**(劉秀鍾)

· 1955년 경남 합천 초계 출생.

· 홍익대학교 미술대학원 동양화과 졸업.

· 논저로 『사군자』·「현대 사군자 연구」 등이 있음.

· 한국문인화대전 대상 수상. 경희대학교 경희교육인상 수상.

· 개인전 월간 미술세계 기획초대전 2008 〈서울 공화랑〉 외 9회 개최.

· 대한민국 미술대전 문인화부문 초대작가, 심사위원 역임.

· 한국미술협회, 동방예술연구회 회원.
  H.P : 010-3339-6987


◎ **윤효석**(尹孝錫)

· 1958년 경남 창녕 출생.

· 대한민국 서예대전 초대작가, 심사위원 역임.

· 경상대학교·창원대학교 강사 역임, 한국서예포럼 회원.

· 2005년 프랑스 오를레앙시 문화원 초대전.

· 2008년 서울서예비엔날레 특별상 수상.

· 현 경상남도 문화재 전문위원.
  H.P : 010-3889-2166

## 우리가 꼭 알아야 할 공부

2009년 9월 30일 초판 1쇄 펴냄
2011년 3월  4일 초판 2쇄 펴냄

**지은이** 최석기
**펴낸이** 김흥국
**펴낸곳** 도서출판 보고사

**책임편집** 이경민
**표지디자인** 강문희

**등록** 1990년 12월 13일 제6-0429호
**주소** 서울특별시 성북구 보문동7가 11번지 2층
**전화** 922-5120~1(편집), 922-2246(영업)
**팩스** 922-6990
**메일** kanapub3@chol.com
http://www.bogosabooks.co.kr

ISBN 978-89-8433-769-5
ⓒ최석기, 2009

정가 18,000원